한국인 4권

# 한국인 4권

## 욕심의 승리

이원호 지음

한결미디어

# 차례

# 1장 치열한 전쟁

방으로 들어선 서윤경이 다시 손목시계를 보았다.

오후 10시 반이다.

재킷만 벗어놓은 서윤경이 전화기를 들었다.

번호를 누르자 발신음 세 번 만에 응답 소리가 났다.

"여보세요."

조선어.

한철의 목소리다.

"국장 동지, 서윤경입니다."

서윤경이 인사하자 한철이 반갑게 묻는다.

"어, 지금 어디냐?"

"제다에 와 있습니다."

"리야드 거쳐서 제다로 갔군."

"예, 내일 트리폴리로 들어갑니다."

"카이로 거칠 줄 알았는데 바로 들어가는군."

"예, 국장 동지."

"트리폴리에 가면 조영길 소장이 기다리고 있을 거야. 그동안의 성과를 말해줄 테니까 상의하도록."

"예, 알겠습니다."

"내가 다시 연락하겠다. 그런데 리야드에서 함단 만났나?"

"예, 무스타파까지 만났습니다."

"그렇지. 이태진이 무스타파 일도 해주고 있지."

"엄청났습니다."

"무슨 말인가?"

"이태진이 무스타파의 투자 대리인이었습니다, 국장 동지."

"투자 대리인?"

"예, 지금도 무스타파의 자금을 관리하고 있습니다."

"금액이 얼마나 돼?"

"1억 2천만 불 정도라고 했습니다."

"과연 엄청나군."

"무스타파한테서 대리인 연봉으로 5백만 불을 받고 있습니다."

"실감이 안 나는데."

"지난번에는 연봉에다 보너스로 5백만 불을 받았다고 합니다."

"거기에다 함단의 파트너로 수수료에다 이윤 배분까지 받지?"

"예, 국장 동지."

숨을 고른 서윤경이 전화기를 고쳐 쥐었다.

"이태진이 두바이에도 부동산을 구입해 놓은 것 같습니다. 이태진 소유로 말입니다."

"이태진의 신임을 받도록 해."

한철이 가라앉은 목소리로 말했다.

"그것이 동무의 과업이야."

"오랜만에 보는구나."

박영희가 웃음 띤 얼굴로 김명화를 보았다.

오전 11시 반.

일요일이어서 시내 커피숍에는 손님이 많다.

모처럼 화창한 겨울 날씨다.

김명화가 고개를 끄덕였다.

박영희하고는 고등학교 동창으로 친했지만 대학 진학을 하면서부터 자주 못 만났다.

오늘은 동창 모임이 있어서 3년 만에 만나는 셈이다.

12시에 근처 식당에서 만나기로 했기 때문에 커피숍 안에는 낯익은 동창들이 드문드문 보였다.

그때 박영희가 말했다.

"나 다음 주에 사마르칸트에 가."

"사마르칸트?"

뜬금없다는 표정으로 김명화가 묻자 박영희가 고개를 끄덕였다.

"거기에 우리 회사가 공장을 짓기 때문에 내가 한 달쯤 파견되는 거야."

"참, 네가 디자인 전공이지."

"그래. 거기서 시제품 뽑는 것까지 봐주고 와야 돼."

"좋겠다. 사마르칸트, 거기 실크로드의 도시 아냐?"

"거기 가는 사람 드물지."

"넌 어느 회사 다녀?"

"본래는 대영산업에 다녔는데 '함단 앤 대영'으로 합병되었어."

"그렇구나. 외국계 회사야?"

"아니. 사주는 한국인. 젊어."

"그래?"

"이태진이라고. 본래 대영산업 대리였는데 회사에 배신 때리고 나간 사람이야."

"…."

"바이어를 잘 만났기 때문이지. 수단이 좋아."

김명화의 표정을 본 박영희의 목소리에 열기가 띠어졌다.

"대영 사장 딸을 꼬셔서 회사 기밀을 싹 빼낸 다음에 차버렸어. 그러고 나서 지금은 대영산업을 절반쯤이나 합병해버렸지."

박영희가 김명화를 향해 웃었다.

"놀랍니? 요즘은 그런 사람이 출세해. 그런 사람한테 여자가 줄 선단다."

그때 동창 하나가 다가와 말했다.

"얘들아, 식당으로 들어가자."

트리폴리에 도착했을 때는 오후 2시 반이다.

이번에는 바닷가의 트리폴리 호텔에 투숙한 이태진에게 서윤경이 말했다.

"제가 연락해놓겠습니다."

고개만 끄덕인 이태진에게 서윤경이 말을 이었다.

"조 소장한테 연락해놓았으니까 기다리고 있을 겁니다."

북한의 군사 대표단 단장 조영길 소장을 말한다.

오후 6시 반이 되었을 때 이태진의 방문에서 벨 소리가 울렸다.

기다리고 있던 서윤경이 문을 열자 앞에 서 있는 중년 사내가 보였다.

조영길이다.

"어서 오세요."

안면이 있는 서윤경이 비켜서며 말했다.

안에서 기다리던 이태진이 다가와 조영길에게 손을 내밀었다.

"이태진입니다."

"조영길입니다."

악수를 나눈 이태진이 조영길을 안쪽 소파로 안내했다.

조영길은 50대 중반쯤으로 장신에 피부가 검고 눈매가 날카롭다.

서윤경까지 셋이 둘러앉았을 때 조영길이 입을 열었다.

"무기는 합의를 했습니다. 이건 우리 북조선 제품으로 계산한 것인데 AK-47 소총, 기관총, 박격포, 대전차포, 그리고 각 화기의 실탄까지 포함됩니다."

조영길이 고개를 들고 이태진을 보았다.

눈이 번들거리고 있다.

"무기 가격이 3억 7천만 불입니다."

이태진이 시선만 주었고 조영길의 말이 이어졌다.

"리비아군 당국자하고 가격 합의까지 다 끝냈습니다. 무기만 도착하면 즉시 대금 지급이 될 겁니다."

그때 이태진이 쓴웃음을 지었다.

"우리가 제출한 입찰서류는 보셨지요?"

"그건 다른 부서의 업무이기 때문에…."

"진전이 있습니까?"

"책임자가 지도자 동지의 측근 마흐라트 대령입니다. 내가 지난번에 만나자고 했는데 아직 만나지 못했습니다."

"소장님."

정색한 이태진이 조영길을 보았다.

"무기만 실어 보낼 수는 없습니다. 알고 계시지요?"

"압니다."

조영길이 얼굴을 찌푸리며 웃었다.

"남조선 측 오더를 받아야 그 오더로 위장해서 무기를 싣는다는 것 말입니다."

"남조선 오더가 아닙니다. 함단사 오더지요. 사우디 회사의 오더입니다."

"마흐라트도 군 실세여서 협조적이지 않습니다."

마침내 조영길이 찌푸린 표정으로 말했다.

"그놈은 소련, 동독 회사하고 밀접한 관계라는 소문이 났습니다."

"함단사 오더가 없으면 무기 수출도 없다고 보셔도 됩니다."

이태진이 정색하고 조영길을 보았다.

"본래 그러려고 무기 오더를 추진했던 것이구요."

조영길의 눈이 흐려졌다.

어금니를 물었는지 양쪽 볼이 굳어 있다.


무기 오더만 확인하고 조영길과 헤어졌을 때 이태진이 서윤경을 보았다.

"서윤경 씨, 이제 확실하게 해놓을 것이 있어요."

고개를 든 서윤경에게 이태진이 말을 이었다.

"무기 오더에 대한 수수료를 받아야겠습니다. 무기 가격의 15퍼센트를 함단사에서 받아야겠어요."

"…"

"국장 동지께 보고해요, 이해하실 테니까. 무기의 운송대금, 그리고 기타 경비까지 포함해서 말이오."

"기타 경비는 뭐죠?"

"로비자금도 포함이 되겠죠."

이태진이 정색하고 서윤경을 보았다.

"무기 오더를 처리하기 위해서는 함단사의 입찰 오더를 받아야 돼요. 그래서 필요한 로비자금을 말합니다."

"…."

"마흐라트에게도 로비가 필요할지 모르니까."

이태진의 시선을 받은 서윤경이 자리에서 일어섰다.


"예상하고 있었어."

한철의 목소리가 수화기를 울렸다.

방으로 돌아온 서윤경이 전화기를 귀에 붙이고 서 있다.

서윤경은 방금 이태진의 말을 전한 것이다.

한철이 말을 이었다.

"우리가 로비자금을 댈 능력이 안 된다는 걸 이태진도 알 거다. 그러니 어쩔수 없어. 하지만 15퍼센트는 과하다. 10퍼센트로 하자고 해."

"10퍼센트도 너무 많습니다."

"동무가 깎아보든지."

"예, 국장 동지."

"이태진하고는 친해졌나?"

"노력하고 있습니다."

"조심하도록."

한철의 말에 자존심이 상했기 때문에 서윤경은 대답하지 않았다.


다음 날 아침.

호텔 뷔페식당에서 같이 아침 식사를 마쳤을 때 서윤경이 말했다.

"국장 동지께 보고를 했습니다."

이태진의 시선을 받은 서윤경이 쓴웃음을 지었다.

"국장 동지께선 이해하신다고 했습니다. 하지만 말씀하신 경비 건은 7퍼센트 이상은 곤란하다고 하셨습니다."

"…."

"7퍼센트를 받아주셨으면 고맙겠다고 하시더군요."

그때 고개를 든 이태진이 서윤경을 보았다.

"20퍼센트로 해요."

눈을 크게 뜬 서윤경을 향해 이태진이 말을 이었다.

"내가 15퍼센트라고 했지만 계산해보니까 그것으로는 엄청난 위험부담을 감수할 수가 없어요. 만일 무기 반입이 발각되면 함단사 오더까지 무산될 테니까."

"…."

"받아들이지 않는다면 우리는 함단사 오더만 독자적으로 추진할 겁니다."

그러고는 이태진이 자리에서 일어섰다.

"하지만 사마르칸트 합작 사업은 그대로 추진할 겁니다."


함단사에서 응찰한 52개 품목의 예산은 약 6억 3천만 불.

물론 경쟁업체가 많기 때문에 그 예산을 다 차지하는 것이 아니다.

이제 입찰 개시일이 15일 전으로 다가왔다.

그래서 트리폴리의 호텔은 상사원들로 가득 찼다.

이태진이 시내의 물 담배 가게로 들어섰을 때는 오후 2시 반이다.

호텔에 서윤경을 남겨두고 혼자 온 것이다.

안쪽 빈자리로 다가간 이태진이 자리에 앉았을 때다.

옆쪽 물 담배 호스가 젖혀지면서 사내의 모습이 드러났다.

터번을 쓰고 쑴을 입은 데다 턱수염을 길렀다.

검은 피부의 아랍인이다.

그때 사내가 물었다.

"미스터 리?"

고개를 끄덕인 이태진이 되물었다.

"타르밧?"

사내가 대답 대신 옆쪽 의자를 가리켰다.

물 담배 가게 안에는 손님이 앞쪽에 두 사람뿐이다.

세워진 물 담배 호스에 막혀 시야가 가려진 상태다.

플라스틱 의자에 나란히 앉았을 때 타르밧이 먼저 입을 열었다.

"얼마나 진행이 됐습니까?"

"자료가 곧 나오겠지만 3억 7천만 불 정도의 물량입니다. 소총에서 탄환까지 여러 가지라고 합니다."

"빠르군요."

타르밧이 고개를 끄덕였다.

타르밧은 리비아 주재 CIA 정보원이다.

이번 남북한 합작 '리비아 프로젝트'는 배경에 CIA가 있는 셈이다.

중정 측에서는 CIA를 배제하고 활동할 수가 없는 현실이다.

그때 이태진이 타르밧에게 물었다.

"조 소장은 공개 품목의 입찰에 영향력을 행사할 수 없는 것 같던데요. 공개 품목 입찰책임자 마흐라트를 움직일 수 없습니까?"

"아마 그럴 겁니다. 군사 고문단을 파견시켰다고 위세를 부리는 바람에 미워하는 사람들이 많거든요."

"그래서 로비자금이 든다고 수수료를 올렸지요."

"마흐라트한테 연결할 수는 있어요."

"그렇다면 수수료는 확실하게 받아낼 수가 있겠는데요."

"내가 직접 나설 수는 없으니까 당신이 협상을 해요, 미스터 리."

"하지요. 시간, 장소를 정해주세요."

"같이 다니는 여자, 믿을 만합니까?"

"전혀 아닙니다."

그러자 이를 드러내고 웃은 타르밧이 목소리를 낮췄다.

"어젯밤 여자 전화를 도청했더니 당신이 로비자금 등 명목으로 15퍼센트를 요구했다고 한철한테 보고를 하더군요."

타르밧이 다시 소리 없이 웃었다.

"그래서 한철이 10퍼센트 정도로 깎아서 합의하라고 했습니다."

"…"

"그랬더니 그 여자가 10퍼센트도 너무 많다면서 더 깎아보겠다고 했는데, 어떻게 됐습니까?"

"아침에 한철이 7퍼센트를 받아주었으면 좋겠다고 했다는군요. 그래서 밤 사이에 문제가 생겨서 20퍼센트는 받아야겠다고 했습니다."

타르밧이 쓴웃음을 짓고는 고개를 끄덕였다.

"상담은 당신한테 당할 수가 없겠죠."

그때 이태진이 물었다.

"북한 배후에는 소련이 있지 않습니까?"

"없습니다."

타르밧이 바로 고개를 저었다.

"소련도 리비아에 무기를 팔아먹으려고 눈이 뒤집힌 상태여서요. 이번 리비아 프로젝트에서 우리는 리비아 편입니다."

하긴, 무역이나 전쟁이나 적의 적은 동지다.


1977년 현재 리비아는 한국에 건설시장을 개방한 상태지만 아직 정식 수교
는 하지 못했다.

반면 북한은 1974년 8월에 대사관을 설치했다.

그러나 트리폴리 시내에는 한국인이 많이 눈에 띄었다.

건설업체 직원들이다.

오후 5시 반.

트리폴리 호텔의 로비 라운지를 지나던 이태진이 뒤에서 부르는 소리에 발
을 멈췄다.

한국말이다.

"한국분이시죠?"

다시 사내가 물었기 때문에 이태진이 몸을 돌렸다.

사내 둘이 다가오고 있다.

둘 다 웃음 띤 얼굴이다.

30대 후반쯤으로 점퍼 차림에 가슴에 '우진' 마크가 붙어 있다.

이태진이 다가선 둘을 번갈아 보았다.

"맞습니다. 그런데 무슨 일이신데요?"

"혹시 술 필요하십니까?"

다가선 사내 하나가 거침없이 물었기 때문에 이태진이 저도 모르게 빙그레
웃었다.

리비아는 금주 국가다.

술을 파는 곳도 없고 술을 마시다 발각되면 잡혀간다.

이태진이 웃는 것을 본 사내가 말을 이었다.

"조니워커에서부터 발렌타인, 나폴레옹 꼬냑까지 다 있습니다. 10불에서 1
백 불까지 가격도 적당하고 2시간 안에 배달됩니다."

"그거 마시다가 걸리면 구속되는 거 아닙니까?"

"천만에요. 그런 거 없습니다."

사내 하나가 고개까지 저었다.

"경찰한테 코리아, 한 마디면 끝납니다."

"정말입니까?"

"아, 그럼요."

이제는 둘이 이태진 앞에 바짝 붙어 섰다.

둘 중 나이든 사내가 말을 이었다.

"북한 덕분이죠."

"무슨 말입니까?"

"여기 북한 군인들이 많습니다. 아시죠?"

"압니다."

"북한 애들이 술을 들여오는 겁니다. 그것을 우리가 사는 거죠."

"아."

"북한 군인이 여기 경찰까지 꽉 잡고 있단 말입니다. 봐주는 거죠."

"그렇군요."

"여기서 우리가 남북한 합동 사업을 하는 겁니다. 북한 애들이 술 들여오고
우리는 팔고."

여기도 남북 합작 사업이다.

이태진이 고개를 끄덕였다.

한국인들의 생존능력을 보라.

"과연 남북한 합작이군요."

"그럼요."

"발렌타인 17년은 얼마지요?"

"백 불만 주십시오."

"이런. 두 배도 넘는데."

"에이. 그럼 2병을 사시면 150불로 해드릴게요."

"좋습니다."

이태진이 손을 내밀고 악수를 청했다.

"이따 내 방으로 갖고 오시죠."

"아이구. 여기선 장사가 좀 됩니다."

그중 젊은 사내가 활짝 웃으면서 말했다.

"한국 상사원들한테 벌써 12병째 팝니다."

호텔에 투숙한 다른 한국인 상사원들을 말한다.


문에서 벨 소리가 났을 때는 오후 8시가 되어갈 무렵이다.

문을 연 이태진이 앞에 선 서윤경을 보았다.

"식사 하셨어요?"

서윤경이 묻자 이태진이 고개를 끄덕이며 옆으로 비켜섰다.

"들어와요. 술 한잔하려던 참이니까."

"술요?"

놀란 서윤경이 방으로 들어서면서 물었다.

"술이 어디 있는데요?"

"샀어요."

이태진이 술을 산 내역을 말해주었더니 서윤경은 이를 드러내고 웃었다.

"참내. 누가 시키지 않아도 북남이 연합하고 있네요."

"여기서도 합작 사업을 하는 것이지."

선반에서 술병을 내오면서 이태진이 말을 이었다.

"내일부터 치열한 로비전(戰)을 해야 될 텐데 기름을 구할 수 있어서 다행이오."

소파에 앉은 이태진이 잔에 술을 따랐다.

냉장고에서 얼음과 안줏거리를 찾아낸 서윤경이 탁자 위에 놓았다.

"국장님께서 10퍼센트로 해주셨으면 좋겠다고 하셨어요."

"안 됩니다."

술잔을 든 이태진이 고개를 저었다.

"내가 처음에 15퍼센트를 제의했을 때 승낙해주셨다면 아마 그것으로 끝났을 겁니다. 그런데 하루 만에 상황이 달라졌어요."

정색한 이태진이 똑바로 서윤경을 보았다.

"운임비가 예상보다 많아졌고…."

이태진의 시선을 받은 서윤경이 숨을 죽였고 이태진이 말을 이었다.

"나는 상담에서 제시한 가격을 물린 적이 없어요."

이태진이 한 모금에 술을 삼켰다.

거짓말이다.

이것은 서윤경에게만 해당되는 말이다.

서윤경도 이제는 감(感)을 잡았겠지.

어설프게 가격 흥정을 했다가 독박을 썼다는 것을.


다음 날 오전 11시가 되었을 때 다시 문에서 벨 소리가 났다.

문을 연 이태진은 앞에 서 있는 하드람과 칼라드를 보았다.

이태진이 팔을 벌리자 둘이 차례로 다가와 뺨을 비볐다. 이태진을 향한 태도에 정성이 담겨 있다.

방으로 들어온 둘이 나란히 소파에 앉았다.

둘은 이태진의 경호역이다.

특히 하드람은 지금까지 수행비서 역할을 맡았다.

그때 이태진이 말했다.

"서윤경은 옆쪽 방에 있어. 내 보좌역이지만 북한과의 연락 역할이 주 업무니까 다 오픈시킬 필요는 없다."

"예, 잘 알겠습니다."

하드람이 고개를 끄덕였다.

"우리하고 이야기를 할 여유도 없겠지요."

"오늘 밤에 CIA를 만나기로 했어."

이태진이 말을 이었다.

"그때 너희들이 같이 간다."

그러고는 이태진이 옆에 놓인 전화기를 들었다.

서윤경을 부르려는 것이다.


그 시간의 서울은 오후 6시 반이다.

이곳은 청와대의 식당 안.

대통령이 고개를 들고 한인수를 보았다.

식탁에는 비서실장 김석원까지 셋이 둘러앉았다.

지난주의 중정 보고는 대통령 일정 때문에 보류되었다.

그래서 이번 주 보고는 김대영 부장이 해야 되었는데 또 부산에서 데모가 터진 것이다.

김대영은 한인수에게 보고를 맡기고 다시 부산으로 내려갔다.

이제는 한인수도 김대영의 성격을 안다.

대통령한테 잔소리 듣기가 싫은 것이다.

두렵다고 표현하는 것이 맞을 것이다.

"참. 지난번 김 부장이 우즈베키스탄의 남북 합작 사업 이야기를 했는데."

대통령이 말을 꺼냈다.

국정 현안에 대한 보고를 대충 받은 터라 대통령은 기분전환용 이야기를 듣고 싶은 것 같다.

"예, 각하. 잘 진행됩니다. 북측이 적극적으로 협조하고 있습니다."

"김일성 씨도 알고 있겠지."

"예, 각하. 당연한 말씀입니다."

"신통해. 기업가가 남북한 물꼬를 트다니. 젊은 친구라고 했지?"

"예, 각하. 이태진이라고 합니다."

어깨를 부풀린 한인수의 심장박동이 빨라졌다.

고개를 든 한인수가 대통령을 보았다.

"그런데 그 이태진의 부친 되는 분도 이태진의 나이 때 대단하셨던 분이었습니다, 각하."

"그래?"

"경성사범을 나오시고 만척에 입사하셨더군요."

"잠깐. 경성사범이라고?"

"예, 각하."

"지금 나이가 몇인데?"

"62세가 되십니다."

"허. 나보다 두 살 연상인데…."

대통령의 눈이 흐려졌다.

생각하는 얼굴이 되었다.

그때 비서실장 김석원이 나섰다.

"일제 강점기에 경성사범이면 대구사범하고 최고 수재들만 가는 곳 아닙니까?"

대통령이 대구사범 출신이라 대놓고 아부를 하는 것이다.

그때 대통령이 쓴웃음을 지었다.

"이 사람아, 아부하지 마. 경성이 대구보다 한 등급 위였어. 그리고 경성제대도 있어."

"아닙니다. 제가 듣기로는…."

"그만."

손을 들어 말을 막았지만 대통령의 얼굴에는 웃음기가 떠올라 있다.

어쨌든 좋은 분위기다.

대통령이 한인수를 보았다.

"그 사람이 만척에 다녔다고 했나?"

"예, 각하."

"허. 경사 출신에 만척이라…."

대통령의 눈이 흐려졌다.

초점이 흐려진 눈으로 한인수를 보면서 대통령이 다시 물었다.

"그분 성함이 뭐야?"

"한국명은 이동규이고 일본명은 오야마(大山)였습니다."

"…."

"만척에서 해방 전까지 개발본부장 대리를 지냈습니다."

그때 대통령이 눈의 초점을 잡고 한인수를 보았다.

"수고 많이 했네."

"예, 각하."

비서실장 김석원의 상반신이 조금 높아졌다.

수고 많이 했다는 표현은 극히 드물다.

많이라는 형용사는 거의 끼워 넣지 않았기 때문이다.

대통령이 헛기침을 했다.

굳어진 얼굴이다.

"그 사람, 오야마 말야."

"예, 각하."

"어떻게 살고 있는지 자세히 알아보게."

"예, 각하."

"이건 사적인 일이니까 은밀하게."

"예, 각하."

대통령이 입을 다물었을 때 김석원은 감히 '잘 아시는 분입니까?' 등의 질문은 하지 못했다.

그러나 대통령과 관계가 있는 사람은 틀림없다.


오후 7시.

오늘은 물 담배 가게에 이태진과 하드람이 들어섰다.

오늘도 담배 가게에는 손님이 셋뿐이었는데 안쪽에 앉아있던 타르밧이 손을 들어 알은체했다.

타르밧은 옆쪽에 앉는 하드람과는 눈인사만 했다.

타르밧이 입을 열었다.

"마흐라트의 내연녀가 있습니다. 내연녀한테서 아들을 둘이나 낳았는데 대

24

령 월급으로는 감당할 수가 없죠."

목소리를 낮춘 타르밧이 말을 이었다.

"더구나 따로 살고 있거든요. 마흐라트의 본가에는 본처와 자식 넷이 있어요. 그중 둘은 지금 카이로에서 대학을 다닙니다."

"…"

"월급과 수당으로는 살아갈 수가 없죠. 마흐라트가 청렴한 척 지프를 타고 출근하지만 카이로에서 대학을 다니는 아들 두 놈은 포드와 도요타를 타고 다니죠."

타르밧이 접힌 쪽지를 건네주었다.

"여기 내연녀의 집 약도요. 내일 밤 9시에 찾아가면 만나줄 거요. 뒷문으로 가서 노크해요. 전화는 있지만 안 됩니다. 도청을 조심하고 있어요."

타르밧이 의자 밑에서 검은색 낡은 가방을 꺼내 내밀었다.

묵직한 가방이다.

이태진이 잠자코 가방을 받아 하드람에게 넘겨주었다.

현찰 1백만 불이다.

그러나 이 돈은 이태진의 비자금이다.

이태진이 CIA의 계좌로 송금시켜 준 돈을 이곳에서 전달받았을 뿐이다.


수수료 문제가 돌출된 후부터 서윤경과의 관계는 서먹해졌다.

이태진도 굳이 분위기를 바꾸려는 시도도 하지 않았다.

그럴 필요도 없다고 느꼈기 때문이다.

서윤경은 제멋대로 7퍼센트로 깎아내렸다가 덤터기를 쓴 셈인데, 20퍼센트에서 한 발짝도 움직이지 않았다.

오전 8시 반.

하드람 등과 넷이 아침 식사를 마치고 방에 돌아왔을 때 서윤경이 따라 들어섰다.

"수수료에 대해서 말씀드릴 것이 있는데요."

소파에 앉은 이태진의 앞에 서서 서윤경이 말을 이었다.

"국장 동지께선 수수료 10퍼센트로 결정해주시기를 바라고 있습니다."

"…."

"그것이 최선의 가격이라고 하셨습니다."

이태진이 고개를 저었다.

"20퍼센트."

서윤경에게 시선을 준 채 이태진이 말을 이었다.

"그것이 최선이라고 전해요."

이태진의 목소리가 낮아졌다.

"지금 오더 수주가 불확실한 상태에서 비공개 오더의 수수료 문제로 신경을 쓸 여유가 없어요."

"…."

"더구나 공개 입찰 오더는 우리가 독자적으로 처리해야 되는 상황 아닙니까? 입찰 책임자 마흐라트는 군부의 영향을 받지 않는 인간이더군요."

"…."

"난 북한 측이 마흐라트를 움직여주기를 기대했는데 그것이 무산된 상황이라 불안한 상태란 말입니다."

맞는 말이다.

북한이 대표단장 조영길을 동원해서 무기 오더를 받아낸 건 성공했다.

그런데 그것으로 어쩌란 말인가?

북한이 그 무기를 리비아로 들여올 방법이 없다.

아마 북한에서 배가 뜬 순간에 소련 함정이 나타날 것이다.

한국이 아니, 함단사가 입찰 오더를 받아야 그 오더에 섞여서 무기를 숨겨 들여오는 것이다.

함단사가 엄청난 위험부담을 안고 진행하는 것이다.

사고가 나면 함단사의 정상 오더도 인도양에 수장될 수가 있다.

대금을 받기는커녕 회사가 무너질 수도 있는 것이다.

그런데 수수료 몇 퍼센트를 가지고 실랑이를 해?

누구 덕분에 이 프로젝트가 시작되었는데?

이태진의 눈빛이 강해졌다.

"지금 입찰 경쟁이 50 대 1이 넘어요. 이 호텔에도 입찰에 참가한 상사원들로 만원입니다. 입찰 오더를 받지 못하면 무기 오더도 무산되는 것 아닙니까?"


서윤경이 방을 나갔을 때 이태진은 쓴웃음을 지었다.

북한 측이 어떤 용도로 서윤경을 보냈는지 알 수 없지만 연락관 역할은 된다.

그러나 조정자 또는 조언자 역할로서는 부족하다.

그 첫 번째 이유는 이쪽에 대한 선입견이다.

이쪽을 무시하는 것이 드러났다.


"아무래도 내가 가야겠다."

고개를 든 한철이 기획관 조성만 대좌를 보았다.

이곳은 카이로의 안가(安家) 안.

오후 2시 반이다.

"입찰 마감은 되었고 각 품목별 심사는 일주일 후부터야. 가 있는 것이 낫겠어."

"국장 동지, 이미 무기 오더는 획득한 상태입니다. 우리가 트리폴리에서 이 사장을 도와줄 방법은 없습니다."

조성만이 조심스럽게 말을 이었다.

"공개된 입찰 오더는 이 사장에게 맡겨두시지요."

"그렇지만 수수료를 20퍼센트 내라니, 이건 너무한 것 아닌가?"

"이 사장이 15퍼센트를 요구했을 때 국장 동지께서 제의하신 10퍼센트로 그대로 전해야 했습니다. 서윤경이 7퍼센트로 낮춘 것이 서툰 방법이었습니다."

"내 생각도 그렇다. 너무 건방졌어."

"이 사장하고 가격 흥정을 하려는 발상이 잘못되었다고 생각합니다."

"그렇군. 서윤경이 이태진을 무시한 것 같다."

"이 사장은 20퍼센트에서 양보할 것 같지 않습니다."

"서윤경이 이태진의 신뢰를 받지 못하고 있어."

소파에 등을 붙인 한철이 흐려진 눈으로 조성만을 보았다.

"수수료 조정은 서윤경한테 맡길 수 없어."

한철이 결심한 듯 상반신을 세웠다.

"트리폴리로 가자. 내가 현장에 가 있어야겠다. 수수료도 결정하고."


로비에서 만난 사내는 안형선.

태한상사의 상무다.

태한상사는 한국의 5대 그룹 중 하나인 태한그룹의 주력사로 올해 3억 불을 수출했다.

안형선이 이태진에게 먼저 알은체를 한 것이다.

"함단 앤 대영의 이 사장이시죠?"

다가선 안형선이 손을 내밀며 물었다.

40대 초반쯤의 살찐 체격. 붉은 얼굴은 번질거리고 있다.

웃음 띤 얼굴.

"저는 태한상사 무역담당 상무 안형선입니다. 이곳에 투숙하셨다는 말을 듣고 뵈려고 기다렸습니다."

떠들썩한 목소리다.

오후 1시 반.

이태진은 하드람과 함께 로비를 가로질러 엘리베이터로 가던 중이다.

"무슨 일이신데요?"

이태진이 묻자 안형선이 손으로 커피숍을 가리켰다.

"뵈려고 30분을 기다렸습니다. 저한테 10분만 시간을 주시죠."

그리고는 목소리를 낮췄다.

"이번 입찰 문제로 상의드릴 일이 있습니다."

이태진이 고개를 끄덕였다.

입찰 문제라면 들어봐야 한다.


커피숍에 넷이 자리 잡고 앉았다.

이태진은 하드람과 나란히 앉았고 안형선은 김종호라고 자신을 소개한 부장을 합석시켰다.

안형선이 웃음 띤 얼굴로 이태진을 보았다.

"이 사장님 명성을 모르는 상사원이 없죠. 사우디에 이어서 리비아 입찰에 등장하실 줄 모두 예상했습니다."

이태진이 쓴웃음만 지었고 안형선은 말을 이었다.

"이번에도 함단사 대리인 자격으로 응찰하셨더군요."

"용건이 뭡니까?"

"요즘 각 국가별, 업체별로 짝짓기가 일어나고 있는 거 아시지요?"

"압니다."

"함단사와 태한상사가 연합하는 것이 어떻습니까?"

"생각해보지 않았는데요."

"우리는 각각 장점이 있습니다. 우리 태한은 생산기반이 확실하죠. 함단사의 자금력과 배경까지 연합하면 엄청난 시너지를 받을 겁니다."

"내가 결정할 일이 아닙니다."

"이 사장님이 마음만 먹으면 가능하신 것으로 알고 있습니다."

"안 됩니다."

고개를 저은 이태진이 웃음 띤 얼굴로 안형선을 보았다.

"미안합니다. 호의는 고맙습니다."

그때 안형선이 물었다.

"혹시 다른 상사하고의 연합을 생각하고 계십니까?"

"아니요. 저는 혼자 갑니다."

이태진이 심호흡을 했다.

함단사가 북한과 비밀리에 연합했다는 것을 알면 기절할 것이다.

지금 트리폴리에는 한국에서 대기업 10여 개, 중소기업까지 20여 개의 상사가 몰려와 있다.

그러고 나서 입찰 심사가 다가오자 불안해진 기업들이 서로 짝짓기를 시작한 것이다.

일성상사는 일본의 이토추상사와 제휴했고 근대상사는 일본의 미쓰이와 연합했다.

다른 외국 상사도 마찬가지다.

서로 덩치를 불리는 경쟁을 하는 것 같다.

그때 안형선이 말했다.

"이 사장님, 오늘 저녁에 술이나 한잔하십시다."

"아니, 어디서 술을 마십니까?"

모른 척 이태진이 눈을 둥그렇게 떴더니 안형선이 풀썩 웃었다.

"내 방에 술이 있습니다. 부담 갖지 마시고 이야기나 하십시다."

"오늘 밤에는 약속이 있어서요."

"그럼 내일 어떻습니까?"

"연락드리지요."

자리에서 일어선 이태진이 고개를 숙였다.

지금은 어떤 정보라도 필요하다.


7시간 시차가 났기 때문에 트리폴리가 오후 3시면 서울은 오후 10시다.

"여보세요."

벨 소리가 두 번 울리고 나서 김명화가 응답했다.

이태진이 숨을 들이켰다.

가슴이 벅찼기 때문이다.

"나야."

순간 김명화가 주춤하더니 3초쯤 지나서야 대답했다.

"오빠."

"잘 있었어?"

"지금 어디예요?"

"트리폴리, 리비아."

"아."

"별일 없지?"

"네."

"자고 있었어?"

"아니."

"보고 싶었어."

"…"

"무슨 일 있었어?"

"아뇨."

이태진이 숨을 들이켰다.

25일 만에 전화하는 것이다. 전화기를 들고 나서 날짜를 세었다.

이태진이 말을 이었다.

"미안. 매일 네 생각 했지만 참았어. 더 보고 싶을 것 같아서."

"…"

"화났구나?"

"화 안 났어요."

"뻔히 보여, 이 말라깽이야."

"언제 귀국해요?"

"트리폴리에서 열흘쯤 있을 거야. 큰 오더가 걸려있거든."

"…"

"그리고 리야드에서 삼사일 있다가 돌아갈 거야."

순간 가슴이 막힌 느낌이 들었기 때문에 이태진이 숨을 들이켰다.

그러고는 전화기를 고쳐 쥐었다.

"보고 싶다."

그때 김명화가 낮게 말했다.

"몸조심하세요, 오빠."

오후 9시 5분.

이태진이 문을 가볍게 두드리고는 한 걸음 물러섰다.

이곳은 골목 안.

주위는 짙은 어둠에 덮여 있다.

골목에 가로등도 켜있지 않은 데다 담장이 높았기 때문에 불빛이 들어오지 않는다.

잠깐 기다리던 이태진이 다시 나무문을 두드렸을 때다.

문이 한 뼘쯤 열리면서 사내의 얼굴이 드러났다.

"누구시오?"

사내가 낮게 물었을 때 이태진 뒤에 서 있던 하드람이 대답했다.

"야세르가 보냈습니다."

타르밧이 알려준 암호다.

그때 문이 열리면서 비켜선 사내가 말했다.

"뒤쪽 문으로 들어가시지요."

마당 건너편에 흰색 건물이 보였다.


뒤쪽 문을 밀었더니 열렸다.

집 안으로 들어선 이태진은 넓은 응접실의 소파에 앉아있는 여자를 보았다.

히잡을 썼지만 긴소매 드레스가 발끝까지 내려왔다.

응접실에 환하게 불을 켜놓았기 때문에 여자의 미모가 드러났다.

30대 중후반으로 보이는 얼굴. 큰 키.

시선이 마주쳤을 때 이태진이 먼저 고개를 숙여 인사를 했다.

"함단사의 이태진입니다. 코리안이죠."

"잘 오셨어요."

여자가 영어로 말하고는 눈웃음을 쳤다.

여자의 시선이 뒤쪽에 서 있는 하드람을 스치고 지나가면서 가볍게 눈인사를 했다.

세련된 태도다.

"앉으세요."

여자가 앞쪽 자리를 가리키면서 다시 자리에 앉는다.

그때 쑵 차림의 남자 하인이 다가와 셋 앞에 홍차 잔을 내려놓고 소리 없이 물러갔다.

그때 여자가 이태진을 보았다.

검은 눈동자가 반짝이고 있다.

"오신다고 해서 한국에 대해서 알아보았습니다. 일본 식민지였다가 독립한 지 30년쯤 되었더군요."

"예, 32년 되었지요."

감동한 이태진이 서둘러 말을 이었다.

"그동안 전쟁도 치렀습니다. 그것은 1950년이니까 독립된 지 몇 년 안 되었을 때지요."

"알아요. 북쪽에서 침공했죠?"

"바로 그렇습니다. 잘 아십니다."

"제가 국제사를 공부했거든요."

"아, 그러십니까?"

이태진의 시선을 받은 여자가 얼굴을 펴고 웃었다.

그때 이태진이 하드람이 들고 온 가방을 집어 탁자 옆에 조심스럽게 놓았다.

여자의 시선이 가방으로 옮겨졌을 때 이태진이 자리에서 일어섰다.

"늦은 시간에 실례했습니다. 이만 돌아가겠습니다."

"감사합니다."

따라 일어선 여자가 웃음 띤 얼굴로 이태진을 보았다.

"전해드릴게요."


마흐라트 내연녀의 저택을 나와 호텔에 도착했을 때는 오후 11시 반이다.

방으로 들어선 이태진에게 칼라드가 말했다.

칼라드가 방을 지키고 있었던 것이다.

"보스, 서윤경이 연락을 해달라고 했습니다."

고개를 끄덕인 이태진이 전화기를 들었다.

방 번호를 누르자 곧 서윤경의 목소리가 울렸다.

"난데, 무슨 일이오?"

어중간한 존댓말로 묻자 서윤경이 바로 대답했다.

"국장 동지께서 오셨습니다. 지금 호텔에 투숙하고 계시는데요."

"아, 그래요?"

"제가 연락을 해보겠습니다. 늦더라도 오늘 만나실 수 있을까요?"

"물론이죠."

"그럼 국장님께 연락해보겠습니다."

통화를 끝낸 지 5분도 안 되었을 때 다시 서윤경이 연락을 했다.

"10분쯤 후에 방으로 찾아가시겠답니다."


10분 후에 문에서 벨 소리가 났고 기다리던 이태진이 문을 열었다.

문 앞에 서 있던 한철이 웃음 띤 얼굴로 들어섰다.

한철은 기획관 조성만, 그리고 서윤경을 대동하고 있다.

이태진의 방은 스위트룸이어서 응접실도 넓다.

입구 쪽 구석에 서 있던 하드람과 칼라드는 하인 시늉으로 고개만 숙여 보였다.

한철이 이태진에게 조성만을 소개하더니 소파에 앉았다.

칼라드가 다가와 탁자 위에 여러 가지 음료수를 내려놓았다.

그때 한철이 고개를 들고 이태진을 보았다.

"입찰 작업은 잘되고 있습니까?"

"노력 중입니다."

한철의 시선을 받은 이태진이 말을 이었다.

"경쟁이 치열해서 지금 업체별로 연합이 일어나고 있어요. 서로 몸집을 키워서 경쟁력을 과시하려는 것입니다."

"그렇군요."

시선을 든 한철이 입을 열었다.

"입찰 오더를 받아야 무기 오더를 실어낼 수 있겠는데, 우리가 도와드릴 일은 없습니까?"

"아직 구체적으로 말씀드릴 단계가 아닙니다."

"그런데 무기 오더의 수수료는 얼마로 책정하는 것이 낫겠습니까?"

한철이 자연스럽게 화제를 돌렸다.

"그것부터 결정을 해놓아야 할 것 같아서."

"미리 결정하고 시작했어야 되었는데."

"서로 믿는 관계여서 그런가 봅니다."

쓴웃음을 지은 한철이 말을 이었다.

"중간 전달자의 절충도 한계가 있어요."

이태진이 고개를 끄덕였다.

"기타 비용이 많이 들어갑니다. 그 내역을 말씀드릴 수는 없습니다."

"15퍼센트로 하십시다. 본래 이 사장님이 제시하신 금액입니다."

"…"

"무기 대금이 3억 7천이니 수수료로 5천5백5십만 불이 나가는 셈입니다."

"선박 운임까지 우리가 내는 겁니다. 무기 대금 계산하실 때 무깃값만 계산하셨지요?"

이태진이 되묻자 한철이 심호흡을 했다.

그렇다.

무깃값만 계산했다.

선박 운임은 계산도 안 했다.

그때 이태진이 말을 이었다.

"내가 무기 물량을 모르니까 정확한 계산을 할 수 없지만 전체 금액의 12, 13퍼센트 정도일 것입니다."

"…"

"지난번에 15퍼센트를 제의했던 것은 운임만 계산했던 것인데 갑자기 서윤경 씨가 7퍼센트를 내놓는 순간에 제정신이 든 것이지요."

이태진이 입술 끝만 올리고 웃었다.

"내가 남북한 합작 사업에 감동해서 계산을 무시했던 것입니다."

고개를 든 이태진이 한철을 보았다.

"전체 가격의 20퍼센트는 받아야겠습니다. 내가 함단사의 대리인으로 함단사까지 구렁텅이에 빠뜨릴 수 없습니다. 이것은 함단 씨한테도 지시를 받았습니다."

"동무는 지금까지 너무 순탄한 생활을 한 것 같다."

방으로 돌아온 한철이 서윤경에게 말했다.

서윤경은 시선만 내렸고 한철이 말을 이었다.

"이태진의 옆으로 보낸 것은 그자를 도와 과업을 원활하게 수행하려는 의도였는데, 동무는 직분을 망각했어."

따라온 기획관 조성만은 옆쪽에 앉은 채 숨을 죽였고 한철의 목소리가 더 굵고 낮아졌다.

"분위기를 보면 동무는 이태진을 무시했어. 이태진의 신임을 받지 못했을 뿐만 아니라 오히려 반감을 산 것 같다."

"자아비판을 하겠습니다."

"그건 됐고."

서윤경의 말을 자른 한철이 눈을 치켜떴다.

"너를 귀국시켜야겠지만 당장 그렇게 했다가는 이태진이 또 이상하게 생각할지 모르겠어. 보좌역으로 보냈다가 갑자기 귀국시키면 무시당했다고 볼 테니까."

"…."

"동무한테 너무 과중한 업무를 맡긴 것 같다. 무슨 말인지 새겨듣도록."

그러고는 고개를 돌려 조성만을 보았다.

"중정 쪽에 연락해."

한국의 중앙정보부를 말한다.

놀란 조성만이 서둘러 전화기로 다가갔다.

이제는 한국의 중정과 소통이 되는 것이다.


호텔 식당에서 아침을 먹던 이태진이 옆에서 들리는 기척에 고개를 들었다.

사내 하나가 다가서더니 물었다.

"함단사의 이 사장이시죠?"

한국인이다.

30대 중후반. 큰 키. 마른 체격.

이태진은 서윤경, 하드람, 칼라드와 함께 넷이 식사 중이었다.

"예, 그런데요. 누구십니까?"

앉은 채 물었더니 사내가 손을 내밀었다.

"식사 중에 죄송합니다. 전 동우상사 무역 2부장 전상규라고 합니다."

어쩔 수 없이 자리에서 일어선 이태진이 사내와 악수를 했다.

손을 쥔 사내가 다시 고개를 숙였다.

"죄송합니다. 이번 입찰 문제로 상의를 하려는데 식사 끝나고 잠깐만 시간을 내주실 수 있습니까?"

"내가 10시에는 회의인데요."

"20분이면 됩니다. 라운지에서 만나 뵐 수 있을까요?"

"연합 문제라면 안 합니다."

"그건 태한상사 측에서 소문을 내고 다니더군요. 그 이야기는 아닙니다."

"좋습니다. 9시 10분에 뵙지요."

"라운지 3호실에서 기다리겠습니다."

이야기를 끝낸 전상규가 예의바르게 고개를 숙여 보이고는 몸을 돌렸다.


옆에서 들었기 때문에 이태진이 서윤경에게 말했다.

"들었죠? 나하고 같이 갑시다."

고개를 든 이태진이 하드람을 보았다.

"한국의 재벌급 대기업인데 나한테 할 이야기가 있다는군. 라운지에서 만나기로 했으니까 너희들은 방에서 기다려."

영어로 말했을 때 하드람이 대답했다.

"제가 방에 있고 라운지에는 칼라드를 보내지요. 경비는 필요합니다."

그때 서윤경이 한국어로 말했다.

"제가 기조실 과장으로 명함을 갖고 있으니까 저한테 존댓말을 쓰시지 않는 것이 낫겠습니다."

서윤경의 시선을 받은 이태진이 고개를 끄덕였다.

"그러지."

한국어를 모르는 하드람과 칼라드는 눈만 껌벅이고 있다.


라운지의 방으로 들어선 이태진은 자리에서 일어서는 두 사내를 보았다.

하나는 조금 전에 만난 전상규 부장이고 다른 사내는 40대쯤으로 안경을 끼었다.

"우리 부사장님이십니다."

전상규가 사내를 소개했다.

"만나서 반갑습니다."

사내가 명함을 꺼내 내밀었다.

"민경준입니다."

이태진이 명함을 꺼내 건네주었고 서윤경도 소개했다.

라운지의 방은 회의실용이어서 문을 닫으면 밀실이 된다.

탁자 위에는 이미 음료수가 여러 종류 놓여 있다.

그때 민경준이 말했다.

"한국 업체끼리 이합집산이 계속되고 있어요. 일성이 이토추와 연합했다가 어젯밤에 다시 사카이상사와도 결합했습니다. 3개 대기업이 뭉친 것이지요."

사카이상사는 일본의 무역상사다.

이토추와 사카이까지 연합했으니 미쓰이와 대등한 규모가 되었다.

한국 근대상사와 미쓰이 연합에 대응하려는 것이다.

민경준이 말을 이었다.

"우리가 함단사에 바라는 것이 있습니다. 오더를 수주한 후에 생산은 우리가 도와드리지요."

이태진의 시선을 받은 민경준이 말을 이었다.

"물론 함단사가 오더를 받았을 경우에 말입니다. 입찰 결과가 발표되기 전까지는 나서지 않겠습니다."

"알겠습니다."

이태진이 웃음 띤 얼굴로 고개를 끄덕였다.

엄청난 물량의 오더를 수주하면 수많은 공장이 필요한 것이다.

민경준은 실리를 추구할 작정이다.

오더의 생산단가는 오더 물량의 80퍼센트 가깝게 되는 것이다.

오더를 누가 받든지 간에 생산은 해야 되니까.

이태진이 웃음 띤 얼굴로 물었다.

"그런데 저한테 생산 부탁하시는 이유는 뭡니까? 경쟁력이 있는 회사가 수백 개 아닙니까?"

"솔직히 여러 군데 부탁하고 다녔지요."

따라 웃은 민경준이 말을 이었다.

"우리도 입찰에 참여했지만 참가 회사에 생산 로비하고 다닙니다."

"저도 그 생각은 못 했습니다. 잘되실 겁니다."

"대영산업에 계셔서 잘 아시겠지만 우리 동우의 생산체제는 믿어도 됩니다."

"잘 알고 있습니다. 저도 잘 부탁합니다."

이태진도 화답했다.

"놀랍습니다."

라운지에서 나왔을 때 서윤경이 이태진의 옆을 걸으면서 말했다.

"치열합니다."

이태진은 잠자코 걸었고 서윤경이 말을 이었다.

"우리가 왜 저렇게 뛰지 못하는지 모르겠습니다."

이태진이 고개를 들었지만 서윤경을 보지는 않았다.

서윤경이 방금 '우리'라고 말한 것은 '북조선'이다.

북조선과 한국을 비교한 것이다.

이태진이 입을 다물고 있었기 때문에 서윤경도 더 이상 말을 잇지 않는다.


오전 11시 반.

이태진이 전화기를 귀에 붙이고는 심호흡부터 했다.

호텔 방이다.

방금 회의를 마친 후인 방 안에는 이태진 혼자뿐이다.

번호를 눌렀을 때 곧 신호음이 두 번 울리더니 응답 소리가 들렸다.

"여보세요."

김봉철이다.

"나야, 김 사장."

이제는 김봉철의 동양기획이 '함단 앤 대영'의 중정 역할이 되어있다.

"아이구, 사장님."

깜짝 놀란 김봉철이 말을 이었다.

"건강하십니까?"

"그래. 별일 없지?"

"예, 특이한 사항은 없습니다."

"의뢰할 일이 하나 있어."

"예, 말씀하십시오."

"김명화."

이름을 부르고 난 이태진의 눈이 흐려졌다.

김명화에게 전화한 후부터 체한 것처럼 가슴이 막혀 있었다.

김명화를 떠올리면 머리가 멍해졌고 까닭 없이 심장박동이 빨라졌다.

예감이다.

멀리 떨어져 있었기 때문에 지금 당장 달려가 만나고, 확인할 수가 없다.

그래서 그런다.

김봉철이 숨을 죽였고 이태진이 말을 이었다.

"조사를 해야겠어."

할 수 없다.


"보스, 회사라고 합니다."

전화기의 수화기를 손으로 막은 하드람이 말했다.

오후 4시 반.

시내에 나갔다 온 이태진이 막 씻고 나왔을 때다.

전화기를 받아 쥔 이태진이 귀에 붙였다.

"여보세요."

"이 사장, 납니다. 박영균이오."

중정 중동부장 박영균이다.

놀란 이태진이 전화기를 고쳐 쥐었다.

"아니, 웬일이십니까?"

"바쁘세요?"

"괜찮습니다."

"그럼 30분쯤 후에 팔래스 호텔에서 뵐까요?"

"아니, 여기 팔래스 호텔 말씀입니까?"

놀란 이태진이 물었다.

팔래스 호텔은 옆쪽으로 2백 미터쯤 떨어진 곳에 있는 특급호텔이다.

박영균이 웃음 띤 목소리로 말했다.

"예, 그럼 704호실에서 뵙지요."


30분 후에 이태진은 팔래스 호텔 방 안에서 박영균과 마주 앉아있다.

박영균은 요원 하나와 동행이었는데, 수행원으로 미스터 박이라고만 소개해 주었다.

이태진의 시선을 받은 박영균이 쓴웃음을 짓고 말했다.

"급하게 날아왔습니다."

"무슨 일 있습니까?"

"나, 참."

어깨를 치켰다가 내린 박영균이 이태진을 보았다.

"갑자기 SOS를 쳐 와서요."

이태진은 시선만 주었고 박영균이 말을 이었다.

"사마르칸트에 우리 요원들이 있지요. 그 요원들은 이제 북한 대외사업국 요원들하고 서로 알고 지내는 상황인데 갑자기 북한 요원들이 우리 요원들한테 본부에 연락해서 고위층의 전화를 받으라는 겁니다."

"…"

"그래서 내 전화번호를 알려주었더니 서울로 전화가 왔더군요."

"누가 말입니까?"

"한철 국장 휘하의 기획관 조성만 대좌라고 했습니다."

"그 사람 지금 트리폴리 호텔에 있을 텐데요."

"그렇다고 하더군요."

쓴웃음을 지은 박영균이 말을 이었다.

"국장하고 같이 이 사장님을 만났다고 했습니다."

"혹시 수수료 문제로 전화한 것 아닙니까?"

그러자 박영균이 이번에는 이를 드러내고 웃었다.

"그래요. 절충을 좀 해달라는 겁니다. 나, 참. 우리가 이런 일을 겪게 되다니요. 세상이 많이 변했어요."

"아무리 그래도 가격 못 깎아 줍니다."

"하하하."

이제는 박영균이 소리 내어 웃었다.

"뭐, 좀, 어떻게 안 될까요?"

"우리가 봉입니까? 궂은일은 다 하고 남 좋은 일만 시키게요?"

"이 사장님, 우리가, 그러니까 구체적으로 말씀드려서 우리 중정이 생색 좀 내게 해주시죠."

이제는 박영균이 정색했다.

"저자들한테 우리가 부탁할 일이 좀 있습니다. 서로 주고받는 것이지요."

"…"

"납북된 어선에 어부 14명이 타고 있는데 그들을 데려와야겠어요. 한철 씨가 손을 쓰면 가능합니다."

"…"

"우리 차장님도 이 사장님한테 잘 봐달라고 부탁하십니다, 이 사장님. 높은 자리에 계실 때 좀 봐주시죠."

박영균이 웃지도 않고 말했기 때문에 이태진이 먼저 웃었다.

웃고 나서 입맛을 다신 이태진이 박영균을 보았다.

"이렇게 버릇을 들이면 안 되는데요. 무슨 일이 있을 때마다 중정에다 중재를 요청하게 될 겁니다."

"우리가 끌려갈 리가 있습니까? 그때마다 뒤통수를 치게 될 겁니다."

"저쪽에서 구체적으로 부탁하던가요?"

"수수료를 15퍼센트 선으로 해주시면 신세 잊지 않겠다고 했습니다."

"알겠습니다. 그렇게 하지요."

"감사합니다."

다시 이를 드러내고 웃은 박영균이 손을 뻗어 이태진의 손을 쥐었다.

"우리가 주도권은 쥐고 있는 겁니다."

이태진이 고개를 끄덕였다.

"그럼 박 부장님이 생색을 내시지요. 지금 호텔 방에 있을 테니까 직접 전화를 하셔도 될 겁니다."


호텔로 돌아온 이태진이 로비에서 태한상사 안형선을 만났다.

그래서 한 시간쯤 이야기를 하고 있었는데 잠깐 방에 올라갔던 하드람이 내려왔다.

다가온 하드람이 이태진의 귀에 대고 낮게 말했다.

"보스, 방에서 미스 서가 기다리고 있습니다."

고개를 끄덕인 이태진이 안형선과 헤어져 방으로 돌아왔다.

그때 서윤경이 이태진에게 말했다.

"오늘 저녁에 국장 동지께서 저녁 초대를 하셨습니다."

다가선 서윤경의 눈이 반짝였다.

"구시가지의 저택에 계신데 그곳에 군사고문단 고위층까지 모두 초대하신 겁니다."

"내가 끼어도 되나?"

"오늘 저녁 파티는 사장님이 주빈이라고 하셨습니다."

이태진이 고개를 끄덕였다.

그때 서윤경이 말을 이었다.

"그리고 오늘 잠깐 시간을 내어서 수수료 계약서에 사인을 하고 돌아가시겠다고 하셨습니다."

이태진이 다시 고개만 끄덕였다.

박영균의 연락을 받았을 것이다.

그 기념으로 리비아 주재 북한 군사고문단 간부들을 모아놓고 축하 파티를 하는 것이다.

자신의 위세를 과시하려는 속셈도 있겠지.


서윤경이 방으로 돌아갔을 때 칼라드가 이태진에게 말했다.

"보스, 서윤경이 방을 비웠을 때 제가 방 수색을 했습니다."

이태진이 시선만 주었다.

시키지 않았기 때문이다.

그때 칼라드가 말을 이었다.

"서윤경의 가방 안에 녹음테이프가 10여 개 숨겨져 있었습니다.

아마 보스와의 대화를 녹음해놓은 것 같습니다."

칼라드의 시선을 받은 이태진이 쓴웃음을 지었다.

"놔둬라, 칼라드. 모른 척해."

저택의 응접실에는 10여 명의 사내가 모여 있었다.

그중 한철이 가장 선임자다.

북한 군사고문단 대표 조영길의 모습도 보였다.

대부분이 40대쯤의 고위급 장교들.

이태진은 한 명씩 악수를 나누고 소개를 받았지만 다 기억하지 못했다.

이미 응접실 탁자에는 음식이 차려져 있어서 인사를 마친 이태진이 자리에 앉았다.

배치된 자리는 상석이다.

좌우에 한철과 조영길이 자리 잡았다.

서윤경의 자리는 원탁의 끝 쪽이다.

식사를 시작했을 때 한철이 문득 생각이 떠올랐다는 표정으로 이태진을 보았다.

"이 사장, 고맙습니다."

이태진이 웃기만 하자 한철이 말을 이었다.

"크게 도와드리지 못해서 미안합니다."

"아니, 천만에요."

"진전은 있습니까?"

"노력은 하고 있습니다."

"잘되어야 할 텐데요."

이태진이 입을 다물었다.

입찰 심사가 이제 닷새 후로 다가왔다.

사우디처럼 브리핑하는 것이 아니라 간단한 면담 형식이다.

그때 한철이 목소리를 낮췄다.

"마흐라트가 뻣뻣해서 군 고위층에 압력을 넣는 중이오. 그놈을 입찰 책임자에서 밀어내고 우리한테 우호적인 군 간부로 교체할 계획이오."

"그렇습니까?"

"약점을 캐면 다 나오기 마련이지. 우리는 군 정보부도 장악하고 있으니까."

"누구로 교체할 계획입니까?"

"군 정보대 부사령관 야스람 대령이오."

한철이 이태진의 몸에 상반신을 기울이며 말했다.

"야스람이 입찰 담당이 되면 이 사장은 바라는 대로 오더를 받을 수 있을 거요."

이태진이 숨을 들이켰다.

이것이 과연 득인가? 독인가?


식사를 마치기도 전에 이태진과 한철은 옆방으로 옮겨가 계약서에 사인했다.

한철이 미리 준비해 온 계약서에는 계약금 15퍼센트가 명기되어 있다.

계약서를 훑어본 이태진이 몇 개 요구사항을 추가시켰고 한철은 이의 없이 동의했다.

그래서 사인하고 방을 나오기까지 30분도 안 걸렸다.

응접실에는 술판이 벌어지고 있었기 때문에 이태진이 한철과 조영길에게만 양해를 구하고 저택을 나왔다.

서윤경이 잠자코 뒤를 따랐다.


호텔로 돌아왔을 때는 오후 10시 반이다.

방으로 따라 들어온 하드람에게 이태진이 낮게 말했다.

"지금 타르밧한테 연락해. 내가 만나고 싶다고 전해라."

하드람이 잠자코 몸을 돌렸다.


오후 11시 반.

호텔에서 한 블록 떨어진 사거리 안쪽의 주택 안.

이태진이 응접실로 들어서자 기다리고 있던 타르밧이 맞는다.

방 안에는 둘뿐이다.

악수만 나눈 둘이 탁자를 사이에 두고 마주 앉았다.

먼저 이태진이 입을 열었다.

"조금 전 북한 대외사업국장을 만났는데 민간 구매 담당 책임자 마흐라트를 교체시킨다는 겁니다."

이태진이 쓴웃음을 지었다.

"물론 나를 위해서 한 공작인데 군 정보대 부사령관 야스람 대령으로 교체시킬 계획이라는군요."

"야스람이 친북파지요."

타르밧의 얼굴에도 웃음이 떠올랐다.

이태진이 심호흡을 했다.

CIA 측도 북한산 무기가 밀반입되는 것을 지원하는 상황이다.

따라서 마흐라트에게 로비를 하도록 내연녀에게도 연결해 주었던 것이다.

이곳에서도 적의 적은 동지라는 공식이 성립된다.

CIA는 차드 반군을 지원하는 입장인 것이다.

프랑스의 지원을 받는 차드 정부가 반미(反美) 정책을 강화하고 있기 때문이다.

그때 타르밧이 말했다.

"잘 알겠습니다. 우리가 처리하지요."

"어떻게 하실 겁니까?"

"일단 보고를 해야지요."

고개를 든 타르밧이 말을 이었다.

"우리도 북한 무기가 어떻게든 리비아에 들어와야 한다는 데는 동의하니까요."

타르밧의 시선을 받은 이태진이 천천히 고개를 끄덕였다.

북한산 무기가 안 된다면 다른 방법으로 리비아군을 도우려고 했을 것이다.

그것이 세상 돌아가는 이치다.

또 배운다.


다음 날 아침.

호텔 식당에서 뷔페식 식사를 하던 이태진이 옆으로 다가온 민경준을 보았다.

동우상사 부사장이다.

"안녕하십니까?"

민경준이 먼저 인사를 했다.

손에 음식 그릇을 들고 있었기 때문에 이태진이 눈으로 옆자리를 가리켰다.

"앉으시죠."

식탁에는 서윤경도 앉아있어서 곧 셋이 둘러앉았다.

민경준이 웃음 띤 얼굴로 이태진을 보았다.

"이제 나흘 남았네요."

"그렇군요."

"경공업 제품은 동구권과 그리스, 중공업 계통은 독일, 프랑스 영국 등이 나눠 갖는다는 소문이 났습니다."

"한국은 없습니까?"

"경공업에 몰려있는데 일본과 연합했지만 동구권과 유럽 국가에 밀립니다."

고개를 든 민경준이 이태진을 보았다.

"이 사장님은 한국기업에 포함되지 않으셨습니다. 사우디 종합상사죠. 하지만 한국 상사원들은 다 압니다."

이태진이 고개를 끄덕였다.

식당에는 손님들이 많았는데 모두가 이번 입찰에 참가한 외국인들이다.

그중 한국인이 삼분의 일은 넘어 보였다.


오전 10시경에 방으로 무자르가 찾아왔다.

무자르는 마흐밧이 소개한 이집트 정보원이다.

방에는 하드람까지 셋이 둘러앉았다.

무자르가 입을 열었다.

"차드 반군에 리비아가 무기와 특전대 병력까지 지원하고 있다는 소문이 났습니다. 그리고."

무자르가 말을 이었다.

"북한 군사고문단이 훈련시킨 리비아 특공대가 남쪽 국경에 배치되고 있습니다."

이태진과 하드람이 마주 보고 나서 고개를 돌렸다.

서윤경은 부르지 않으면 오지 않는다.

무자르가 목소리를 낮췄다.

"입찰에 참가한 업체끼리의 경쟁이 치열해지면서 경쟁업체에 대한 음해가 폭증하고 있습니다."

무자르가 탁자 위에 서류봉투를 내밀었다.

"이건 입찰 담당인 경제부에서 빼낸 고발 명단입니다. 비공개 자료인데 담당 직원을 매수했지요."

이태진이 봉투에서 서류를 꺼내 보았다.

고발사 명단과 고발 내역만 요약해놓은 기록이다.

이태진이 숨을 들이켰다.

고발한 업체가 125개나 되었기 때문이다. 그리고 고발 대상이 대부분 한국 상사다.

명단을 훑어가던 이태진이 어금니를 물었다.

고발 대상에 함단사가 눈에 띄었기 때문이다.

그것이 2개나 된다.

고발 회사는?

태한상사와 동우상사다.

동우상사라니.


면담에 대비한 공부를 하고 있는데 문에서 벨 소리가 울렸다.

오후 4시 반.

점심도 거른 채 과일 몇 쪽만 먹고 5시간째 공부를 하던 중이다.

아마 문밖에는 하드람이나 칼라드가 경비를 서고 있을 것이다.

자리에서 일어선 이태진이 문으로 다가가 문을 열었다.

하드람이 있다가 바짝 다가섰다.

"미스터 조가 제 방에 있습니다."

한철의 수행원으로 기획관 조성만이다.

이태진이 잠자코 방을 나왔다.

하드람의 방은 같은 층의 복도 끝 방이다.

이태진이 방으로 들어서자 창가의 의자에 앉아있던 조성만이 일어섰다.

"드릴 말씀이 있어서요."

고개를 숙여 보인 조성만이 마주 보고 앉았을 때 말했다.

"야스람 대령이 오늘 오전에 남부의 3사단장으로 영전되었습니다."

목소리를 낮춘 조성만이 말을 이었다.

"그래서 국장 동지께서는 다른 방법을 찾겠다고 하셨습니다."

"알겠습니다."

고개를 끄덕인 이태진이 말을 이었다.

"면담에서 점수를 받는 수밖에요."

"중정을 통해서 공작할 수는 없을까요?"

조성만이 물었기 때문에 이태진이 의자에 등을 붙였다.

예상했던 질문이다.

"우린 아직 리비아와 국교 수립도 안 돼서."

"제 말은 CIA를 이용할 수 없는지를 말씀드리는 겁니다."

"국장 동지의 말씀이겠군요."

"그렇습니다."

"내가 그러는 것보다 이제는 대외사업국에서도 중정 측에 직접 협조 요청을 할 수도 있지 않겠어요?"

이태진이 직설적으로 말하자 조성만이 쓴웃음을 지었다.

"우리 무기가 이번에 리비아와 계약까지 맺었다는 것을 CIA는 알고 있겠지요. 하지만 그 반입까지 협조해달라고 요청할 수는 없습니다."

"이해는 합니다."

고개를 끄덕인 이태진이 지그시 조성만을 보았다.

이미 CIA 측 정보원의 소개로 마흐라트의 내연녀를 만나 1백만 불을 건네주었다는 말을 할 필요는 없다.

그런다면 이번에 입찰담당관으로 교체될 야스람이 갑자기 3사단장으로 영전된 이유도 밝혀질지 모르니까.

CIA 측은 이태진의 말을 듣고 야스람을 이동시켰을 것이다.

야스람이 친북 인사인 것을 알자 전방으로 내쫓은 것이겠지.

이태진이 길게 숨을 뱉고 나서 자리에서 일어섰다.

"어쨌든 국장님께 신경 써주셔서 고맙다고 전해주세요."

앞으로 행동에 조심해야 한다.

현재로서는 허공에서 두 가닥 줄을 밟고 가는 것 같다.


저녁을 먹으려고 뷔페식당에 들어섰더니 동우상사의 민경준이 다가왔다.

얼굴에 가득 웃음이 떠올라 있다.

"잘되십니까?"

음식을 집는 이태진의 옆에 서서 민경준이 물었다.

"예, 덕분에."

따라 웃은 이태진이 민경준을 보았다.

민경준은 동우그룹 사주 민대식의 차남이다.

동우그룹은 생산기반이 강한 업체로 10여 개의 의류, 신발, 경공업 제품의 생산시설을 보유하고 있다.

음식을 그릇에 담은 이태진과 민경준은 구석 쪽 자리에 앉았다.

민경준이 따라온 것이다.

"면담 시간은 각 회사별 15분이라고 합니다."

민경준이 말을 이었다.

이태진도 아는 사실이다.

고개를 든 민경준이 이태진을 보았다.

"일성과 근대가 서로 치고받는 모양입니다. 이건 소문인데, 입찰 당국에 건의서에다 상대방을 고발했다고 합니다."

이태진이 잠자코 소시지를 씹었다.

입찰 당국은 각 입찰회사로부터 건의서를 받는다.

건의서 양식이 있는 것이다.

그 건의서가 경쟁사를 비판하기에 적당하다.

"참, 우리끼리 왜 이러는지."

민경준이 혼잣소리로 탄식했다.

이 민경준이 함단사가 생산기반이 취약하며 제품 품질이 불안정하고, 관리 능력이 부족하다고 고발했다.

특히 함단사 대리인이며 사주인 이태진이 한국에서 사문서위조, 사기, 횡령 등의 혐의로 기소되었다가 보류된 전력이 있다고까지 고발한 것이다.

모함이다.

건의서가 비밀 보장된다는 것을 악용했다.

이태진이 고개를 끄덕였다.

"글쎄 말입니다."

그 순간 이태진이 결심했다.

이대로 놔둘 수는 없다.


함단이 왔다.

오후 4시 반.

공항으로 마중 나간 이태진을 껴안은 함단이 말했다.

"동생 혼자서 고생하는 것이 미안해서."

"난전(亂戰)입니다."

함단과 함께 공항을 나오면서 이태진이 말을 이었다.

"서로 고발하고 고발당하는 상황인데 그중에 나도 포함되어 있습니다."

"이런."

공항을 나온 차는 시내로 달리고 있다.

고개를 돌린 함단이 이태진을 보았다.

"괜찮겠어?"

"대비하고 있습니다."

"누가 그런 거야?"

"같은 한국 상사죠."

"세상에. 한국인끼리 그런다는 거야?"

"죽고 사는 문제니까요."

함단의 시선이 앞쪽으로 옮겨졌다.

승용차는 하드람이 운전하고 있다.

함단이 목소리를 낮췄다.

"북한이 도와주고 있나?"

"도우려고 했지만 막혔습니다."

이태진이 야스람 사건을 설명해줬더니 함단이 고개를 끄덕였다.

"한계가 있는 법이지."

"어쨌든 최선을 다하고 있습니다."

"결과가 어떻게 되건 최선을 다하면 된 거야. 난 실망하지 않겠어."

함단이 부드러운 시선으로 이태진을 보았다.

이태진과 중정, 그리고 CIA와의 관계도 알고 있는 함단이다.

더 이상 묻지 않은 것은 믿고 맡긴다는 표시다.


그 시간에 서윤경은 호텔 라운지에서 기획관 조성만과 마주 앉아 있다.

"지금 이태진은 함단을 만나고 있을 겁니다."

서윤경이 말을 이었다.

"함단도 걱정이 되니까 이곳에 온 것이죠. 하지만 이태진에게 도움이 되지는 못합니다."

"함단사 오더는 결국 '함단 앤 대영'에서 흡수하는 것 아닌가?"

"그렇습니다. 입찰서류에도 생산기반을 '함단 앤 대영'으로 표시해놓았습니다."

"이태진은 지금 어떻게 하고 있지?"

"면담에 대비해서 자료를 챙기고 있어요."

고개를 든 서윤경이 조성만을 보았다.

"날 믿지 않는 것 같습니다."

"이번 리비아 프로젝트까지는 이태진 옆에서 감시역으로 근무하도록 해."

"알겠습니다."

"이태진이 부르지 않더라도 찾아가야 하는 것 아냐? 이태진과는 우리가 공조하는 사이니까 말야."

"알겠습니다."

서윤경이 고개를 끄덕였다.

맞는 말이다.

이태진에게 고용된 입장은 아닌 것이다.


"이태진이 면담은 하겠지만 오더 따내기는 어려울 거야."

안형선이 웃음 띤 얼굴로 말을 이었다.

"한국에 조회를 하지도 않을 거고, 한다고 해도 그건 사실이니까 말야."

"상무님, 이태진이 사우디 유력자를 통해 로비를 한다는 소문이 있습니다."

김종호가 말했다.

안형선의 방이다.

저녁을 먹고 나서 둘은 방으로 돌아와 위스키를 마시는 중이다.

면담에 대비해서 자료준비는 다 마쳤다.

그런데 문제는 오더를 따낼 자신이 시간이 지날수록 줄어들다가 지금은 거의 포기상태라는 것이다.

작년에도 리비아에서 정부 입찰이 있었지만 한국은 1달러도 따내지 못했다.

그때는 5억 불 규모였고 입찰에 참가한 한국 상사는 대여섯 곳뿐이기는 했다.

안형선이 쓴웃음을 지었다.

"일성이나 근대가 일본 상사들을 잡고 난리를 치지만 올해도 오더는 동구권, 유럽으로 넘어갈 거야. 한국은 아직도 우물 안 개구리야."

"이번에는 일성이나 근대가 따낼 가능성이 있지 않을까요?"

"없어. 카다피는 일본 놈들도 미국 놈들 부하라고 생각하고 있으니까 오더 안 줘."

술잔을 든 안형선이 한 모금에 위스키를 삼켰다.

그때 문에서 벨 소리가 났기 때문에 둘은 고개를 들었다.

오후 8시 반이다.

다시 벨 소리가 났고 김종호가 자리에서 일어섰다.

옆방에는 과장 둘이 투숙하고 있다.

문을 연 김종호가 숨을 들이켰다.

경찰 셋이 서 있다.

"검문이오."

앞에 선 경찰이 말하더니 김종호 앞으로 한 발짝 다가서면서 숨을 들이켰다.

냄새를 맡은 것이다.

그 순간 경찰의 검은 얼굴에 웃음이 떠올랐다.

"당신, 술 마셨구만."


30분쯤 후에 하드람이 서둘러 방으로 들어서더니 이태진에게 말했다.

"경찰이 태한상사 안형선과 김종호를 체포해갔습니다."

하드람이 말을 이었다.

"동시에 동우상사 민경준의 방에서 술병을 찾아내고 경찰서로 끌고 갔습니다."

이태진은 창밖으로 시선을 준 채 듣기만 했다.

옆으로 다가선 하드람이 이태진을 보았다.

"지금 호텔은 난리가 났습니다. 한국의 2개 업체 대표가 체포된 상황이거든요."

이태진이 고개를 끄덕였다.

안형선과 민경준이 체포된 것은 북한 군사고문단의 작품이다.

이태진이 서윤경을 시켜 체포를 부탁한 것이다.

이에는 이고, 칼에는 칼이다.

# 2장 욕심의 승리

다음 날 아침.

호텔의 뷔페식당은 뒤숭숭했다.

한국 상사원들은 둘씩 셋씩 모여 있었지만 모두 불안한 기색이다.

웃음이 사라졌다.

구석 쪽 자리에 앉은 이태진과 서윤경에게 일성상사의 상무 오병진이 다가왔다. 오병진과는 며칠 전에 인사만 나눈 사이다.

오병진이 낮게 물었다.

"이 사장님, 식사 끝나고 잠깐 시간 좀 내주시겠습니까?"

"그러지요."

오병진의 시선이 서윤경을 스치고 지나갔다.

"제 방에서 대표들이 모여 회의를 하려고 합니다. 어젯밤 사건 때문인데요."

"아, 예. 알겠습니다."

"그럼 9시에 뵙지요. 제 방은 1201호실입니다."

눈인사를 한 오병진이 멀어졌을 때 이태진이 자리에서 일어섰다.

면담 사흘 전이다.


1201호실은 특실이어서 응접실도 넓다.

방 안에는 10여 명의 상사원이 모여 있었는데 다른 호텔에 투숙한 사람들도 모였다.

일성에서 연락한 것이다.

일성은 한국 최대 그룹이다.

근대상사의 대표인 최 상무와 함께 상사원들을 모았다.

한국의 양대(兩大) 그룹이 주관해서 소집한 셈이다.

모두 이쪽저쪽에 앉았을 때다.

먼저 오병진이 입을 열었다.

"잘 아시겠지만, 어젯밤 태한, 동우 두 곳 대표가 경찰에 체포되었어요. 금주 현장이 발견된 상황이라 며칠 구속되었다가 추방당할지 아직 알 수 없습니다."

오병진은 42세.

일성상사의 수출부 총책으로 수출본부장이다.

오병진이 말을 이었다.

"우리는 아직 대사관이 설치되지 않아서 우선 저하고 근대상사가 대표가 되어서 리비아 정부 측에 대응하기로 했습니다. 이의 없으시죠?"

"없습니다."

모두 대답했고 이태진도 고개를 끄덕였다.

적절한 조치다.

그때 옆에 서 있던 근대상사 최병한이 말을 받았다.

"음주를 조심하기 바랍니다. 이번 한 번의 점검으로 끝날 것 같지 않으니까요. 앞으로 그런 일이 또 발생하면 한국 상사 전체의 문제로 번질 겁니다."

대답하는 사람은 없다.

이 중에서 술을 마시지 않은 사람은 없을 것이다.

오병진이 다시 입을 열었다.

"체포된 두 업체 직원들이 지금 어떤 상태인지 여러 루트를 통해 수소문해볼 겁니다. 그리고 아직 통신은 가능하니까 본국에 연락은 했습니다. 곧 도와주겠지요. 하지만 부끄럽습니다."

이태진이 외면했다.

두 업체 직원 네 명을 구속시킨 것은 자신이다.

북한 군사고문단을 이용해서 정보를 준 것이다. 정보를 준 것이 아니라 압력을 넣었다.

술을 팔고 마신다는 사실을 경찰도 알면서도 묵인해주고 있었기 때문이다.

그때 상사 대표 하나가 자리에서 일어나 말했다.

"이번 사건으로 한국 업체들을 입찰에서 제외한다는 소문이 났습니다. 아침 식사 시간에 외국 상사원들한테서 들었습니다."

40대쯤의 상사원이다.

모두 조용해졌고 사내의 말이 이어졌다.

"그리고 이번 사건은 북한의 공작이라는 겁니다. 술도 북한인들이 들여와서 우리한테 판 것 아닙니까? 술을 판 내역도 북한 측이 다 알고 있는 겁니다. 그래서 경찰에 고발할 수 있는 거죠."

"그만하십시다."

다른 사내가 일어나 말했다.

"근거 없는 소문으로 몰아붙이지 마십시다. 어쨌든 술 마신 건 법을 위반한 것이니까요."

그때 오병진이 정리했다.

"앞으로 행동은 조심하시고 무슨 일이 있으면 저나 근대상사 최 상무한테 연락해주시기 바랍니다."

최병한이 마무리를 했다.

"이럴 때일수록 단합해서 뚫고 나갑시다. 한국인의 기질을 보여주십시다."

방으로 돌아온 이태진에게 서윤경이 말했다.

"안형선과 민경준은 본보기로 재판까지 받을 것 같습니다."

방에 하드람이 있었지만 서윤경이 한국어로 말을 이었다.

"카다피가 대로했다고 합니다."

"재판을 받으면 어떻게 되나?"

"최소 5년 징역형이라고 합니다. 지난달 이태리인 하나가 징역 5년을 선고 받았습니다."

"이번 입찰에서 한국 상사들이 영향을 받을 가능성은?"

"분위기는 나빠지겠지요."

이태진이 고개를 끄덕였다.

서윤경은 대외사업국 기획관 조성만을 만나고 온 것이다.

조성만이 군 대표단과의 연락 역할을 맡고 있다.

오후 2시 반.

트리폴리 구시가지의 하르다니 모스크 옆 물 담배 가게 안.

이태진이 CIA 정보원 타르밧과 나란히 앉아있다.

가게 안에는 손님이 셋뿐이다.

앞쪽 입구 옆에 뒷모습을 보이고 앉은 사내는 하드람이다.

고개를 든 타르밧이 이태진을 보았다.

"이번 사건으로 한국 기업들이 불이익은 받지 않을 겁니다."

이태진이 고개만 끄덕였다.

서윤경을 시켜 태한상사와 동우상사를 제거하도록 한 것은 타르밧에게 말하지 않았다.

이번 리비아 프로젝트는 CIA나 북한이 같은 배를 탄 입장이지만 다 알려줄 필요는 없는 것이다.

오늘 타르밧을 만나러 온 것도 서윤경은 모른다.

타르밧의 얼굴에 쓴웃음이 번졌다.

"한국 업체들 사이에서도 경쟁이 치열한 모양이지요?"

"당연하지요. 이건 죽고 사는 문제나 같습니다. 엄청난 출장비를 쓰면서 이곳에 왔거든요."

"그런데도 호텔 방 안에서 술 마시다가 체포되었으니 귀국하면 회사에서 파면되겠지요?"

"재판을 받는다니까 파면이 문제가 아니죠."

숨을 고른 이태진이 타르밧을 보았다.

"마흐라트 쪽 소식은 없습니까?"

마침내 이태진이 본론을 꺼내었다.

그러자 타르밧이 정색하고 고개를 저었다.

"없습니다."

타르밧이 말을 이었다.

"기다리는 수밖에요."

말을 멈춘 이태진이 타르밧을 보았다.

이제 이틀 후다.

내일만 지나면 면담이다.


하루에 두 끼는 호텔 식당에서 먹는다.

근처에 식당도 없는 데다 호텔 밖으로 한 발짝 떼기만 해도 숨이 턱 막히는 더위 때문이다.

그리고 밖으로 나가서 만날 사람도 없다.

요즘은 모두 호텔 방에서 면담 준비를 한다.

1개 업체당 제한시간 15분.

면담위원 12명 앞에서 짧은 소개, 질문에 대답해야 한다.

오후 7시 반.

뷔페식당에서 저녁을 먹고 나오는 이태진에게 근대상사 상무 최병한이 다가왔다.

최병한은 30대 후반으로 장신의 호남형 용모다.

확인은 안 되었지만 사주인 전 회장의 처가 쪽 친척이라는 말이 있다.

"이 사장, 나 좀 봅시다."

다가선 최병한이 이태진의 팔을 끌었다.

자연스럽고 친근한 태도다.

최병한과 이태진은 식당 옆쪽 카페로 들어가 구석 자리에 마주 보고 앉았다.

그때 최병한이 입을 열었다.

"이 사장, 우리 연합합시다."

고개를 든 이태진이 쓴웃음을 지었다.

"근대는 미쓰이그룹과 연합했지 않습니까? 소문이 다 났던데요."

"거기에다 함단사만 연합하면 경쟁력이 강해질 것 같습니다."

최병한이 정색하고 이태진을 보았다.

"저도 이곳에 와서야 이 사장님 영향력을 깨닫게 되었습니다. 함단 씨도 여기 와 계시지요?"

이태진이 고개만 끄덕이자 최병한이 말을 이었다.

"그렇게 되면 사우디의 자금력이 보증되고 한국의 생산력과 일본의 기술력이 결합되는 셈입니다. 완벽하지요."

"…."

"면담하실 때 한국 근대상사와 일본 미쓰이그룹과 제휴했다는 말씀만 하시면 됩니다. 입찰위원들이 각 업체에 구두 확인만 하면 되니까요."

최병한이 말을 이었다.

"어떻습니까? 이제 면담일이 내일입니다. 연합하십시다."

그때 이태진이 고개를 저었다.

최병한은 함단사가 유력하다는 정보를 받은 것 같다.

그러나 면담 하루 전에 연합하자니….

"저는 그냥 혼자 가겠습니다."


면담일.

오전 9시에 입찰장인 정부종합청사 국제회의장 로비로 갔더니 이미 전광판에 입찰 참가 회사의 면담 시간이 표시되어 있었다.

이태진은 로비 왼쪽 창구로 다가가 입찰 신청 확인서와 신분증을 제시하고 번호표를 받았다.

이태진의 함단사 면담 시간은 오전 11시 10분.

장소는 2층 212호실이다.

전광판에는 3백여 개의 입찰사가 나타나 있었는데 정리가 잘 되었다.

로비에 1천여 명의 상사원들이 운집해 있지만 리야드보다 질서정연했다.

전광판에는 심사팀까지 나타나 있다.

함단사의 심사팀은 제4팀이다.

"휴게실에서 쉬시죠."

서윤경이 번호표를 받아든 이태진에게 말했다.

아직 2시간이나 남은 것이다.

함단은 호텔에 남아있었기 때문에 입찰장에는 하드람, 칼라드까지 넷이 왔다.

고개를 끄덕인 이태진이 로비 라운지 옆의 휴게실로 옮겨 갔다.

휴게실은 넓고 잘 꾸며 놓았다.

로비 좌우에 휴게실이 2곳이나 더 있었기 때문에 1천 명도 수용할 수 있게 만들어 놓았다.

하드람과 칼라드가 커피를 가지러 갔을 때 서윤경이 이태진에게 물었다.

"긴장되시죠?"

"별로."

서윤경의 시선을 받은 이태진이 말을 이었다.

"이만하면 최선을 다했으니까."

서윤경이 외면했다.

오늘 면담이 끝나면 이틀은 더 기다려야 한다.

내일까지 면담이 계속되기 때문이다.

그리고 그다음 날 심사.

하루 종일 심사가 끝난 후에 모레 오후 6시에 발표다.

그때 서윤경이 입을 열었다.

"제가 여러 가지로 부족했던 것 같습니다."

"아니. 천만에."

이태진이 정색하고 서윤경을 보았다.

"그만하면 충분히 역할을 해낸 거요, 서윤경 씨."

"제가 도움이 되었는지 모르겠어요."

"많이 되었지."

이태진은 머릿속으로 서윤경이 어디에 녹음기를 숨겨놓았을까 생각해보았다.

이곳 로비 입구에 공항 검색대처럼 금속탐지기가 설치되어 있었으니까 이곳까지는 가져오지 않았을지도 모른다.

그때 서윤경이 입을 열었다.

"저는 이번 입찰이 끝나면 귀국하게 될 것 같아요."

"아니, 왜?"

"지시를 받았습니다."

"오더를 받으면 할 일이 더 많아질 텐데."

"그때는 다른 보좌관이 도와드리게 되겠지요."

"좌천당한 겁니까?"

마침내 이태진이 묻자 서윤경이 시선을 내렸다.

대답은 안 했지만 서윤경이 이곳에는 녹음기를 가져오지 않은 것은 확실한 것 같다.

이태진이 다시 물었다.

"서윤경 씨, 나하고 같이 일하고 싶어요? 그러고 싶으면 말해요. 내가 요청할 테니까."

그러고는 덧붙였다.

"국장 동지도 내 말은 거부하지 못할 겁니다."

시간이 되었다.

계단 아래에서 번호표를 제시한 이태진이 가방 하나만 든 채 계단을 올랐다.

붉은색 카펫이 깔린 계단을 오르면서 이태진의 가슴은 벅차오르고 있다.

오전 11시.

지금까지의 기다림이 결실을 맺든 무너지든 후회는 없다.

리비아 프로젝트에 덤비면서 엄청나게 성장한 느낌이 들었고 그것만으로도 대성공이다.

계단을 오른 이태진이 어깨를 폈다.

212호실이 눈앞에 보인다.


안으로 들어선 이태진이 앞쪽 테이블에 둘러앉은 입찰 담당관들을 보았다.

모두 남자.

말굽형 테이블에 12명이 앉았는데 군복과 쑵 차림이 각각 절반쯤 되었다.

이태진은 말굽의 빈 곳에 서 있는 셈이다.

그때 중앙에 앉은 군인이 이태진에게 물었다.

"함단사의 이태진이신가?"

"예, 그렇습니다."

어깨를 편 이태진이 다시 고개를 숙여 인사를 하고는 가방을 열었다.

가방에서 한 움큼의 사진을 꺼낸 이태진이 양쪽 끝의 담당관 둘에게 나눠주었다.

"돌려보시지요."

그렇게 말한 이태진이 담당관들을 둘러보았다.

"저는 사진에서 보시다시피 사우디 지역에 새로운 오더를 개척, 바이어의 명성을 높였습니다."

담당관들이 사진을 나눠보면서 이태진의 설명을 듣는다.

"저는 오더별로 제품의 품질은 물론이고 지도자 카다피 동지의 명성을 높일 예정입니다."

그때 담당관 하나의 입에서 탄성이 터졌다.

담당관이 사진을 들여다보고 있다.

다시 다른 담당관이 탄성을 뱉었다.

상석에 앉은 군인이 손에 들고 있던 사진을 내려놓고 옆쪽 사내가 건네주는 사진을 보았다.

눈이 둥그레져 있다.

그때 이태진이 내려놓았던 가방에서 한 무더기의 선전물을 테이블에 내려놓았다.

"이것은 이미 사우디 지역에 배포하고 있는 선전물입니다. 저는 오더별로 이런 선전물을 제품에 섞어 보내드릴 것입니다."

담당관들이 쌓여있는 선전물들을 집어가 보기 시작했다.

자리에서 일어나 가져가는 담당관도 있다.

모두의 얼굴에 감동한 표정이 떠올라 있다.

사진 한 장이 옆에 떨어졌다.

무하마드 카다피의 사진이다.

트리폴리의 국영 백화점 옆쪽 벽면에 카다피의 대형 그림이 붙어 있다.

이것은 사진을 구해다가 옆쪽 벽에 그림을 그려 넣은 것이다.

실물은 아니지만 실물처럼 만들었다.

그리고 선전물은?

자동차 열쇠고리, 찻잔 받침, 재떨이, 볼펜, 연필, 부채, 책받침, 라이터 등 수십 가지다.

그 선전물에 모두 무하마드 카다피의 얼굴이 인쇄되어 있는 것이다.

탁자 위에 리비아의 지도자 카다피가 쌓여 있다.

그리고 사진도 수십 장이다.

백화점 옆면에 붙여진 대형 그림은 가로 세로가 각각 80미터, 50미터 규모다.

엄청난 크기의 그림이 실물처럼 붙어 있다.

거리의 간판 사진도 있다.

트리폴리 시가지의 아파트 벽, 군 막사, 학교의 벽에도 카다피의 얼굴이 그려져 있다.

이것은 이태진이 사진을 구해다가 카다피 얼굴을 합성한 것이지만, 실물 같다.

그리고 얼마든지 가능한 일이다.

담당관들은 이제 모두 그 사진과 선전물들을 홀린 듯이 쳐다보고 있다.

그때 이태진이 말했다.

"이 오더는 국민을 위한 지도자 동지의 선물인 것입니다. 그것을 기억시키는 것입니다. 따라서 모든 오더에 이런 광고물, 부착물을 함께 보내는 것입니다. 저는 이렇게 사우디에서 바이어의 명성을 드높인 경험이 있습니다."

이렇게 이태진이 면담을 끝냈다.

15분 예정인데 10분이 조금 넘었을 뿐이다.

이태진이 인사를 했을 때 상석의 책임자가 말했다.

"이 사진과 광고물은 두고 가시오."


"개운하시죠?"

다가온 서윤경이 그렇게 물었다.

라운지 안.

서윤경은 시선도 주지 않는다.

하드람과 칼라드도 다가와 섰지만 입을 열지 않는다. 하드람이 이태진의 가방을 받아들고 조금 들어 올렸을 뿐이다.

72

안이 비어서 가벼워졌으니 그럴만했다.

"가자."

발을 떼면서 이태진이 말하자 셋이 일제히 움직였다.

마침 옆을 지나던 한국 상사원도 이태진을 보고는 눈인사만 했다.

결정의 순간이다.

이때는 어떤 말을 해도 분위기를 깨뜨릴 수가 있는 것이다.

말을 안 하는 것이 낫다는 것을 당사자들은 모두가 안다.


호텔로 돌아왔을 때는 오후 1시 반이다.

아침도 거르고 점심시간이 되었지만 식욕이 일어날 리가 없다.

그래서 이태진은 방으로 돌아와 혼자 남았다.

모두 내보낸 것이다.

전화기를 든 이태진이 번호를 눌렀다.

"여보세요."

벨이 한 번 울렸을 때 함단이 응답했다.

기다리고 있었던 것이다.

함단은 옆 호텔에 묵고 있다.

"함단, 끝내고 돌아왔습니다."

"고생했어, 브라더."

함단이 말을 이었다.

"아테네 내 별장으로 가서 며칠 쉬도록 해, 브라더."

"결과는 기다려야죠, 함단."

"인슈알라."

'알라의 뜻대로 이루어진다.'라는 말이 이때처럼 가슴에 파고드는 것은 처음이었기 때문에 이태진이 숨을 들이켰다.

그래서 저도 모르게 따라서 말했다.

"인슈알라."

"리, 그럼 나는 지금 공항으로 가야겠어."

함단이 웃음 띤 목소리로 말을 이었다.

"네 얼굴 보지 않는 것이 나을 것 같아서. 네 얼굴을 보면 눈물이 날 거야, 브라더."

"브라더, 나도 그렇습니다."

"최선을 다한 자네가 자랑스럽네, 브라더."

"고마워요, 브라더."

"결과 보고 바로 아테네로 가, 내가 연락해놓을 테니까."

그러고는 통화가 끊겼다.

함단은 기대하고 있지 않은 것이다.


함단과 통화를 끝내고 나서 10분쯤 지났을 때 전화벨이 울렸다.

"여보세요."

영어로 응답했더니 바로 한국어가 울렸다.

"한철입니다."

"아, 국장 동지, 안녕하십니까?"

"고생하셨지요?"

"아닙니다. 금방 끝났습니다."

"잘 끝나셨어요?"

"예, 그럭저럭."

"잘된 것 같습니까?"

"결과는 봐야지요. 정답 맞히는 시험도 아니니까요."

"그건 그렇습니다."

한철이 잠깐 뜸을 들이더니 말을 이었다.

"어쨌든 상품은 실어야 하니까요. 좀 뵈었으면 합니다."

"그러지요."

"결과 발표하고 나서 이집트에서 뵐까요?"

"알겠습니다."

대답한 이태진이 먼저 전화기를 내려놓았다.

한철은 입찰 오더를 받지 못해도 무기를 실어내야겠다는 의지를 보이고 있다.

물론 그 무기는 이태진이 실어야 한다.

북한에서 직접 실어낼 수는 없기 때문이다.


오후 4시 반.

혼자 있는 시간이다.

아침도 안 먹고 계속 버티고 있다.

생수를 한 병쯤 마셨을 뿐이다.

혼자 소파에 길게 앉아서 멍한 표정으로 음 소거를 시킨 TV를 보고 있다.

긴장이 풀려서 몸은 늘어졌지만 머리는 맑다.

머릿속이 비어있는 느낌이 드는 것이다.

그렇게 두 시간 정도를 보냈다.

이윽고 상반신을 세운 이태진이 전화기를 들면서 시계를 보았다.

한국 시간은 오후 11시 반이다.

버튼을 누르고 신호음이 두 번 울렸을 때 곧 아버지가 응답했다.

"여보세요."

"아버지, 접니다."

"오, 너구나. 지금 어디냐?"

"리비아 트리폴리에 있어요."

"리비아."

"별일 없으시죠? 어머닌 주무세요?"

"그래, 네 어머니는 잔다."

"아버지, 사시면서 어떤 때가 가장 보람이 있었어요?"

불쑥 이태진이 물었는데 생각하지도 않고 내뱉어진 말이다.

그때 아버지가 주춤하는 눈치더니 대답했다.

"네 나이쯤 되었을 때지, 아마."

이태진이 숨만 들이켰고 아버지가 말을 이었다.

"내가 만주에 있을 때."

"아버지, 성취감을 느끼셨어요?"

"그렇다."

아버지의 목소리에 술기운이 느껴졌다.

이태진이 다시 물었다.

"어떤 성취감 말인가요?"

"내 능력의 확인."

아버지가 분명히 말했지만 실감나지 않는다.

그때 아버지가 말을 이었다.

"내 욕심을 이루었을 때."

"욕심이라고 하셨어요?"

"그렇다."

아버지의 목소리가 분명해졌다.

"욕심을 부려야 일본인과의 경쟁에서 이길 수가 있었지. 그것은 일본인보다 몇 배의 노력이 필요했으니까."

"…"

"난 하나씩 달성했다. 그러다가 해방을 맞은 것이지."

"실망하셨겠네요."

"그것은 운명이라 어쩔 수 없었다."

아버지의 목소리에 웃음이 섞였다.

"거스를 수가 없는 일이지."

"그래서 다 놓고 귀국하셨군요."

"그렇다."

그때부터 아버지는 내리막길이었다.

해방 후의 혼란기, 6.25 후의 몇 년 동안 관직에 있었지만 불안정했다.

그러다가 정국이 안정되자 아버지는 관직에서 밀려나 국민학교 교장 직무 대리로 복귀했다.

어머니 동창의 아버지가 당시에 도지사였기 때문에 부탁을 해서 특채가 되었다고 얼핏 들었다.

그러니 월급도 정식 교장의 절반밖에 안 되었다.

거기에다 지방 사범학교 출신들의 텃세에 밀려 학급 수가 대여섯 개밖에 안 되는 시골 국민학교만 돌아다니다가 조기 퇴직을 한 것이다.

그때 이태진이 입을 열었다.

"아버지, 토모에 씨."

순간 아버지가 침묵했고 이태진이 말을 이었다.

"지금 후쿠오카에 살고 계시는데 암이라네요."

"…."

"일 년밖에 못 산다던데 저하고 통화를 했어요."

"…."

"아버지가 한번 통화해보시죠. 어머니한테는 비밀로 해드릴 테니까요."

"…."

"토모에 씨는 암 걸린 걸 비밀로 하고 있어서 저도 모르는 척했어요. 그러니까 아버지도 모르는 척하시구요."

순간 이태진이 어쩌다가 이런 상황까지 왔나 하는 생각이 들었다.

계획하지 않았던 일이다.

갑자기 튀어 나왔지만 어쩔 수 없다.

이태진이 말을 이었다.

"다음에 전화드릴 때 토모에 씨 전화번호 알아놓고 있을게요. 전화하시고 싶으면 알려드리겠습니다."

아버지는 대답하지 않는다.

그러나 통화를 끝냈을 때 이태진은 가슴이 후련해졌다.

체한 것이 뚫린 느낌이다.


오후 6시가 조금 넘었을 때 박영균한테서 전화가 왔다.

소파에서 잠깐 잠이 들었던 이태진이 전화를 받는다.

"이 사장님, 수고하셨습니다."

박영균이 위로부터 했다.

"술 한잔하셔야 했는데 아쉽군요."

"감사합니다."

"내일까지 면담이고 모레 6시에 발표지요?"

"예, 그래서 내일 아침에 카이로에 갔다가 모레 오후에 돌아올 예정입니다."

"잘 생각하셨습니다. 그럼 카이로에서 뵙지요."

박영균이 반색했다.

한철과는 결과 보고 나서 카이로에서 만나기로 했지만 박영균하고는 전에 만나는 셈이다.


다음 날 아침.

호텔에 서윤경과 칼라드를 남겨두고 이태진은 하드람과 함께 카이로로 날아갔다.

공항에는 유성희가 마중 나와 있었다.

오전 10시 반이다.

"오늘은 잊고 푹 쉬세요."

이태진과 함께 공항을 나오면서 유성희가 웃음 띤 얼굴로 이태진을 보았다.

"별일 없으니까 업무보고도 하지 않겠습니다."

유성희의 눈이 반짝이고 있다.

깊은 관계의 여자만이 보낼 수 있는 시선이다.

"힐튼 호텔 프레지던트 룸을 예약해놓았어요."

"오늘 중정 박 부장을 만날 거요."

"기다리고 계시더군요. 방으로 연락하실 겁니다."

고개를 끄덕인 이태진이 좌석에 등을 붙였다.

차는 속력을 내어 달려가고 있다.

이태진이 길게 숨을 뱉었다.

문득 욕심이 떠올랐기 때문이다.

나는 지금 욕심을 부리고 있는 것인가?

쉬러 왔지만, 오후 5시에 찾아온 박영균과 함께 이태진은 술을 마셨다.

호텔 라운지 안이다.

술잔을 든 박영균이 웃음 띤 얼굴로 이태진을 보았다.

"한국인 상사원 넷이 지금 트리폴리의 외국인 수용소에 감금되어 있어요."

태한상사, 동우상사 직원들을 말한다.

박영균이 말을 이었다.

"술 마시다가 걸렸으니 방법이 없는데, 정부에서는 우리한테 해결하라고 야단법석입니다."

"놔두시죠."

"물론 시간이 좀 지나면 잊어먹겠죠. 다른 사건들로 덮여질 테니까."

한 모금에 술을 삼킨 박영균이 말을 이었다.

"동우상사 민경준 때문에 직원들이 카이로까지 날아왔습니다. 리비아는 들어가지 못하고 이곳에서 동분서주하고 있어요."

민경준은 동우그룹 사주 민우석의 삼남이다.

그룹에서 난리가 났을 것이다.

이태진이 쓴웃음을 지었다.

"아마 리비아에서는 동우그룹이 통하지 않을 겁니다."

"방법이 없을까요?"

박영균이 쓴웃음을 지은 얼굴로 이태진을 보았다.

"대사관이 없는 상태라 곤란한 입장입니다."

하긴 그렇다.

카다피는 외국의 압력에 굴복할 위인이 아니다.

이태진이 잔에 술을 채우면서 말했다.

"제가 듣기로는 5년 형쯤 받는다고 하더군요. 지난달에 이탈리아인이 음주로 5년 형을 받았답니다."

"저도 들었습니다. 동우나 태한 측도 알고 있을 겁니다."

"죗값을 받도록 놔두시죠. 중정에서 책임지실 일도 아니지 않습니까?"

이태진의 말에 박영균이 정색하고 고개를 들었다.

"북한 측이 리비아 정부에 부탁하면 가능하지 않겠습니까?"

"되겠지요."

이태진이 바로 대답했다.

"북한 군사대표단장이 움직이면 가능할 겁니다."

"이 사장님이 조영길 소장과 안면이 있지 않습니까?"

"한철 국장하고 같이 만났으니까요."

"부탁해보시지 않겠습니까?"

"못 하겠습니다."

그러자 박영균이 쓴웃음을 지었다.

"민경준이 셋째 아들이지만 민우석 회장이 후계자로 키우는 것 같습니다. 위로 형이 둘 있는데 자질이 좀 부족한 것 같아요."

"제가 민경준을 만났는데 민경준도 좀 덜된 인간 같던데요. 저한테 연대를 제안했지만 거절했습니다."

"이 사장님, 민우석 회장이 대통령을 만나 부탁했습니다."

마침내 박영균이 내막을 털어놓았다.

"그래서 대통령 각하께서 우리 1차장을 직접 불러 임무를 맡긴 겁니다. 부장은 정치문제 때문에 신경을 쓸 상황이 못 되어서요."

"…"

"대통령 각하와 민우석 회장은 대구사범 동문입니다."

"…"

"이번 일이 잘 처리되면 민우석 회장은 말할 것도 없고 대통령 각하의 부탁을 들어주시는 셈이 될 겁니다."

그때 이태진이 고개를 들었다.

얼굴에 일그러진 웃음이 떠올라 있다.

"내일 트리폴리로 돌아가서 연락드리지요. 이곳에 계실 겁니까?"

"예, 여기 있을 겁니다."

얼굴이 환해진 박영균이 술잔을 들었다.

"민경준 때문에 몰려온 사람들하고 같이 기다리고 있지요."

민경준 구조팀들은 겁이 나서 아예 리비아로 들어가지도 못하고 있는 모양이다.

그곳에서 어설프게 행동하다가 또 잡혀갈지도 모르니까.


방으로 돌아온 이태진을 유성희가 맞았다.

유성희가 방에서 기다리고 있었다.

오후 9시가 되어가고 있다.

"식사는 하셨어요?"

"예, 식사하면서 술 마셨어요."

소파에 앉은 이태진이 흐려진 눈으로 유성희를 보았다.

"여기서 한 잔 더 합시다."

"괜찮겠어요?"

이태진이 고개만 끄덕이자 유성희는 서둘러 술병과 안주를 차려 놓았다.

유성희는 이태진이 박영균을 만나고 온 것을 안다.

금세 술상이 차려졌고 유성희가 이태진의 잔에 위스키를 따랐다.

유성희는 흰색 반팔 셔츠에 무릎까지 내려오는 헐렁한 치마를 입었다. 오늘 이곳에서 자고 가려고 실내복으로 갈아입은 것이다.

유성희가 이태진을 보았다.

"내일 결과 보고 어디로 가실 거죠?"

"다시 이곳으로."

한 모금에 술을 삼킨 이태진이 말을 이었다.

"여기서 대외사업국장을 만나기로 했어요."

"그렇군요."

유성희가 숨을 들이켰다.

1년 전만 해도 유성희는 북한 공작원과 협조 관계였던 친북 성향의 대학교수였던 것이다.

이태진이 빈 잔에 술을 채우면서 말을 이었다.

"이제는 남북합작 사업이 시작되었어요. 비록 비공식이지만 말입니다."

한 모금 술을 삼킨 유성희가 흐려진 눈으로 이태진을 보았다.

물기에 젖은 입술이 번들거리고 있다.


밤.

반쯤 열린 창으로 비린 물 냄새가 맡아졌다.

나일강을 훑고 온 바람이 흘러온 것이다.

이태진이 옆에 누운 유성희의 어깨를 당겨 안으면서 말했다.

"이번에 오더가 안 되더라도 엄청난 경험을 했어요. 갑자기 강에서 바다로 들어간 느낌이 들어요."

"당신은 내가 처음 만났을 때부터 대어였어요."

이태진의 가슴에 볼을 붙인 유성희가 말을 이었다.

"내가 당신을 만난 것이 행운이죠."

"나도 마찬가지."

"난 이대로가 좋아요."

고개를 든 유성희가 이태진을 보았다.

눈이 번들거리고 있다.

방에 다시 열기가 번지기 시작했다.

가쁜 숨소리에 섞인 유성희의 신음이 터져 나오고 있다.


전화벨 소리에 이태진이 고개를 들었다.

오전 8시 40분.

유성희와 둘이 호텔 식당에서 아침을 먹고 방으로 돌아온 참이다.

전화기 앞에 선 유성희가 이태진을 보았다.

받을지를 묻는 표정이다.

전화기로 다가간 이태진이 수화기를 들었다.

"여보세요."

영어로 응답했을 때 곧 한국어가 울렸다.

"아. 저, 기획관 조성만입니다. 쉬시는데 죄송합니다."

"웬일입니까?"

"카이로에 오셨다고 해서 국장님이 안부를 전하셨습니다."

"아, 그래요? 난 1시 비행기로 트리폴리로 돌아갑니다."

"압니다. 오후 6시에 발표가 있지요."

"그런데 국장님은 어디 계십니까?"

"지금 알 나일 호텔에 계십니다."

"그럼 제가 공항에 가기 전에 잠깐 뵐까요?"

"좋습니다. 국장님을 모시고 가겠습니다."

조성만이 바로 말했다.

"몇 시쯤이 좋겠습니까?"

"제가 10시에는 공항으로 출발해야 될 테니까 9시 반에 라운지에서 뵙지요."

"알겠습니다."

전화기를 내려놓은 이태진에게 유성희가 물었다.

"대외사업국장이 오시는가요?"

이태진이 고개만 끄덕이자 유성희가 숨을 들이켰다.

"그럼 전 여기서 기다려요?"

"그래요."

손목시계를 본 이태진이 말을 이었다.

"9시 반에 라운지에서 만나고 10시에 공항으로 출발할 테니까."


9시 반이 되었을 때 힐튼 호텔 라운지에서 셋이 둘러앉았다.

이태진과 한철, 그리고 조성만이다.

한철은 급하게 달려와서 셔츠 차림이다.

"오늘 6시에 발표지요?"

자리에 앉자마자 한철이 물었기 때문에 이태진은 쓴웃음을 지었다.

"전 기대 안 합니다."

"아니. 그렇게 쉽게 포기하시면 안 되지요, 이 사장님."

정색한 한철이 이태진을 보았다.

"기다려 보십시다. 면담에서 큰 문제는 없었지요?"

"별일 없었습니다."

"만일 안 되면 다른 방법으로 우리 무기를 실어내야 하는데, 그 방법을 강구해보십시다."

이태진이 고개를 끄덕였다.

'함단 앤 대영'의 수출 물량이 2억 불 가깝게 되는 것이다.

컨테이너 수천 개 물량이다.

한철이 말을 이었다.

"오늘 오후에 결과를 보시고 나서 결과가 어떻든 내일 다시 여기서 만나 뵙죠."

"그러지요."

고개를 끄덕인 이태진이 한철을 보았다.

"그런데 엊그제 트리폴리에서 체포되었던 한국 업체의 관계자들이 지금 카이로에 와있습니다."

한철이 시선만 주었고 이태진이 말을 이었다.

"동우상사가 민경준을 구출해내려고 중정에 매달리고 있는데 어제 중정에서 저한테 부탁을 하더군요."

"…."

"저한테 북한 측에 말을 해달라는 것입니다."

이태진의 얼굴에 쓴웃음이 떠올랐다.

"어떻습니까? 중정을 통해 1인당 1백만 불씩 4백만 불을 준비하라고 하지요. 지금 동우상사 팀만 왔지만 태한상사 쪽에도 연락하면 준비를 할 겁니다."

"허어, 참."

의자에 등을 기댄 한철이 웃음 띤 얼굴로 이태진을 보았다.

"내가 누구 부탁이라고 거절하겠습니까?"


공항으로 가는 차 안에서 옆자리에 앉은 유성희가 고개를 돌려 이태진을 보았다.

"진인사대천명 아시죠?"

"그럼, 알죠."

이태진이 웃음 띤 얼굴로 유성희를 마주 보았다.

유성희는 어떻게든 위로해주려고 애쓰고 있다.

이태진이 손을 뻗어 유성희의 손을 쥐었다.

기다렸던 것처럼 유성희가 이태진의 손을 마주 잡는다.

"걱정하지 말아요, 유 박사."

"난 당신을 믿어요."

유성희가 말을 이었다.

"어떤 결과가 나오건 난 당신과 함께할게요."

이태진이 잠자코 유성희의 손을 힘주어 쥐었다.

유성희에게 한철과의 대담 내용을 말해주지 않았고 유성희도 묻지를 않았다.

분수를 아는 여자다.

민경준과 안형선 등을 체포시킨 것은 이태진이다.

서윤경을 통해 한철에게 연락한 것이다.

한철이 조영길을 시켜 경찰에 정보를 준 것은 금방이다.

그리고 이제 민경준 일당으로부터 구출비 명목으로 4백만 불을 받게 되었다.

한철이 이태진을 돈 방망이로 받드는 이유다.


하드람과 함께 다시 트리폴리로 돌아왔다.

오후 2시 반.

공항에는 서윤경과 칼라드가 마중 나와 있다.

입국장에서 다가오는 서윤경을 본 이태진이 옆을 따르는 하드람에게 말했다.

"하드람, 북한과 나는 지금 협력 관계다."

하드람이 듣기만 했고 이태진이 말을 이었다.

"하지만 조심해야 돼. 명심해라."

"걱정하지 않으셔도 됩니다, 보스."

하드람이 낮게 말했다.

"저는 보스한테 충성할 뿐입니다."


호텔로 향하는 차 안에서 서윤경이 말했다.

"6시 정각에 정부종합청사 국제회의장 전광판에 낙찰사가 보도됩니다. 작년에는 14개 사가 오더를 나눠가졌는데 올해에는 그 두 배 정도가 될 것 같다는 소문입니다."

그러나 물량은 천양지차다.

5백만 불 미만의 오더가 있는가 하면 수억 불 규모의 오더가 있는 것이다.

127개 품목에 17억 6천만 불의 오더를 전 세계 38개국 342개 사가 몰려들어 경쟁하고 있다.

한국에서만 해도 19개 업체가 응찰한 상황이다.

함단사는 사우디 상사다.

이태진은 함단사 이름으로 52개 품목에 뛰어들었다.

그 결과는 오후 6시.

3시간 후에 발표가 된다.


방으로 돌아온 이태진이 바로 전화기를 들었다.

옆에는 서윤경이 서 있다.

전화기를 귀에 붙인 이태진이 버튼을 눌렀다.

신호음이 세 번 만에 곧 응답 소리가 울렸다.

"여보세요."

박영균이다.

이태진이 입을 열었다.

"부장님, 한 국장한테 부탁했습니다."

"아이구."

깜짝 놀란 박영균의 목소리가 높아졌다. 옆에 선 서윤경도 들을 정도다.

그때 이태진이 말을 이었다.

"민경준 하나만 할 수는 없으니까 넷을 다 해야 되지 않습니까?"

"그럼요. 그게 정상이지."

"1인당 1백만 불을 준비해주시죠. 오늘 결과가 발표되면 떠날 사람들은 다 떠날 테니까 서둘러야겠죠?"

"당연히 그래야죠."

"그럼 준비해주시죠. 대답을 듣고 저쪽에 연락해야 할 테니까요."

"알겠습니다. 바로 연락드리지요."

서두르듯 말한 박영균이 잊었다는 듯이 소리치듯 인사했다.

"수고하셨습니다!"

전화기를 내려놓은 이태진이 고개를 들고 서윤경을 보았다.

"바쁘군."

"네, 사장님."

서윤경이 다소곳한 표정으로 대답했다.

서윤경은 이태진한테서 내막을 들은 것이다.

민경준 등을 체포시킨 것은 서윤경이다.

이태진의 지시를 받은 서윤경이 한철에게 연락했기 때문이다.

이태진이 고개를 기울이며 물었다.

"이게 병 주고 약 준 경우인가?"

"아닙니다. 병 주고 약 팔아먹는 경우가 되겠네요."

둘의 시선이 마주쳤고 동시에 쓴웃음을 지었다.


한 시간 반 전인 오후 4시 반.

이태진은 하드람과 함께 정부종합청사로 가려고 밖으로 나왔다.

호텔 앞은 이미 차에 타고 떠나는 상사원들로 혼잡했다.

이번에는 응원 나온 동료, 친지까지 모인 것이다.

기자들도 많았다.

카다피 정권에서 정권 홍보도 겸하고 있었기 때문에 기자들을 초청했다는 것이다.

차에 오르는 이태진에게 일성상사의 오병진이 지나면서 소리쳤다.

"이 사장! 행운을 빕니다!"

"감사합니다."

이태진이 웃음 띤 얼굴로 대답했다.

"오 상무님도 잘되십시오!"

차들이 밀렸기 때문에 이쪽저쪽에서 경적이 울렸다.

모두 긴장하고 있다.

이제 한 시간 반 후에는 희비가 극명하게 갈릴 것이다.

과연 웃으면서 돌아올 사람은 몇이나 될까?


정부종합청사 국제회의장 안.

불을 환하게 밝힌 회의장 안에는 사람들로 가득 찼다.

상사원뿐만 아니라 기자들도 몰려온 것이다.

모두 앞쪽 대형 전광판을 향하고 모여 있었는데 웅성거리는 소리로 거대한 회의장이 울리고 있다.

전광판은 가로, 세로가 각각 20미터, 10미터로 대형이다.

맨 뒤쪽에서도 다 보였다.

그러나 아직 켜지지 않아서 거대한 스크린만 펼쳐져 있다.

5시 35분.

이제 25분 후에는 전광판에 127개 품목의 낙찰사가 발표되는 것이다.

"전광판을 보지 않아도 되는데 이러는구만."

구석 자리에 서서 이태진이 혼잣말을 했다.

맞는 말이다.

전광판을 보지 않아도 전광판 발표와 동시에 입찰부에서 낙찰 품목에 대한 내역을 상사별로 배포해주기 때문이다.

오더시트다.

바로 안쪽 입찰부로 들어가 신분증을 제시하고 오더시트를 받아오면 된다.

오더를 받지 못한 상사는 빈손으로 돌아갈 뿐이다.

그러나 옆에 선 서윤경은 빈 전광판을 응시한 채 대답하지 않았다.

팔짱을 끼고 선 이태진이 서윤경을 보았다.

"지금 구속되어 있는 4명의 구출 작업은 어떻게 진행되고 있지?"

"제가 호텔에 돌아가서 체크하겠습니다."

정색한 서윤경이 말을 이었다.

"지금 기획관 동지가 이곳에 있기 때문에 바로 연락이 됩니다."

"그 결과를 나한테 알려주도록."

이미 박영균 측에서 돈이 건네졌을 것이었다.

연결 통로로 만들어진 상태였으니 그 결과만 알면 된다.

그때 갑자기 회의장의 불이 꺼졌기 때문에 이곳저곳에서 탄성이 울렸다.

어둠 속에서 울리는 탄성과 외침이 괴기한 느낌까지 든다.

손목시계를 보았더니 오후 5시 55분이다.

"개봉박두!"

옆쪽에서 한국어 외침이 울렸지만 웃는 사람은 없다.

그때다.

앞쪽 전광판이 환해졌기 때문에 회의장은 순식간에 조용해졌다.

숨소리도 들리지 않는다.

이태진도 숨을 들이켜고 전광판을 보았다.

보라.

전광판에 글자와 숫자가 명멸하고 있다.

붉은색 점들이 반짝였고 푸른색 숫자와 글자가 명멸했다.

다음 순간 이쪽저쪽에서 함성이 울리기 시작했다.

목이 터질 것 같은 함성도 일어났다.

누군가를 부르기도 한다.

회의장은 이제 외침과 고함으로 수라장이 되었다.

그때 이태진은 푸른색 글자로 명멸하는 '함단'을 보았다.

'함단사'다.

"와앗!"

이태진이 함성을 질렀고 옆에 서 있던 하드람도 따라서 외쳤다.

하드람도 동시에 읽은 것이다.

"만세!"

갑자기 옆에서 서윤경이 날카로운 목소리로 만세를 불렀다.

"브라보!"

하드람과 함께 칼라드도 함성을 질렀다.

사람들을 헤치고 전광판으로 다가간 이태진이 선명하게 드러난 푸른색 글자와 숫자를 보았다.

127개 품목 중에 52개 품목에 응찰한 함단사다.

숨을 죽인 채 전광판을 본 이태진은 하나씩 품목을 훑어가기 시작했다.

3개, 4개, 5개….

함단사의 이름이 점점 늘어나기 시작했다.

"24개, 아니 25개 품목입니다!"

어느새 회의장 불이 켜졌고 옆으로 다가온 서윤경이 소리쳤다.

뒤에서 세고 있었던 것이다.

회의장은 함성에 섞여 분노의 외침도 간간이 섞였다.

그래서 이제는 어수선한 분위기로 변했다.

낙찰을 받은 상사원들은 전광판 앞으로 몰려들었고 탈락한 쪽은 뒤로 물러나 있다.

이제 하나둘씩 회의장을 떠나는 사람들도 있다.

이윽고 서윤경이 들뜬 목소리로 소리쳤다.

"26개! 4억 2천만 불 정도 됩니다!"

머리가 어지러웠기 때문에 이태진은 지금 3번째 계산을 하는 중이다.

이태진은 25개 품목에 3억 9천 정도 되었다.

20분쯤이 지났을 때 회의장에는 질서가 잡혔다.

아직도 전광판 앞에는 수백 명이 모여 있지만 절반 이상의 상사원은 회의장을 떠났다.

낙찰을 받은 상사원들은 안쪽 사무실에서 오더시트를 받으려고 줄을 섰다.

그래서 하드람이 먼저 가서 줄을 서고 있다.

이윽고 계산을 끝낸 이태진과 서윤경이 이마를 맞대고 섰다.

"27개 품목에 4억 1천5백만 불입니다."

서윤경이 떨리는 목소리로 말했다.

"이태리의 노르디 그룹, 영국의 알렉스 상사 연합에 이어서 세 번째로 큰 오더입니다."

고개를 든 서윤경과 이태진의 시선이 마주쳤다.

눈이 흐려져 있다.

"축하합니다, 사장님."

"서 과장도 수고했어."

"전 한 일 없습니다."

"자, 오더시트 받으러 가지."

발을 떼면서 이태진이 말했다.

뒤를 서윤경이 따른다.


입찰 사무실에서 오더시트를 받아들자 오더를 받은 실감이 났다.

카디피 국가 원수의 직인이 찍힌 오더시트다.

27개 품목에 4억 1천5백만 불 오더다.

52개 품목에 응찰하여 절반 가까운 품목을 획득했다.

한국에서는 일성상사와 근대상사가 각각 5천만 불, 3천만 불 정도의 오더를 했을 뿐이다.

94

호텔로 돌아온 이태진이 바로 함단에게 전화를 했다.

7시 반.

함단은 신호음이 울리자마자 전화를 받는다.

“여보세요.”

“함단, 접니다.”

“오, 브라더.”

외치듯이 대답했던 함단이 말을 잇지 못하고 기다리고 있다.

그때 이태진이 말을 이었다.

“브라더, 27개 품목, 4억 1천5백만 불 오더를 했습니다.”

“알 함두릴라!”

함단의 외침이 이어졌다.

“알라후 아크바르!”

감동에 벅찬 함단의 외침이 이어지자 이태진의 입에서도 저절로 신(神)에 대한 찬사가 터졌다.

“인슈알라.”

그러자 함단이 다시 소리쳤다.

“살람 알라이쿰!”

함단은 두 손을 치켜들고 있을 것이다.


함단과 통화를 끝내고 10분쯤 후에 전화가 왔다.

한철이다.

이태진이 함단과 통화를 하는 사이에 서윤경이 보고를 한 것이다.

이태진이 응답했을 때 한철이 소리쳤다.

“이 사장님! 축하합니다!”

이태진이 숨만 들이켰을 때 한철의 격앙된 목소리가 이어졌다.

"이건 역사적인 성과입니다! 동무는 영웅적인 과업을 이룬 것입니다!"

"……."

"이제 우리들의 연합은 더욱 강고해졌습니다, 이 사장님."

이태진이 어깨를 늘어뜨리면서 말했다.

"감사합니다, 국장님."

"고생 많이 하셨습니다, 이 사장님."

"그런데 체포된 네 명은 잘 해결되겠지요?"

"아, 물론입니다. 아마 내일 중으로 추방 형식으로 출국될 겁니다."

"수고하셨네요."

"이 사장님은 우리 공화국의 은인입니다."

"과찬이십니다."

"곧 뵙지요."

"예, 그러지요."

전화기를 내려놓은 이태진이 옆에 선 하드람에게 말했다.

"너희들도 고생 많이 했다."

"아닙니다. 우리는 한 일이 없습니다."

하드람이 기운차게 대답했다.

눈에 생기가 덮여 있다.


다음 날 아침에는 호텔 식당에 내려가지 않고 하드람이 밖에서 사온 빵과 양고기, 양파와 채소절임, 우유로 식사를 했다.

서윤경까지 넷이 둘러앉아 식사를 한 것이다.

오늘은 입찰부에 들어가 오더 계약서에 사인하고 정부의 낙찰 서류를 받아

오면 된다.

오더 디테일까지 적힌 계약서를 근거로 모든 것이 진행되기 때문이다.

아침 식사를 마쳤을 때 전화가 왔다.

박영균이다.

응답했더니 박영균이 웃음 띤 목소리로 물었다.

"이제 좀 진정이 되셨습니까?"

"예, 그런 셈이지요."

오전 9시 30분이 되어가고 있다.

박영균이 말을 이었다.

"난 한 국장님한테서 이 사장님 이야기 들었습니다. 참 신기하지 않아요?"

"그러네요."

"한 국장이 좋아하는 걸 들으니까 잠깐 그 양반이 한국인으로 착각하게 되더라구요. 하하."

"한국인 맞죠."

"4억 1천5백만 불 오더라고 하던데. 맞습니까?"

"내 보좌관이 자세하게 보고했군요."

서윤경이 마침 제 방으로 갔기 때문에 이태진이 마음 놓고 말했다.

"아마 지금도 나하고의 대화를 녹음하고 있을 겁니다."

"방에도 녹음장치를 해놓았을지도 모르는데…."

"이집트 특수부대 출신 내 경호원들이 수시로 방 수색을 합니다."

"어쨌든 축하드립니다, 이 사장님. 그리고 참, 오늘 오후에 네 명이 추방될 겁니다."

"아, 잘됐네요."

"이 사장님 덕분이죠."

박영균의 목소리가 더 밝아졌다.

"그리고 내일 납북된 어부와 어선을 함께 돌려보내기로 합의했습니다. 이것도 모두 덕분입니다."

"잘되었습니다."

"우리 차장님이 신세 잊지 않겠다고 하셨습니다."

"아이구, 괜찮습니다."

"바쁘실 텐데 이만, 다시 한 번 축하드립니다."

인사를 한 박영균이 통화를 끝냈다.

오더 4억 1천5백만 불을 딴 것은 함단사의 경사다.

그 경사에 이어서 체포되었던 한국 상사원 넷도 추방 형식으로 석방되었다.

그리고 서해에서 납북된 어선과 14명의 어부까지 송환되는 것이다.

모두 중정의 업무이고 이번에 대공을 세운 셈이다.


4억 1천5백만 불짜리 계약서를 펼쳐놓은 이태진이 오랫동안 내려다보고 있다.

오전 10시 반.

응접실에는 이태진 혼자다.

하드람을 시켜 외부인 출입을 금지했기 때문에 서윤경도 대기실에서 기다리다가 제 방으로 돌아갔다.

이런 계약서는 처음이다.

그리고 한국에서도 처음일 것이다.

27개 품목의 오더는 대부분 한국에서 생산될 것이니 모두 한국의 수출실적에 포함이 된다.

엄청난 물량이다.

한 달이 지난 작년 1977년의 실적이 100억 불을 돌파한 상황인 것이다.

고개를 든 이태진이 심호흡을 했다.

4억 1천5백만 불이다.

계약 기간은 8개월.

8개월 안에 생산해서 수출해야 한다.


오후 10시 반.

이태진의 방 응접실에서 이태진과 서윤경이 탁자를 사이에 두고 앉아있다.

"난 한국으로 돌아가야겠어. 두 달 가깝게 밖에 나와 있는 바람에 회사 직원들 얼굴도 잊어버릴 정도야."

이태진이 말을 이었다.

"회사를 합병한 데다 직원도 대폭 늘렸거든."

"들었어요."

고개를 든 서윤경이 이태진을 보았다.

"저도 한국으로 데려가시면 하는데요. 앞으로 할 일도 많은 데다 사장님 보좌관 역할로 업무 파악도 해야 될 것 같아서요."

"…"

"제가 한국 여권도 소지하고 있어서 지장이 없습니다."

그때 이태진이 물었다.

"국장님의 지시인가?"

"지시는 아닙니다. 그것이 자연스러울 것 같아서요."

그때 이태진이 옆에 놓인 벨을 누르자 곧 응접실로 하드람이 들어섰다.

이태진의 방은 특실이어서 응접실, 대기실까지 갖춰져 있다.

대기실에는 하드람이나 칼라드가 대기하고 있는 것이다.

"부르셨습니까?"

고개를 끄덕인 이태진이 눈으로 서윤경을 가리켰다.

"지금도 미스 서가 도청을 하나?"

영어로 물었기 때문에 서윤경이 숨을 들이켰다.

얼굴이 순식간에 하얗게 굳어졌다.

그때 하드람이 고개를 끄덕였다.

"예, 사장님."

"지금도?"

"예, 그렇습니다."

하드람의 시선이 서윤경의 옆에 놓인 작은 가방을 가리켰다.

서윤경이 언제나 갖고 다니는 가죽가방이다.

"저 가방 안에 녹음기가 들어있을 것입니다."

이태진의 시선이 서윤경에게 옮겨졌다.

"맞아?"

영어로 물었지만 서윤경이 한국어로 대답했다.

"네, 맞아요."

목소리가 갈라졌지만 시선은 내리지 않는다.

"어쩔 수 없습니다."

"이해해줄게."

이태진이 영어로 말을 이었다.

"국장께 말해. 녹음기가 발각되는 바람에 쫓겨났다고."

"…."

"그러면 국장님도 이해하실 거야. 나하고 국장님과의 사업은 이 문제로 지장을 받지는 않을 거다."

상체를 세운 이태진이 정색하고 서윤경을 보았다.

"이게 내 대답이야."

그때 서윤경이 자리에서 일어섰다.

그러고는 이태진에게 시선도 주지 않고 응접실을 나갔다.

문까지 서윤경을 배웅하고 돌아온 하드람이 이태진에게 말했다.

"사장님, 미스 서를 떼어내시는 겁니까?"

"그럴 때가 되었지."

"잘하셨습니다."

하드람이 고개를 끄덕였다.

"북한의 미인계는 좀 어설픈 것 같습니다."

이태진은 쓴웃음만 지었다.


다음 날 아침.

방으로 들어온 하드람이 말했다.

"서윤경 씨가 체크아웃하고 떠났습니다. 프런트에 물어보았더니 오전 6시쯤 나갔다고 합니다."

오전 8시 반이다.

이태진이 고개만 끄덕였다.

예상했기 때문이다.

하드람이 말을 이었다.

"사장님, 식사하러 내려가시겠습니까?"

"아니, 아침 생각 없어. 여기서 우유나 한 잔 마시지."

"11시 반 출발이니까 준비를 하셔야 됩니다."

"칼라드를 불러라."

이태진이 지시하자 하드람이 응접실을 나가더니 칼라드를 데려왔다.

오늘 오전에 셋은 트리폴리를 떠나는 것이다.

둘이 앞에 섰을 때 이태진이 탁자 밑에서 봉투 2개를 꺼내 나눠주었다.

"그동안 수고했어. 이번 프로젝트 성공 보너스야."

놀란 둘이 봉투를 받으면서 하드람이 대신해서 말했다.

"사장님, 저희들은 한 일이 없는데, 감사합니다."

"당분간 카이로에서 근무하면서 기다리도록 해."

"예, 사장님."

둘의 얼굴은 상기되었고 생기 띤 눈이 반짝이고 있다.

봉투에는 각각 1만 불씩 들어 있다.

월급으로 3백 불씩 받았던 둘이다.

3년 치 월급을 포상금으로 받은 셈이다.


트리폴리 공항에서 둘과 헤어진 이태진은 쿠웨이트로 날아갔다.

쿠웨이트를 거쳐 서울로 돌아갈 예정인 것이다.

카이로, 제다, 리야드를 거칠 수도 있지만 쿠웨이트를 택한 이유가 있다.

쿠웨이트 공항 입국장에는 스에코가 기다리고 있었다.

다가오는 이태진을 보자 스에코가 활짝 웃었다.

주위가 환해지는 것 같은 웃음이다.

"웬일이야? 온다는 연락까지 하고?"

"네 마중을 받고 싶어서."

다가선 이태진이 스에코를 보았다.

"별일 없지?"

"그럼."

스에코가 이태진의 팔을 끼었다.

몸이 부딪쳤고 스에코의 체취가 맡아졌다.

숨을 들이켠 이태진이 발을 떼었다.

아직 묻고 싶은 말이 남았다.


호텔 체크인을 하고 둘이 방에 들어섰을 때 스에코가 물었다.

"여기서 업무 처리할 일 있어? 내 집에서 일해도 될 텐데."

"고마운데 난 여기가 편해."

다가선 이태진이 스에코의 어깨에 두 팔을 얹었다.

오후 3시 반이 되어가고 있다.

컨티넨탈 호텔 특실 안.

스에코가 이태진의 허리를 감아 안더니 얼굴을 가슴에 묻었다.

"나도 자기가 편해."

스에코가 낮게 말했다.


오전 7시 반.

평일이어서 출근해야 하기 때문에 스에코는 일찍 방을 나갔다.

방에서 같이 있었던 것이다.

이태진이 전화기를 들었다.

번호를 누른 이태진이 전화기를 귀에 붙였을 때 곧 응답 소리가 들렸다.

"여보세요."

아버지다.

한국 시간은 오후 1시 반이다.

"아버지, 저요."

"아, 너구나."

아버지가 반색했다.

"어디냐?"

"쿠웨이트에 있어요."

"그렇구나. 중동에 오래 있구나."

"어머니는요?"

"시장 갔다."

"별일 없으시죠?"

"아, 그럼. 우린 네 덕분에 잘 산다."

"그런데요, 아버지."

이태진이 심호흡부터 했다.

"토모에 씨하고 전화해보시죠."

순간 아버지가 침묵했고 이태진이 말을 이었다.

"어젯밤 토모에 씨 딸한테서 들었는데요, 토모에 씨가 아버지하고 통화하고 싶다고 했다는데요."

"…"

"전화번호 불러드릴 테니까 적으세요."

그러고는 이태진이 번호를 불렀다.

아버지가 대답하지 않았기 때문에 두 번을 더 부르고 나서 이태진이 어깨를 늘어뜨렸다.

"해보세요. 어머니한테는 비밀로 해드릴 테니까요."

그러고는 이태진이 아버지의 응답도 듣지 않고 전화기를 내려놓았다.

그때 어머니의 얼굴이 떠올랐지만 이상하게도 죄책감은 일어나지 않았다.

토모에 씨가 시한부 인생을 살고 있기 때문인 것 같다.

대대적인 언론 보도다.

한국에서 함단사의 오더 수주가 신문의 톱기사로 보도되었다.

신문의 1개 면을 다 차지했다.

일간지 대부분이 그렇다.

그리고 방송도 뉴스 시간마다 떠들었다.

'함단사'는 곧 '함단 앤 대영'이며 한국인 사주가 이태진이라는 것도 보도되었다.

이태진이 순식간에 유명인사가 된 것이다.


"대단하군."

식탁에 앉았을 때 정병현이 입을 열었다.

주위에 둘러앉은 정예은, 정진호 그리고 한선옥까지 네 식구가 둘러앉아 있다.

오전 8시 10분.

모두 식탁에 앉기 전에 제 방에서 TV, 신문을 듣고, 보고한 터라 다 알고 있는 사실.

이태진에 대해서 정병현이 먼저 입을 뗀 것이다.

정병현이 외면한 채 말했다.

"이태진이 운 좋게 오더를 받은 것이 아니었어. 이것으로 증명되었어."

정병현이 흐려진 눈으로 주위를 둘러보았다.

"이제는 이태진이 유명인사다. 아무도 건드릴 수가 없어."

모두 입을 다물고 있다.

수저를 들지도 않는다.

한선옥도 한숨만 쉬고 있다.

그때 정병현이 혼잣소리처럼 말했다.

"4억 1천5백만 불이라니."

"…"

"사우디에서 1백만 불 오더를 받아온 것이 겨우 1년 전이었어."

"…"

"그때 감격했던 것이 엊그제 같은데 말야."

"…"

"그 이태진이 이제는 4억 불짜리 오더를 받고 나라를 떠들썩하게 만들었어."

정병현이 들고만 있던 수저를 그대로 내려놓고 자리에서 일어섰다.

"인정할 것은 인정해야지. 내가 사람 잘못 보았어."


"허, 태진이가."

TV를 보면서 아버지가 연신 탄성을 뱉었다.

어머니는 지금도 수건으로 눈물을 찍어내고 있다.

오전 8시 40분.

7시 반부터 아버지는 계속해서 TV를 보는 중이다.

신문도 읽었지만 TV가 더 자극적이기 때문이다.

지금은 지방 방송국 뉴스 해설을 듣는다.

화면에서는 '함단 앤 대영'의 건물을 비추고 있었는데 기자의 열띤 목소리가 울렸다.


"이태진 씨는 이번 4억 불 오더를 수주했을 뿐만 아니라 이집트 카이로에도 호텔과 백화점을 소유하고 사우디 리야드에 대형 빌딩을 소유한 갑부로 알려져 있습니다. 이것은 모두 사우디 왕족의 지원을 받았기 때문이라는 것입니다."

"세상에."

놀란 어머니가 눈을 크게 떴을 때 아버지가 마침내 TV를 껐다.

한 시간이 넘도록 이쪽저쪽 TV 뉴스만 본 것이다.

뉴스에서 보도되는 이태진의 내력은 다 달랐다.

어떤 방송은 이태진이 대영산업의 사주라고 했고 사우디 국적이라는 방송사도 있었다.

가장 기가 막혔던 것은 이태진의 사진에 정병현이 나왔던 방송사 보도였다.

곧 삭제되었기는 했지만 이태진에 대한 정보가 없었기 때문일 것이다.

그때 이동규가 고개를 들고 이선옥을 보았다.

"명화도 방송 보았겠지?"

서울에 도착했을 때는 오후 7시 반이다.

김포공항이다.

회사에는 말하지 않았기 때문에 공항에는 김봉철이 마중 나와 있었다.

김봉철한테만 연락한 것이다.

김봉철이 운전하는 차를 타고 시내로 오면서 이태진이 물었다.

"오늘 아침부터 시끄러웠다면서?"

"말도 마십시오."

김봉철이 고개부터 저으면서 웃었다.

"나라가 들썩일 정도였습니다, 사장님."

"그래?"

"회사로 기자들이 몰려와서 직원들까지 경비를 섰습니다."

김봉철이 말을 이었다.

"정 전무는 기자들을 피해서 아예 뒷문으로 도망가 버렸습니다. 고 부장, 강 부장이 고생했지요."

김봉철이 고개를 돌려 이태진을 보았다.

"회사는 별일 없습니다. 똘똘 뭉쳐 있지요. 고 부장, 한 부장, 강 부장의 업무 분담이 잘 되어있고 관리를 잘합니다."

"대영 쪽은 어때?"

"정예은 씨가 기조실장으로 기반을 굳히고 있습니다."

"빠르군."

"정진호보다 낫다는 평입니다. 장악력이 뛰어나서 회장의 신임을 받고 있다는 겁니다."

"약삭빠르지. 이득을 위해서는 언제든지 배신을 때릴 DNA야."

김봉철이 침묵했다.

이태진과 정예은과의 관계를 알기 때문이다.

그때 이태진이 김봉철을 보았다.

"김명화는?"

이태진의 시선을 받은 김봉철이 앞쪽을 보았다.

차는 시내로 달려가는 중이다.

"김명화 씨가 만나는 변호사가 있습니다. 그 변호사하고 요즘 갑자기 가까워진 것 같습니다."

김봉철이 앞을 응시한 채 낮은 목소리로 말을 잇는다.

"20일 동안에 네 번 만났습니다. 진도가 빨리 나가서 저도 당황할 정도입니다."

"…"

"남자는 대구에서 변호사를 하고 있는데 로펌 소속이죠. 28살. 군대는 안 가고 사법고시에 합격한 후에 연수원을 거쳐 변호사가 되었습니다."

"…"

"미행해서 녹음을 했더니 김명화 씨가 먼저 연락한 것 같습니다."

김봉철이 고개를 돌려 이태진을 보았다.

"며칠 전에 녹음한 테이프가 있는데 들으시겠습니까?"

이태진이 고개만 끄덕이자 김봉철이 앞쪽의 카세트테이프 버튼을 눌렀다.

김봉철이 미리 테이프를 끼워놓은 것이다.

그때 차 안에 목소리가 울렸다.

김명화다.

"오빠, 다음 주에 어떻게 할 거야?"

"가야지."

남자의 목소리다.

"사흘간 휴가 낼 거야. 누구도 날 말리지 못해."

"그래. 사흘간 쉬자, 오빠."

"그런데 너 변했다."

"뭐가?"

"변한 것 같아, 성격이."

"어떻게?"

"적극적이고, 또…."

사내의 목소리에 웃음기가 띠어졌다.

"네가 전화를 해올 줄은 예상도 못 했거든."

"그럴 수도 있는 거지."

"무슨 일이 있었던 거야?"

"없어."

"난 항상 널 가슴에 두고 있었어."

김명화가 입을 다물었고 사내의 말이 이어졌다.

"4년이야. 내가 지쳐서 떨어졌던 때가."

"…."

"지금 나는 다시 태어난 느낌이야, 명화야. 네 전화를 받은 후부터 말야."

"나도 그래."

그때 김봉철이 손을 뻗어 스톱버튼을 눌렀다.

그러고는 고개를 돌려 이태진을 보았다.

"사흘 전 대전 커피숍에서의 대화죠."

이태진이 의자에 등을 붙였고 김봉철이 말을 이었다.

"지금도 미행이 붙어 있습니다."


동기는 있을 것이다.

이태진이 오피스텔의 소파에 앉아서 생각했다.

오후 9시.

김봉철은 이태진을 오피스텔에 내려주고 돌아갔다.

어떤 계기가 있다.

자리에서 일어선 이태진이 가게에서 사 온 소주병을 들고 마개를 열었다.

탁자 위에 놓인 물 잔에 소주를 따른 이태진이 주위를 둘러보았다.

창문을 열어 놓았지만 두 달이 넘도록 공기의 흐름이 멈춘 방 안이다.

아직도 탁한 냄새가 배어 있다.

물 잔을 든 이태진이 물을 마시듯이 소주를 마시고는 빈 잔을 내려놓았다.

놔두자.

이것도 운명이다.

숨을 고른 이태진이 자리에서 일어섰다.

원인이 있을 것이지만 그것을 돌릴 수는 없지 않겠는가?


씻고 나왔을 때는 오후 10시 반이다.

전화기를 든 이태진이 버튼을 눌렀다.

곧 발신음이 울리더니 응답 소리가 들렸다.

"여보세요."

오늘은 어머니가 받는다.

"어머니, 저요."

"아이구머니, 너구나."

어머니의 놀란 목소리.

"어디냐?"

"서울 왔어."

"아이구. 너 신문, TV 봤어? 온통 난리야."

"응, 알고 있어."

"아이구, 네가 그렇게 되다니, 아이구."

"아버지는 주무시는 모양이지?"

"잘 아는구나. 술 마시고 잔다."

어머니가 들뜬 목소리로 말을 잇는다.

"네 방송을 하루 종일 듣고 나서 초저녁부터 마셨단다."

"…"

"글쎄, 전화 온 데가 수십 군데야. 인연을 끊었던 네 6촌 아저씨들한테서도 연락이 오고."

"……."

"그런데 참, 너 명화한테 연락했니?"

"아니, 아직."

"걔하고는 연락이 안 돼. 집으로 연락을 몇 번 했는데 안 받는구나."

"……."

"오늘 한국이 너 때문에 떠들썩했으니까 우리한테라도 전화를 할 만도 한데 연락도 안 오는구나."

이태진이 소리 죽여 숨을 뱉었다.

이제야 실감이 나는 것이다.


'함단 앤 대영'의 회의실 안.

그동안 회사의 규모가 더 커졌지만 간부들은 그대로다.

정경호 전무와 한여옥, 고재규, 강진수, 김태식, 최상호가 모두 부장으로 부서의 책임자다.

강진수만 빼고 이태진의 대영산업 중동과 멤버들이다.

오전 9시 반.

원탁에 둘러앉은 간부들의 표정은 밝다.

이태진이 복사한 오더리스트를 모두에게 나눠주었다.

"자, 오늘부터 생산 시작이다."

이태진이 간부들을 둘러보았다.

"근대그룹에서 곧 연락이 올 거야. 생산 협조를 받도록."

오더리스트를 본 간부들이 탄성을 뱉었다.

4억 불이 넘는 오더가 27개 품목으로 나뉘어 있는 것이다.

올해 한국의 수출 물량에 4억 불이 추가되는 셈이다. 한국으로서는 이미 4억 불을 먹고 들어갔다.

그때 고개를 든 정경호가 말했다.

"수고하셨습니다, 사장님."

"여러분들의 지원이 있었기 때문이지."

정색한 이태진이 말을 이었다.

"이 오더는 함단사가 받은 오더야. 그 오더를 '함단 앤 대영'이 생산, 수출하는 것임을 명심하도록."

모두 긴장했고 이태진의 목소리가 회의장을 울렸다.

"함단사의 동업자이며 대리인, 한국 사장은 나야."

이태진의 시선이 정경호에게 옮겨졌다.

"어떻게 되었지?"

"예, 함단사 등록은 이미 끝났습니다."

고개를 끄덕인 이태진이 말을 이었다.

"곧 리야드의 함단이 리비아에서 받은 신용장을 한국 함단사로 보낼 거야."

모두 고개를 끄덕였다.

오늘 회의에 '함단 앤 대영'의 대영 측 상무이사 정진호를 참석시키지 않은 이유가 이것이다.

지금 회의실에 모인 간부들이 한국 함단사의 간부들이기도 한 것이다.

정진호는 포함될 수가 없다.

지금은 함단사 간부회의인 것이다.


"14층이 함단사 사장실입니다."

정진호가 정병현에게 말했다.

이곳은 대영산업 회장실 안.

'함단 앤 대영'의 대영 측 상무 정진호가 대영산업 회장실에 들어와 있다.

오전 10시 반.

정진호가 말을 이었다.

"함단사는 '함단 앤 대영'의 바이어가 되는 입장이죠. '함단 앤 대영'은 함단 사의 지시를 받는 입장입니다. 하청 회사나 같지요."

정병현이 고개를 끄덕였다.

이로써 함단사가 '함단 앤 대영'을 장악했고 대영의 지분 가치는 더 폭락 했다.

함단과 이태진의 가치는 수십 배로 늘어난 반면 그와 반비례해서 대영의 가 치는 그만큼 위축되었다.

그러나 그것은 당연한 일이다.

회사는 그렇게 흡수, 합병, 성장해 나간다.

정병현도 그렇게 해왔기 때문이다.

"지금 함단사 간부회의 중이라고?"

"예, 아버지. '함단 앤 대영'의 함단 측 간부는 다 참석했습니다."

"당연한 일이지."

그때 잠자코 앉아있던 정예은이 물었다.

"사마르칸트 공장의 지분은 어떻게 되었지요?"

"이태진이 등록을 했겠지."

고개를 끄덕인 정병현이 말을 이었다.

"소련 위성국이고 우리는 그쪽과 외교 관계도 없는 상황이니까."

"이태진을 이용해서 외국 공장을 늘려가는 것이 대영이 주도권을 회복하는 방법입니다."

정예은이 말을 이었다.

"이태진도 그것에 거부반응을 일으키지 않을 테니까요."

"그렇다."

정병현이 고개를 끄덕였다.

"당분간은 굽히고 들어가서 적극 협조하도록 하자."

그때 정진호가 말했다.

"이번에 받은 4억 불 오더 중에서 대영이 생산할 수 있는 품목이 많다고 합니다. 아직 디테일은 못 봤지만 그걸 받으면 공장은 연중무휴로 돌려야 할 겁니다."

"당분간은 이태진을 거스르지 마."

정병현이 두 남매를 번갈아 보면서 말했다.

"지금은 이태진이 대세야. 기다려라."

# 3장 해충들의 자업자득

"여보세요."

김명화가 말했을 때 수화기에서 이태진의 목소리가 울렸다.

"나야."

"아, 오빠."

놀란 김명화가 숨까지 들이켰다.

오전 10시 반.

수업 중이라 교무실에는 교사들이 드문드문 앉아있을 뿐이다.

그때 이태진이 웃음 띤 목소리로 물었다.

"응, 바쁘냐?"

"네, 좀."

"오랜만인데. 나 귀국했어."

"예, 오빠."

"교무실에 있는 걸 보니 수업 없구만."

"지금 들어가려고…"

"그럼 나중에 할게. 아니."

잠깐 멈췄던 이태진이 말을 이었다.

"전화 안 할 테니까, 마음 놓아."

"…"

"우리 부모님 걱정하지 마. 내가 잘 말씀드릴 테니까. 부모님도 너한테 연락 안 할 거야."

"…"

"잘살기를 진심으로 빌게. 전화 끊는다."

그러고는 통화가 끊겼기 때문에 김명화가 어깨를 늘어뜨렸다.


전화기를 내려놓은 이태진이 쓴웃음을 지었다.

방금 김봉철한테서 김명화가 교무실에 앉아있다는 연락을 받았기 때문이다.

아마 김봉철의 직원 하나가 김명화의 수업시간을 체크했겠지.


오후 7시 반.

인사동 '국화'의 방으로 들어선 이태진이 자리에 앉아있는 두 사내를 보았다.

중정 1차장 한인수와 중동부장 박영균이다.

둘이 먼저 와 기다리고 있는 것이다.

이미 상이 차려져 있다.

"어서 오시오."

한인수가 웃음 띤 얼굴로 손을 내밀었다.

"금의환향하셨습니다."

"감사합니다."

이태진이 고개를 숙였다.

오늘은 한인수가 만나자고 한 것이다.

인사를 마친 셋이 자리에 앉았을 때 한인수가 입을 열었다.

"국가가 여러 가지로 도움을 받습니다. 이번에도 국가를 위해서 큰일을 하셨습니다."

"아닙니다. 제가 많이 도움을 받았습니다."

이태진이 정색했다.

"혼자 할 수 있는 일이 아닙니다, 차장님."

"4억 불 오더는 혼자 하셨지요. 너무 겸손하셔도 예의가 아닙니다."

한인수가 말을 이었다.

"더구나 대북관계에 커다란 업적을 세우셨지요."

중정의 위상이 몇 단계 높아진 것은 사실이다.

납북어부 14명이 어선과 함께 돌아온 것도 중정의 업적이다.

트리폴리에서 술 마시다가 체포된 상사원 넷은 언론 통제를 해서 보도되지 않았지만 대통령까지 알고 있는 사실이다.

이들의 석방도 중정의 공적이 되었다.

그때 한인수가 입을 열었다.

"그런데 드릴 말씀이 있습니다."

이태진의 시선을 받은 한인수가 말을 이었다.

"아버님 말씀입니다."

의아한 표정이 된 이태진의 잔에 소주를 따라주면서 한인수가 웃었다.

"이 사장님, 아버님께서 해방 전에 만척에서 근무하신 것 아십니까?"

"알지요."

"혹시 아버님께서 대통령 각하에 대한 말씀은 안 하시던가요?"

"아니요. 그런 적 없는데요."

이태진이 고개를 젓다가 한인수를 보았다.

"한 번 있었는데요."

한인수와 박영균의 시선을 받은 이태진이 쓴웃음을 지었다.

"그러니까, 5월 16일 아침이네요. 똑똑히 기억납니다."

"5월 16일?"

"예, 혁명이 일어난 날."

"아아."

둘은 바짝 긴장했고 이태진이 눈을 가늘게 떴다.

"제가 그때 중학 1학년이라 학교에 가려고 마당에 나왔는데 갑자기 아버지가 마루로 뛰어나오시더군요."

"…."

"그러더니 아버지가 두 손을 번쩍 들고 만세를 부르는 것이었습니다. 만세! 만세! 하고…."

이태진이 쓴웃음을 지었다.

"만세 삼창을 부른 아버지가 저를 보시더니 멋쩍은 표정으로 방으로 들어갔습니다."

"…."

"나중에 그것이 혁명 뉴스를 듣고 그러셨다는 것으로 알았지요."

"…."

"그때 아버지는 시골에서 학생 수가 백 명도 안 되는 국민학교 분교 교장이었습니다. 현실에 대한 불만이 많으셨겠지요."

"…."

"집안이 엄청 가난해서 저는 다 떨어진 신발을 신고 다녔습니다. 아버지가 임시 교장이라 월급도 적었거든요."

"…."

"아버지가 만세를 부른 것이 대통령 때문인지는 모릅니다. 그 후로 16년이 지났지만 한 번도 대통령 이야기를 한 적이 없었거든요."

그때 한인수가 헛기침을 했다.

아직까지 그들은 술도 입에 대지 않았다.

"대통령께서는 이 사장님 아버님을 잘 아십니다."

"…."

"그래서 안부 말씀을 전하셨습니다."

한인수가 정색하고 이태진을 보았다.

"아버님께 대통령께서 안부 전하더라고 말씀드려 주시지요."

"예, 그러지요."

"그리고 이것."

한인수가 주머니에서 접힌 쪽지를 꺼내 이태진에게 내밀었다.

"청와대 비서관 유응수 씨 직통전화입니다. 유응수 씨한테 전화를 하시면 됩니다. 이 전화번호를 아버님께 드리시지요."

쪽지를 받은 이태진에게 한인수가 말을 이었다.

"각하께서 기다린다고 하셨습니다."


리비아 오더 생산 관계로 이태진은 다음 날부터 10여 개의 대기업과 상담을 했다.

엄청난 물량이었기 때문이다.

오후 5시가 되었을 때 정경호가 고재규와 함께 상담실로 들어섰다.

지금은 대영산업과의 생산 합의다.

상담실에서 기다리던 대영산업 기조실장 정예은과 생산본부장 김기동이 자리에서 일어섰다.

대영산업이 이번 리비아 오더에서 생산을 기대한 물량은 3천2백만 불.

대영산업 생산능력보다 두 배 가깝게 많은 양이다.

인사를 마친 넷은 자리에 앉았다.

정경호와 정예은은 정색하고 서류를 내려다보는 중이다.

고재규가 먼저 입을 열었다.

"대영 생산능력은 1천7백만 불입니다. 그런데 3천2백만 불을 하겠다니, 납기를 지키기 어려울 것 같은데요."

"공장을 증설할 예정입니다. 두 달 안에 공장 증설이 끝납니다."

김기동이 바로 대답했다.

"일부는 소규모 공장을 합병할 예정이구요."

"어렵겠습니다."

고재규가 고개를 저었다.

"한국에 다른 공장이 많아요. 대영만을 위해서 오더를 몰아줄 수는 없습니다. 생산능력에 맞는 1천7백만 불만 가져가시죠."

그때 정예은이 물었다.

"'함단 앤 대영'의 외국 공장은 우리가 지원하고 있는 것을 알고 계시지요?"

정예은의 시선이 정경호에게 향해 있다.

정경호에게 물은 것이다.

정경호가 고개만 끄덕이자 정예은이 말을 이었다.

"대영은 '함단 앤 대영'과 같은 계열사 아닙니까? 비록 법적으로는 구분되었지만 말입니다."

"그렇게 봐도 되겠지요."

정경호가 고개를 끄덕였다.

"대영이 '함단 앤 대영'의 대영 측 지분 22퍼센트를 갖고 있기도 하니까요."

"그래서 이렇게 요청할 수도 있는 것 아닙니까?"

"지금 말씀드리는데 사마르칸트의 공장은 함단사 소유입니다. '함단 앤 대영'에서 공장 설립에 지원을 하고 있지만 말이죠."

정경호가 웃음 띤 얼굴로 정예은을 보았다.

"이미 그렇게 등록되어 있구요. 참고로 사마르칸트 공장의 지분은 이태진 사장이 백 퍼센트 보유하고 있습니다."

"…"

"잘 아시겠지만 '함단 앤 대영'의 주식을 상장하지 않은 이유는 주도권을 확실하게 하려는 것이었지요. 그래서 '함단 앤 대영'은 현 상태를 유지하면서 이곳저곳에 씨를 뿌리는 역할만 하면 됩니다."

"말씀을 유려하게 하시는군요."

"제가 이 사장을 모시는 이유 중 하나가 이것입니다."

정경호가 말을 이었다.

"대영은 함단사에 어떤 역할을 요구할 권리가 없습니다. 대영은 오직 '함단 앤 대영'의 지분 22퍼센트만 보유하고 있는 모(母) 회사일 뿐이니까요."

그러고는 정경호가 정색했다.

"참고로 말씀드리는데, '함단 앤 대영'의 대표이사 전무인 제가 오늘 자로 대영 측 상무이사인 정진호 씨를 해임할 수 있다는 것을 알아주셨으면 해요. 우리가 정진호 씨를 받아들인 것은 예우 차원이었지 의무가 아니었습니다."

"이제 그만하시죠."

서류를 덮은 정예은이 정경호를 보았다.

"이태진 씨 지시를 받으셨죠?"

"예, 분명히 하라는 지시를 받았습니다."

"대영은 오더 안 하겠어요."

"그 지시도 하셨는데, 대영 측에서 그렇게 나온다면 받아들이라고 하셨습니다."

"정진호도 철수시키고 사마르칸트 공장 건설도 협조 못 하겠어요. 파견된 직원, 기능공도 모두 철수시키겠습니다."

"그것도 말씀하셨습니다. 그렇게 하시죠."

고개를 끄덕인 정경호가 자리에서 일어섰다.

"그럼 오늘 자로 정진호 해임 공고를 내겠습니다."


"이번에 리비아 오더를 받고 나서 대영을 토사구팽하려는군."

정병현이 잇새로 말했다.

"우리가 함정에 빠진 것 같다."

대영산업 회장실 안.

함단사에서 돌아온 정예은이 바로 회장실로 온 것이다.

소파에는 정진호까지 셋이 둘러앉아 있다.

정병현의 얼굴에 쓴웃음이 떠올랐다.

"진호의 해임을 유도한 거야. 네 자존심을 자극해서 말야."

그때 정진호가 입을 열었다.

"사마르칸트에서 인력은 철수시킬 수 있지만 기계는 '함단 앤 대영'에서 절반 부담을 했기 때문에 빼낼 수 없습니다."

"이것으로 끝나는 건가?"

정병현이 외면한 채 말했다.

"갑자기 이렇게 되니까 우리가 속수무책이군."

방 안이 조용해졌다.

변호사를 부르고 계약서를 검토할 필요도 없다.

정진호를 해임하고 대영 측을 철수시켜도 항의할 방법이 없는 것이다.

정진호가 고개를 들고 정병현을 보았다.

"아버지."

정병현의 시선을 받은 정진호가 말을 이었다.

"저, 대영을 떠나겠습니다."

"무슨 말이냐?"

이맛살을 찌푸린 정진호가 다시 물었다.

"이미 넌 떠난 몸 아니냐? 해직되었을 거다."

"그게 아닙니다."

상체를 세운 정진호가 똑바로 정병현을 보았다.

"저 이곳과 인연을 끊고 '함단 앤 대영'으로 가겠습니다."

"넌 해임되었을 거야."

옆에 앉은 정예은이 말했을 때 정진호가 고개를 저었다.

"제가 부탁하면 이 사장은 들어줄 겁니다."

정병현은 시선만 주었고 정진호가 말을 이었다.

"'함단 앤 대영'의 대영 지분 22퍼센트만 저한테 주시지요."

"그건 이미 네 몫이야."

"그럼 됐습니다."

"뭐가 됐단 말이냐?"

"이 사장한테 말할 겁니다."

정진호가 번들거리는 눈으로 정병현을 보았다.

"앞으로 대영 본가와는 인연을 끊고 이 사장의 휘하에서 일하겠다구요."

"…."

"함단사, 아니, 이태진사(社) 일원으로 일하게 해달라구요. 그리고…."

숨을 들이켠 정진호가 말을 이었다.

"제 지분 22퍼센트도 모두 이 사장한테 매각해서 대영 이름을 빼겠습니다."

“…”

“그리고 저는 이 사장의 부하가 되어서 함께 성장할 겁니다.”

정진호가 어깨를 부풀렸다가 내렸다.

“다른 심복들과 경쟁해서 출세할 겁니다. 이 사장이 대영에서 성장한 것처럼 되지는 않겠지만, 그 기백으로요.”

“…”

“이 사장이 받아들일 수밖에 없겠지요.”

그때 정병현이 길게 숨을 뱉고 나서 입술만 달싹이며 말했다.

“너는 나하고 다르구나.”


“정진호가 아까울 뿐이야.”

이태진이 술잔을 들면서 말했다.

“내가 키울 생각이었는데.”

“키우다니?”

술잔을 내려놓은 정경호가 물었다.

이곳은 마포 대로변의 카페 안.

오후 8시가 되어가고 있다.

이태진이 대답했다.

“대영 사주의 아들을 떠나서 내 수족으로 말야.”

“나도 그놈이 싹수가 있어 보였는데 그 누나 되는 여자가 오기를 부리더라구.”

쓴웃음을 지은 정경호가 이태진을 보았다.

“그 여자가 대영 정 회장의 후계자가 될 모양이지?”

“글쎄.”

"그렇다면 곧 망하겠다."

고개를 든 정경호가 말을 이었다.

"자존심에 상처를 입으니까 앞뒤를 가리지 않더구만."

"…"

"네가 예상한 대로 되는 것이 신기했어."

"술이나 먹자."

술잔을 든 이태진이 한 모금 술을 삼켰다.

카페 안은 조용하다.

칸막이가 된 방 안이라 밖은 보이지 않는다.

정경호가 말을 이었다.

"이젠 나도 얼굴이 팔려서 동네에 나가면 사람들이 날 알아봐."

"당연하지."

"이발소에 갔다가 사람들이 모이는 바람에 도망갔어."

이태진이 이를 드러내고 웃었다.

"이 자식이 모처럼 웃기네."

"내가 네 덕분에 출세했다."

"네가 안에서 잘 받쳐준 때문이지. 겸손 떨지 마라."

"널 실망시키지 않을게."

"야, 여자나 불러라."

이태진이 술잔을 내려놓으면서 소리쳤다.

"우리 분위기 좀 바꾸자."


오피스텔로 돌아왔을 때는 오후 10시쯤 되었다.

정경호와 위스키 한 병을 나눠마셨기 때문에 술기운이 적당히 밴 상태다.

씻고 나온 이태진이 소파에 앉아 전화기를 들었다.

버튼을 누르자 신호음이 두 번 울리더니 응답 소리가 들렸다.

"여보세요."

함단이다.

사우디는 오후 4시 반이다.

"함단, 납니다."

"오 브라더, 지금 서울이지?"

"예, 브라더. 생산 합의는 거의 끝나갑니다. 끝내고 돌아가지요."

"무스타파도 동생이 보고 싶다는군."

"어제도 통화했습니다."

"내 위상이 리야드에서 치솟았어. 만나는 사람마다 축하 인사를 하네."

함단의 목소리에는 아직도 흥분이 가시지 않았다.

맞는 말이다.

리비아 입찰에서 사우디가 가져간 오더 물량이 함단사의 4억 1천5백만 불뿐이다.

그것만으로도 전체 물량의 20퍼센트다.

사우디가 리비아 입찰 오더를 받은 것은 이번이 처음이다.

금액보다도 뉴스거리가 된 것이다.

업무보고를 끝낸 이태진이 한동안 전화기를 바라보았다.

이윽고 이태진이 손을 뻗어 다시 전화기를 들었다.


"여보세요."

벨이 한 번 울렸을 때 응답 소리가 울렸다.

기다리고 있는 것처럼 느껴졌다.

동양기획의 김봉철이다.

"김 사장, 난데."

"사장님, 기다리고 있었습니다."

"늦었지?"

"아닙니다. 괜찮습니다."

김봉철에게 10시쯤 전화를 한다고 했던 것이다. 그런데 미루고 함단한테 먼저 연락을 했다.

이태진이 전화기를 고쳐 쥐었다.

"어떻게 되었지?"

"예, 강릉 근대호텔에서 이틀 동안 투숙하고 오늘 오후에 돌아왔습니다."

김봉철의 목소리는 가라앉아 있다.

"지금 김명화 씨는 대전 아파트에 있습니다. 조민수 씨는 대구로 돌아갔구요."

"…."

"대전으로 돌아가서 식당에서 저녁 먹을 때의 대화를 녹음한 것이 있습니다. 내일 중 보고 드리겠습니다."

"수고했어."

"예, 사장님."

김봉철이 주춤거렸다가 말을 잇는다.

"잘 쉬십시오."

전화기를 내려놓으면서 이태진이 풀썩 웃었다.

엉겁결에 나온 인사말이겠지만 어울리지 않았기 때문이다.

김명화는 옛날 알고 지냈던 조민수와 함께 강릉의 근대호텔에서 2박 3일의 휴가를 보내고 돌아왔다.

김명화가 제의한 여행이었는데 이것은 이태진과의 관계를 끊으려는 의도적인 계획이었을 것이다.

이태진은 그 계기를 생각 안 하기로 다시 마음먹는다.

이제 무슨 소용인가?

흘러간 시간처럼 되돌릴 수가 없는 일이다.

앞으로 살길만 생각하자.


오전 9시에 정진호가 회사에 출근한 이태진에게 전화를 했다.

"드릴 말씀이 있습니다. 오전에 시간을 내주셨으면 합니다만."

"그래. 그럼 내 방으로 와."

이태진이 바로 말했다.

"기다리고 있을 테니까."


1시간쯤 후인 10시경에 사장실에는 셋이 둘러앉았다.

이태진과 정경호, 그리고 정진호다.

정진호는 긴장으로 굳은 얼굴이다.

인사를 마친 정진호가 앞에 앉은 이태진을 보았다.

"어제 대영에서 다녀간 이야기를 들었습니다."

이태진이 고개만 끄덕였고 정경호는 상반신을 앞으로 기울였다.

오늘 오전에 정진호의 해임 공고를 내려고 했다.

그때 정진호가 말을 이었다.

"어제 가족들하고 상의했고 제가 결정했습니다."

정진호가 이태진, 정경호를 번갈아보았다.

"저는 대영과 인연을 끊고 '함단 앤 대영'의 대영 지분 전량을 함단사 측에 매각하겠습니다. 그러면 '함단 앤 대영'도 '함단사'가 되는 것이지요."

"…"

"하지만 조건이 하나 있습니다."

그렇게 말했던 정진호가 몸을 세웠다.

"아니, 요청입니다. 저를 그대로 함단사에서 일하도록 해주십시오. 저는 함단사, 아니 사장님과 함께 일하고 싶습니다."

정진호의 얼굴이 상기되었고 목소리가 열기를 띠었다.

"사장님을 도와 세계로 뻗어나가고 싶습니다."

그때 이태진과 정경호가 서로의 얼굴을 보았다.

그러고는 이태진이 정진호에게 물었다.

"자네가 결정했다는 건가?"

"예, 그리고 아버님의 승인을 받았습니다. '함단 앤 대영'의 대영 지분은 제 몫이니까요."

이태진이 지그시 정진호를 보았다.

"알았어. 내가 정 전무하고 상의하고 나서 바로 결정하겠네."


정진호가 방을 나갔을 때 정경호의 얼굴에 웃음이 떠올랐다.

"정진호가 인물이 되겠는데. 네가 아낄 만해."

이태진이 정경호를 보았다.

"정진호에게 지분 대금을 지불하도록 해. 그리고 함단사 상무이사 발령을 내."

"이런. 돈 받고 모기업의 이사가 되다니. 꿩 먹고 알 먹은 거 아냐?"

말과 달리 정경호가 고개를 끄덕였다.

이로써 대영은 '함단사'에 완전히 흡수되는 것이다.

이제 '함단 앤 대영'은 '함단사'가 되었다.


오후 2시 반.

점심시간이 끝나기를 기다렸다가 이태진이 집으로 전화를 했다.

예상했던 대로 어머니가 전화를 받는다.

"어머니, 나야."

"아이구. 너구나. 요즘 바쁘지?"

어머니가 반색했다.

"낮에 웬일이냐? 바쁠 텐데. 아버지는 신문사 가셨다."

아버지는 심심풀이로 기자가 둘뿐인 지방 신문사에 들러 가끔 기고를 한다.

물론 원고료는 못 받고 식사 대접만 받는다.

그때 어머니가 말을 잇는다.

"네가 신문에 난 기사 죄다 스크랩해놓았어. 아버지가 신문을 다 사 왔단다."

"아이구, 어머니."

"스크랩북도 사 왔어."

"이씨 가문에 인물 났네."

"그럼. 모두 배가 아플 거다. 그런데…."

"어머니, 명화는 잊도록 해."

"응?"

"명화 이야기야."

"아니, 그런데…."

"어머니, 명화하고는 안 맞는 거 같아. 그렇게만 알고 있으면 돼."

"세상에. 이유라도 알자. 도대체 갑자기 왜 그런다니? 전화도 안 받아. 걔 어
머니도 마찬가지야. 우리가 무슨 원수라도 되는 거냐?"

어머니가 쏟아붓듯 말했다.

이태진이 끼어들 사이도 없이 어머니가 말을 잇는다.

"무슨 일이 있었던 거야? 아버지도 지쳐서 너한테 문제가 있는 것 같다는데. 그것만 알자. 그래야 내 화가 풀리겠다."

"그래, 내 문제야. 나 때문에 그렇게 되었어. 그렇게만 알도록 해."

이태진이 말을 이었다.

"그리고 명화는 나한테 안 맞아. 나처럼 집 떠나서 일 년에 절반 이상을 외국에 나가 있는 사람은 명화한테 안 어울려. 그것이 결정적인 문제였어."

그렇게 말할 수밖에 없다.

그것이 이유의 절반은 될 테니까.

집에서 직장을 오가는 조민수와 맞는 여자다.

이태진이 마무리를 했다.

"어머니, 가능하면 빨리 잊어. 그쪽에 에너지를 소모할 가치도 없는 일이니까. 아버지한테도 그렇게 말씀드리고."

오늘 전화한 목적은 이것이다.

자업자득이다.

그것은 인간의 모든 결과는 뿌린 대로 거둔다는 말이다.

김명화와의 사연도 마찬가지다.

그 결과는 자신이 초래한 것이다.

이제 와서 되돌아볼 필요는 없다.

이태진은 자리에서 일어섰다.


아버지한테 대통령의 '안부' 말씀을 전하는 것은 그다음이다.

그리고 이태진의 생각이지만 아버지가 그 전갈을 듣고 기뻐할 것 같지가 않다.

만세를 불렀을 때는 16년 전.

아버지가 40대로 뭔가 희망을 품고 있을 때였다.

그때라면 모르지.

이것이 이태진 생각이지만.

그런데 그 시간에 아버지는 김명화와 마주 보고 앉아있다.

대전.

학교 근처의 커피숍 안이다.

아버지가 학교 근처의 커피숍에서 전화를 한 것이다.

커피 잔이 놓일 때까지 아버지는 딴전만 보았고 김명화도 고개를 숙인 채 입을 열지 않았다.

그때 아버지가 입을 열었다.

"여기 올 때까지는 여러 가지 물을 것이 머릿속에 가득 차 있었는데, 이렇게 네 얼굴을 보고 나니까 다 부질없다는 생각이 드는구나."

김명화는 고개만 숙여서 콧등만 보였고, 그때 아버지가 자리에서 일어섰다.

"넌 무슨 이유인지 모르겠지만 내 아들한테도 맞는 여자가 아닌 것 같다. 그 것을 여기 와서 실감했구나."

그러고는 아버지가 자리에서 일어섰다.


'함단 앤 대영'이 '함단사'로 개명되었다.

대영 지분의 소유주인 정진호가 자신의 지분을 함단사에 매각한 것이다.

그러나 정진호는 함단사의 상무로 그대로 남았다.

회사의 생산부 책임자로 남은 것이다.

함단사의 회의실 안.

이태진과 고재규, 정진호가 둘러앉았다.

오늘은 정진호가 함단사의 상무가 된 후로 첫 회의다.

이태진이 입을 열었다.

"정 상무, 사마르칸트 공장에 대한 장기 계획을 수립해야겠다."

이태진의 시선이 고재규에게 옮겨졌다.

"공장의 오더 계획은 고 부장이 맡아야 하니까 둘이 손발을 맞추도록 해."

"알겠습니다."

고재규가 이태진을 보았다.

"다음 주에 정 상무님하고 같이 출장을 갈 예정입니다."

"이젠 좀 단순해졌다."

둘을 번갈아 보면서 이태진의 얼굴에 웃음이 떠올랐다.

"너희들 둘이 함단사 외국 진출의 기둥이야."

둘이 동시에 고개를 끄덕였다.

함단사는 이태진, 함단의 합자회사다.

이태진의 지분 51퍼센트, 함단의 지분이 49퍼센트 상태에서 6억 5천만 불 가까운 물량을 보유하고 있다.

한국 최대의 바이어 오피스가 되어있는 것이다.

한여옥과 김태식, 최상호는 오더 관리를 맡고 강진수가 총무부장으로 관리 책임자다.

어느덧 함단사는 곡절을 겪은 후에 시스템이 만들어졌다.


박영균의 전화가 왔을 때는 오후 3시 정각이다.

사무실에 앉아있던 이태진이 전화를 받는다.

직통전화다.

"사장님, 오늘 시간 있으세요? 드릴 말씀이 있습니다만."

박영균이 대뜸 말했다.

이태진은 듣기만 했더니 박영균이 말을 이었다.

"선적 문제입니다."

그 순간 이태진이 어깨를 늘어뜨렸다.

무기 선적 문제다.

"어디서 뵐까요?"


또 인사동 '국화'에서 만났다.

이태진이 여자 있는 주점을 좋아하는 줄 아는 것 같다. 그러나 아가씨들은 부르지 않고 셋이 마주 앉았다.

박영균이 수행원 하나를 데려왔기 때문이다.

"세상이 빨리 돌아갑니다, 사장님."

박영균이 웃음 띤 얼굴로 이태진을 보았다.

"그 세상을 이 사장님이 빨리 돌리고 계십니다."

"무슨 말씀이신지?"

"제가 국장으로 진급했습니다. 중정 서열 10위 안에 진입한 것이죠."

"아이구, 축하드립니다."

정색한 이태진이 상반신을 세우고 축하했다.

그때 박영균도 몸을 굽히고는 고개를 숙였다.

"이 사장님 덕분이죠. 이 사장님이 만들어주신 겁니다."

"그럴 리가요."

"잘 아시지 않습니까?"

어깨를 편 박영균이 이태진을 보았다.

"앞으로 할 일이 많습니다, 사장님."

"그렇죠."

"생산이 시작되었는데 3개월 후부터는 리비아로 나가게 되지 않습니까? 그때와 맞춰야 됩니다."

이태진이 고개를 끄덕였다.

그것 때문에 박영균이 만나자고 한 것이다.

그때 박영균이 옆에 앉은 사내를 눈으로 가리켰다.

"앞으로 김 과장이 심부름을 해드릴 것입니다."


다음 날 점심시간에 이태진은 한여옥, 김태식, 최상호와 함께 회사 근처의 식당에서 점심을 먹는다.

한식당의 방 안이다.

셋은 모두 이태진과 함께 대영산업 중동과에서 근무했고 함단사로 따라 나온 원조들이다.

지금 함단사 직원이 200명 가깝게 되지만 이 셋은 톱 10 안에 든다.

직급은 모두 부장.

아직 30 전인데도 경영자급에 든 것이다.

셋은 이태진의 점심 초대에 긴장했다가 곧 생기를 되찾았다.

도가니탕을 다 먹었을 때다.

이태진이 셋을 둘러보았다.

"직원들 관리하는 데 애로사항 있어?"

불쑥 물었더니 셋은 서로의 얼굴을 보았다.

그때 이태진이 빙그레 웃었다.

"나도 나이 30이 겨우 넘었는데 지금 이 자리에 있다. 너희들 입장을 알지."

이태진이 웃음 띤 얼굴로 셋을 둘러보았다.

"그래서 내가 조언해주려고 불렀다."

"네, 사장님."

한여옥이 먼저 입을 열었다.

"조언해주세요, 사장님."

"한여옥이 힘들었던 모양이지?"

"제 밑의 과장 셋이 모두 저보다 5살이나 연상이에요."

그때 이태진이 심호흡을 했다.

"너희들은 원조야."

정색한 이태진이 말을 이었다.

"내가 있는 한 아무도 건드리지 못해."

셋은 숨을 들이켰고 이태진의 목소리가 굵어졌다.

"다 시간이 해결해준다. 내가 너희들한테 조언해줄 것은 자신감을 가지라는 거다."

"…."

"그리고 가장 중요한 것."

이태진이 셋을 둘러보았다.

"자리에 맞는 일을 해. 부장이면 부장다운 일. 너희들은 곧 본부장이 될 거다. 그때는 본부장에 맞는 일을 해야 돼."

그러고는 이태진이 덧붙였다.

"나도 그렇게 노력하고 있어."

이태진이 숨을 골랐다.

이 셋은 고재규, 강진수와 함께 심복이다.

자신감과 함께 동반자로서의 신뢰감을 심어줘야 한다.

이들이 곧 재산인 것이다.


김봉철의 사무실 안.

점심을 마친 이태진이 회사 건물 5층의 김봉철 사무실로 찾아온 것이다.

김봉철의 동양기획도 직원이 8명으로 늘어났고 중정 직원 둘도 그대로다.

둘이 마주 앉았을 때 김봉철이 입을 열었다.

"김명화 씨한테 함단사 정보를 준 사람을 찾았습니다."

고개를 든 김봉철이 쓴웃음을 지었다.

"회사 내부에 김명화 씨 친구가 있었습니다. 그 친구한테서 김명화 씨가 정보를 받았습니다. 사장님에 대한 소문까지 말입니다."

"…"

"둘의 대화를 녹음했는데 참고로 들어보시지요."

이태진이 의자에 등을 붙였다.

김봉철은 이태진과 김명화의 관계를 아는 사람이다.

갑자기 김명화가 변심한 것에 대해서 의문을 품고 있었던 것이다. 그래서 이태진의 지시를 받지 않았어도 조사를 했다.

그때 김봉철이 탁자 위에 놓인 녹음기의 버튼을 눌렀다.

"소문이 났어. 이태진은 닥치는 대로 여자를 건드렸어. 대영산업 회장 딸뿐만 아니라 같은 과장이었던 오세영, 그리고 같은 과원이었던 애까지 다 건드렸다는 거야. 그 애는 지금 부장이야."

여자의 조금 날카로운 목소리가 이어지고 있다.

"내가 사마르칸트에 갔다 왔는데 거기 현지인 지사장이 여자야. 제법 미인인데 그 여자도 이태진의 현지처라는 소문이야."

"…"

"대영에 있을 때도 소문이 났지. 여사원들한테 인기도 많았거든."

김봉철이 버튼을 눌러 녹음기를 껐다.

김봉철이 이태진을 보았다.

"이 여자는 지금 함단사 디자인부에 근무하는 박영희 대리입니다. 김명화 씨하고 고등학교 동창이죠."

김봉철이 말을 이었다.

"평범한 용모에 업무능력은 인정을 받지만 남자들한테 인기가 없습니다. 회사 내에서 여러 번 문제를 일으켰더군요."

"…"

"남자들한테 접근했다가 거부당한 것입니다. 이제는 본인도 남자들이 피한다는 것을 알지요. 그러다보니까 심보가 삐뚤어져서 사장님에 대한 험담을 이곳저곳에 퍼뜨리는 것 같습니다."

"…"

"이 테이프는 박영희가 사마르칸트 출장을 다녀와서 김명화 씨하고 만났을 때 이야기한 것을 편집한 것입니다."

"…"

"두 시간 동안 이야기한 내용 중에서 이 대화를 발견하고 깜짝 놀랐지요. 원인은 박영희인 것 같습니다."

고개를 든 김봉철이 이태진을 보았다.

"이런 여자는 놔두면 안 되겠지요?"

그때 이태진이 쓴웃음을 지었다.

"험담했다고 다 잡아가면 한국 국민은 모두 교도소에 들어갈 거야."

"이건 모함입니다. 무고죄에 해당됩니다. 명예훼손도 포함되지요."

"원인을 알았으니까 다른 조처를 하지."

"예, 사장님."

김봉철이 번들거리는 눈으로 이태진을 보았다.

"결과는 이렇게 되었지만 그대로 놔둘 수는 없지요."


오후 4시 반이 되었을 때 정진호가 전무실로 들어섰다.

"부르셨습니까?"

"응, 거기 앉아."

앞쪽 의자를 눈으로 가리킨 정경호가 서류를 펼쳤다.

"사마르칸트에 가기 전에 인사를 해야 할 일이 있어."

"예, 전무님."

긴장한 정진호가 정경호를 보았다.

정진호는 생산팀을 이끌고 다음 주에 사마르칸트로 떠날 예정이다.

서류를 편 정경호가 정진호를 보았다.

"디자인팀에서 둘이 출장을 가지?"

"예, 그렇습니다."

"둘 중에서 박영희 대리가 이번에 두 번째 출장을 가는군."

"예, 지난번에 가서 디자인실을 만들었습니다."

"사장님이 출장자 명단을 보고 그 말씀을 하시더군."

고개를 든 정경호가 정진호를 보았다.

"그래서 박영희 대리를 과장으로 진급시키라고 하셨어."

"아, 그렇습니까?"

긴장했던 정진호의 얼굴이 밝아졌다.

"감사합니다."

"사장님이 사마르칸트 공장에 관심이 많으셔."

정경호가 말을 이었다.

"내일 자로 과장 진급시킬 테니까 그렇게 전해."


기쁜 소식은 빨리 전해주고 싶은 것이 인지상정이다.

30분쯤 후에 정진호가 테이블 앞에 선 박영희를 보았다.

사무실 안.

갑자기 상무한테 불려온 박영희는 굳어져 있다.

정진호가 입을 열었다.

"사장님이 사마르칸트 사업장에 대해서 관심이 많으셔."

굳어진 박영희는 숨도 죽였고 정진호가 말을 잇는다.

"지난번에 박 대리가 가서 일한 것도 다 알고 계시더구만."

"…."

"그래서 말인데, 오늘 갑자기."

숨을 고른 정진호가 박영희를 보았다.

"출장자 명단을 보고 지시를 하셨다는 거야."

"…."

"박 대리를 내일 자로 과장 진급을 시키라고 하셨어. 그런 줄 알고 있어."

박영희는 숨을 들이켰다가 하마터면 재채기를 할 뻔했다.

세상에, 과장이라니.

더구나 사장님의 특별지시라니.

우리 사장님.


퇴근 시간이 되었을 때 인터폰이 울리더니 비서실의 홍지연이 말했다.

"사장님, 동우상사 민경준 부사장이라고 하시는데요."

홍지연의 목소리가 이어졌다.

"통화 가능하시냐고 물으십니다."

"직접 전화를 한 거야?"

"아닙니다. 비서실에서 왔습니다."

"그렇군. 부사장이지. 10분 후에 직접 전화하라고 해."

"네, 사장님."

인터폰이 끊겼을 때 이태진의 얼굴에 쓴웃음이 번졌다.

리비아에서 체포된 사건은 언론에 보도되지 않았다.

그러나 입소문으로 번져서 알 사람은 다 안다.


10분 후에 이태진은 홍지연이 연결한 전화를 받았다.

"이 사장님, 저 민경준입니다."

민경준이 웃음 띤 목소리로 말했다.

"아, 부사장님, 오랜만입니다."

응답한 이태진에게 민경준이 말을 잇는다.

"먼저 오더 받으신 것, 축하드립니다."

"감사합니다."

"저는 오더도 못 받고 불미스러운 일을 저질러서 나라 이름에 먹칠을 했습니다."

"운이 나빴지요."

이태진이 전화기를 고쳐 쥐었다.

민경준, 안형선 일당을 체포시킨 것은 그들이 입찰 본부에 무고를 했기 때문이다.

악랄한 무고 내용을 떠올리면 지금도 화가 나는 상황이다.

그때 민경준이 말했다.

"이 사장님, 바쁘시지 않으면 저하고 술 한잔하실까요?"

"무슨 일입니까?"

"지금 사마르칸트에 공장을 건설하고 계시지요? 우리도 참여하고 싶어서요."

그때 이태진이 짧게 웃었다.

웃음소리를 들은 민경준이 물었다.

약간 굳어진 목소리다.

"이 사장님, 왜 웃으십니까?"

"부사장님이 저하고 인연을 맺고 싶어 하시는 것 같아서요."

"아이구."

민경준의 목소리에도 웃음기가 섞여졌다.

"그건 사실입니다. 그래서 트리폴리에서도 제안을 드렸지요."

"사마르칸트 공장에 참여하고 싶으신 이유는 뭡니까?"

"특별한 이유는 없습니다. 함단사와 함께라면 어디라도 좋습니다. 동업하고 싶기 때문이죠."

"사마르칸트에서는 안 됩니다."

"그럼 다른 곳도 좋습니다."

민경준이 끈질기게 말을 이으려고 했기 때문에 이태진이 잠깐 앞쪽의 벽을 보았다.

그러고는 목소리를 낮췄다.

"어쨌든 저녁 식사나 같이 하시죠."

"좋습니다. 오늘 어떻습니까?"

"괜찮습니다."

"그럼 제가 모시지요. 식사와 술을 같이 할 수 있는 곳이 있습니다."

민경준이 들뜬 목소리로 말을 잇는다.

"제가 7시까지 차를 보내드리지요."


장충동의 요정 '명월관'은 이태진이 처음 와보는 곳이다.

그러나 고급 요정으로 아늑하고 은밀했다.

중정 요원들과 갔던 인사동 '국화'보다 윗길이었다.

마담의 응대나 온돌방의 분위기, 종업원들의 움직임이 더 세련되었다.

"이곳 아가씨들이 좋아요."

마주 앉은 민경준이 웃음 띤 얼굴로 말했다.

"예쁜 애들이야 많죠. 하지만 품위 있고 교양까지 갖춘 여자, 거기에다 성적 매력까지 포함된 여자는 드뭅니다."

민경준이 열변을 토했다.

"바로 이곳이죠. 마담이 어떻게 아가씨들을 선별했고 교육시키나를 아시면 놀랄 겁니다."

"여기 자주 오십니까?"

이태진이 묻자 민경준이 고개를 끄덕였다.

"여기서 노는 게 제 낙입니다. 취미지요."

"돈 많이 들겠는데요."

"돈을 벌어서 뭐합니까? 써야 경제가 활성화됩니다."

"하긴 그렇습니다."

그때 마담이 들어섰고 뒤를 교자상을 양쪽에서 든 남자 종업원 둘이, 그 뒤를 아가씨 둘이 따라 들어왔다.

상 위에는 산해진미가 차려져 있다.

상이 앞에 놓였고 여자들이 각각 옆에 앉았다.

둘 다 한복 차림이다.

상 끝에 앉은 마담은 40대쯤으로 보였는데 단정한 자태의 미인이다.

"사장님, 뵙게 되어서 영광입니다."

마담이 고개를 숙여 인사를 했다.

"오신다고 해서 사장님 기사를 다 읽었고 애들한테도 교육시켰습니다."

"이런."

쓴웃음을 지은 이태진이 마담을 보았다.

"그럼 내가 1년 전만 해도 중소기업 과장이었다는 것도 알고 계시겠군."

"그럼요. 전설적인 분이시죠."

마담이 자리에서 일어서면서 말을 이었다.

"최선을 다해서 모시겠습니다."


옆에 앉은 아가씨는 진영미.

스물다섯이라고 자신을 소개했다.

그뿐이다.

잠자코 웃음 띤 얼굴로 술 시중을 들었고 묻는 말에만 대답했다.

그래서 어느덧 있는 듯 없는 듯한 존재가 되면서 편안해졌다.

부담이 되지 않은 것이다.

그동안 민경준은 파트너와 농담을 주고받았는데 자주 웃음을 터뜨렸다.

분위기에 휩쓸린 이태진이 진영미의 허리를 당겨 안고 물었다.

"여긴 술값이 얼마나 돼?"

"1인당 30만 원입니다."

이태진이 고개를 끄덕였다.

기업체 사원의 한 달 월급이다.

지금 민경준과 둘이 각각 한 달 월급을 내고 술을 마신다.

그때 진영미가 이태진을 보았다.

"사장님, 신문에 난 것 모두 사실이에요?"

"아니."

"아니라구요?"

"응, 모두 지어낸 거야. 국민 사기진작 차원에서."

"거짓말."

"정말이야."

정색한 이태진이 말을 이었다.

"정부에서 만든 각본이야. 너만 알고 있어."

이태진이 손가락을 입에 붙이기까지 했기 때문에 진영미가 숨을 들이켰다.

"세상에. 그럴 수가."

그때 민경준이 고개를 들고 이쪽을 보았다.

"이 사장, 나는 유럽 시장을 개척하려고 그리스에 의류 공장을 인수해놓았어요."

술잔을 든 민경준의 눈이 안경알 밑에서 번들거리고 있다.

이태진의 시선을 받은 민경준이 말을 이었다.

"그런데 임금 수준이 한국보다 높은 데다 규제가 까다로워서 계속 적자 운영이오. 그러다가 이 사장의 사마르칸트 공장 이야기를 들은 겁니다."

"…."

"이 사장이 원하시면 아테네 공장도 합자 운영할 수 있습니다."

"…."

"동우와 함단사가 연합해서 외국으로 진출하는 것이지요."

고개를 든 이태진이 민경준을 보았다.

민경준은 리비아에서 함단사의 대리인 이태진이 한국에서 사기, 횡령으로 고발당한 피의자라고 모함한 인간이다.

이태진의 얼굴에 희미하게 웃음이 떠올랐다.

민경준은 음주 혐의로 체포된 것은 고사하고 누가 감옥에서 구출해냈는지도 모르는 것 같다.

중정에서 손을 쓴 것으로만 알겠지.

"생각해보지요."

이태진이 대답은 그렇게 했다.

당장 거절해서 다시 원한을 살 필요는 없다.

동우상사에서 아테네에 의류 공장을 세웠다니 호기심이 일어나기도 했다.

민경준이야 어떻든, 동우는 대그룹이다.

그때 민경준이 술잔을 들고 말했다.

"좋습니다. 우리들의 미래를 위해서."


외박을 했다.

민경준과 호텔까지 같이 간 것이다.

계산도 민경준이 다 했다.

"내키지 않으세요?"

방에 들어섰을 때 진영미가 조심스럽게 물었다.

이태진이 진영미를 보았다.

"갑자기 왜 그렇게 묻는 거야?"

"그렇게 보여서요."

"예민하구나."

"억지로 끌려온 것 같으세요."

그때 의자에 앉은 이태진이 심호흡을 했다.

"맞아. 하지만 오늘 밤은 이곳에서 쉬고 갈 거야. 내 오피스텔보다 낫구만."

주위를 둘러본 이태진이 말을 이었다.

"너에 대한 거부감은 없어. 그러니까 넌 가든지 말든지 마음대로 해."


눈을 뜬 이태진은 옆자리가 비어 있는 것을 보았다.

창밖이 환했다.

오전 6시 반이다.

진영미가 언제 나갔는지는 알 수 없다.

이태진은 다시 눈을 감았다.

진영미는 옆에서 잤지만 손끝도 닿지 않았다.

그리고 욕망도 일어나지 않았다.

지금까지 겪은 여자 중에서 최상급 수준이었는데 왜 그랬는지 모르겠다.

그 원인이 있을 것이지만 생각하고 싶지도 않다.

글쎄, 인연이 있으면 몇십 년 후에라도 닿겠지.


토요일이어서 이태진은 영동으로 내려갔다.

그동안 여러 번 통화는 했지만 석 달 만이다.

오후 2시 반이다.

"잘 왔다."

아버지가 웃는 얼굴로 이태진을 맞는다.

이태진이 건네준 선물 보따리를 받으면서 어머니가 말했다.

"아이구, 웬 선물이 이렇게 많아?"

집 안에는 음식 냄새가 가득 찼고 세 식구가 풍기는 분위기는 뜨겁다.

인사를 마친 이태진이 소파에 앉아 집 안을 둘러보았다.

집 안의 열기가 가라앉은 후에 대화가 드문드문 이어졌다.

어색한 분위기가 덮이면서 어머니가 자꾸 말을 내놓았지만 대화가 천방지축이다.

그 이유가 무엇인지 셋이 다 알고 있는 터라 분위기가 더 불편해졌다.

김명화 때문이다.

당연히 끼어있어야 할 김명화의 빈자리가 그렇게 만든 것이다.

그때 이태진이 말했다.

"명화는 옛날에 만났던 남자하고 만납니다."

놀란 둘이 일제히 고개를 들었고 이태진이 얼굴을 펴고 웃었다.

"변호사인데 그 친구하고 사는 것이 안정적인 것 같다고 생각한 겁니다."

"이런."

아버지가 먼저 반응했다.

"나쁜 년. 그러려면 진즉 떠날 것이지 이제 와서 돌아가?"

"제 생활이 외국이나 돌아다니고 제대로 된 가정생활을 하기는 솔직히 문제가 있거든요."

이렇게 말하는 수밖에 없다.

그때 이번에는 어머니가 격렬하게 반발했다.

"아이구. 잘됐다. 같잖은 것이. 놔둬라. 제 분수에 맞게 살도록."

아버지가 어깨를 부풀렸다가 내렸다.

"에이. 듣고 나니까 시원하다. 나는 이미 싹 지웠지만 말이다."

어머니가 몸을 돌려 주방 싱크대 앞에 섰고 아버지는 선물 보따리에서 양주병을 꺼냈다.

이제야 집안에 질서가 잡히기 시작했다.

적개심이 그렇게 만든 셈이다.


어머니가 저녁 준비를 하는 동안 이태진이 마당 구석의 돼지우리 앞에 선 아버지에게 다가가 섰다.

돼지는 요크셔종으로 2년 전에 강아지만 한 새끼를 가져왔는데 지금은 송아지보다 크다.

"아버지, 전화하셨어요?"

이태진이 돼지를 내려다보면서 묻자 아버지가 고개를 끄덕였다.

토모에 씨한테다.

"했다."

"참, 이런 우연도 드물어요."

"인연이지."

아버지가 돼지를 향한 채로 말을 이었다.

"우리가 몰랐던 인연이 다 이렇게 얽혀 있었던 거야."

"어머니한테는 비밀로 해드릴게요."

"아니, 내가 언젠가는 말해줄 거다."

"아버지, 토모에 씨 좋아하셨어요?"

"미친놈."

"스에코 이야기 들었더니 아버지 이름을 듣더니 토모에 씨가 울었다고 했어요."

"죽을 때가 되니까 그랬겠지."

"헤어진 때가 언제였죠?"

"1945년."

아버지가 바로 대답했다.

"지금부터 33년 전이다."

그러더니 몸을 돌리면서 말했다.

"그동안 많이 변했지."

같이 몸을 돌리면서 이태진은 대통령의 전갈을 전해주지 않는 것이 낫다는 생각을 했다.

집에서 돼지를 키우는 아버지에게 33년 전의 다카기 마사오가 대통령이 되어서 연락을 기다린다는 전갈.

자식인 이태진이 들어도 굴욕적이다.

아버지가 다카기 마사오 중위의 덕을 볼 생각도 없을 것이다.

자존심이 있지.


"너 지금 어디야?"

김명화가 묻자 박영희가 웃음 띤 목소리로 대답했다.

"응, 회사야."

오전 10시 반.

김명화는 교무실에서 전화를 받는다.

요즘 박영희와 자주 전화를 하는 편이라 김명화는 부담이 없다.

"참, 너 사마르칸트에 간다고 했지?"

"응, 이번 주 토요일 출발이야."

"그렇구나."

"그런데 나 진급했다."

"응? 네가? 뭐로?"

"과장이지, 뭐."

"잘됐네. 축하해."

"고맙다."

"진급 자랑하려고 전화했구나."

"큭큭."

짧게 웃은 박영희가 말을 이었다.

"특별진급이야. 내 진가를 알아준 것이지."

"이게 언제는 회사 험담만 하더니."

"내가 언제."

"안 그랬어? 사장 험담부터…."

"그건 루머야."

"루머라니?"

"헛소문이지. 낙오자들의 불평불만이야."

"…."

"나도 잠깐 그 불평불만자들의 악의에 찬 헛소문에 휩쓸렸을 뿐이지."

"…."

"지금 보니까 전혀 근거 없는 소문이었어. 우리 사장님의 영웅적인 성취에 배가 아픈 소인배들의 음해였다구."

"…."

"내가 사마르칸트에 다녀와서 우리 한잔하자. 내가 살게."

"…."

"명화야, 듣니?"

그때 김명화가 전화기를 내려놓았다.

"미친년."

입에서 저절로 욕이 나왔을 때 수업 종료 벨이 울렸다.

오후 5시.

조선호텔 라운지의 밀실 안.

이태진과 박영균 국장, 그리고 김상호 과장까지 셋이 둘러앉아 있다.

박영균이 입을 열었다.

"민경준이 동우그룹의 셋째 아들로 후계자 물망에 올라있지만 문제가 많은 인물입니다."

박영균이 머리를 기울였다가 세웠다.

"트리폴리에서 술 마시고 잡힌 건 아무 일도 아닙니다. 도박, 음주운전, 음주난동, 거기에다 외화반출, 세금포탈 혐의까지 있는데 경제 현장에 정부가 간섭한다는 분위기가 될까 봐서 사법기관도 정치적으로 보류하고 있는 상황입니다."

이태진이 고개만 끄덕였을 때 김상호가 말을 이었다.

"아테네의 공장은 320만 불을 투자해서 기존 의류 공장을 인수한 것입니다. 그런데 실제로 투자액은 170만 불이고 차액 150만 불은 빼돌렸습니다. 의류 공장 사장과 공모한 것인데, 그 증거를 잡았습니다."

고개를 든 김상호가 이태진을 보았다.

"공장을 인수만 해놓고 오더를 받지 못해서 지금 넉 달째 놀고 있습니다. 오더가 절실한 상태라 사장님한테 동업을 요청한 것이죠."

이태진이 고개를 끄덕였다.

민경준은 역시 복선을 깔고 있었던 것이다.

박영균은 이태진이 민경준을 감옥에 넣은 장본인이라는 것을 모른다.

이태진이 북한 측을 시켜 경찰을 동원했기 때문이다.

그때 이태진이 박영균을 보았다.

"민경준이 자꾸 저한테 접근하고 있는 것은 의도가 있습니다. 그렇지 않습니까?"

둘의 시선을 받은 이태진이 이를 드러내고 웃었다.

"저를 얕봤기 때문이죠. 신생 회사로 장악하기 쉽다고 생각한 것 같습니다."

박영균이 눈만 껌벅였고 이태진의 말이 이어졌다.

"지금 말씀드리지만 민경준은 리비아 입찰본부에 저를 모함하는 서류를 제출했습니다. 함단사의 이태진이 사기, 횡령, 공문서위조 혐의로 고발당했다고 했지요."

"그럴 리가."

"제가 인맥을 통해 입수했습니다."

이태진의 얼굴에 웃음이 떠올랐다.

"민경준을 체포시킨 것도 접니다. 북한 측을 통해 리비아 경찰청에 압력을 넣은 것이지요."

"그렇군요."

박영균이 활짝 웃었다.

"딱 두 곳만 경찰이 쳐들어간 이유를 이제 알았습니다. 그럼 민경준과 안형선 둘이 이 사장을 모함한 건가요?"

이태진이 고개만 끄덕이자 박영균은 소리 내어 웃었다.


"사장님, 대영산업 정 실장이라고 하는데요."

홍지연이 다가와 말했다.

"통화하고 싶답니다."

이태진이 고개를 끄덕이자 곧 전화 연결이 되었다.

오전 10시 반.

사무실 안이다.

홍지연이 방을 나갔을 때 이태진이 전화기를 귀에 붙였다.

"여보세요."

"나야."

정예은의 목소리는 가라앉아 있다.

"그래. 무슨 일이야?"

"오더 때문에."

"아, 그래."

"내가 아직 수양이 덜 되었나 봐."

"그건 그래."

그러자 잠깐 입을 다물었던 정예은이 말을 이었다.

"내가 생산본부장을 보낼까?"

"네가 와서 사과부터 해야 되지 않을까?"

"…."

"지금도 수양이 덜된 건가?"

"누구한테 사과하는 건데?"

"정 전무지 누구야?"

"갈게."

"오더도 능력만큼 받아가."

"…."

"대영은 현재 22개 생산업체 중 하나일 뿐이니까."

"…."

"언제 올 건데? 내가 정 전무한테 이야기해 놓으려고 그래."

"오후 3시."

"알았어."

전화기를 내려놓은 이태진이 의자에 등을 붙였다.

반말이 자연스럽기는 하다.

갑자기 존댓말을 쓰면 더 위선적으로 느껴질 테니까.


잠시 후에 사장실로 들어온 정경호와 한여옥이 앞쪽의 소파에 나란히 앉았다.

"오더는 모두 생산 공장이 선정되었습니다."

정경호가 먼저 보고했다.

"대영에는 1,500만 불 정도 떼어줄 수 있습니다."

고개를 끄덕인 이태진이 한여옥을 보았다.

지난번에는 고재규가 상담을 했다.

"3시에 정 실장이 올 거야. 한 부장이 만나."

"네, 사장님."

"그리고 앞으로 대영은 한 부장이 맡도록. 대영 사장 대리인 정 실장도 한 부장이 관리하는 거야."

"네, 사장님."

어깨를 편 한여옥이 이태진을 보았다.

한여옥은 고졸 사원으로 중동과에서 서류담당이었다가 영업직으로 옮겨간 후에 대리 진급이 되었다.

이태진이 추천한 것이다.

그러다가 이제 함단사의 원조 간부가 된 것이다.

이태진이 말을 이었다.

"권력은 힘에서 나오는 법이야. 우리가 한 부장한테 힘을 실어주기로 했어."

이태진의 시선을 받은 정경호가 한여옥에게 말했다.

"대영의 생산 할당량이 1,500만 불 정도 남았지만 한 부장한테 대영이 생산 가능한 품목으로 1,500만 불 정도의 여유를 주지. 무슨 말인지 알겠지?"

"알겠습니다."

고개를 끄덕인 한여옥이 얼굴을 펴고 웃었다.

"제가 알아서 할게요."

그렇다면 1,500만 불에서 3,000만 불까지 오더를 줄 수 있다는 뜻이다.

생산 오더다.

한여옥의 재량에 의해 오더를 안 줄 수도 있는 것이다.


이태진이 5층 동양기획의 사장실로 들어섰을 때는 오후 2시다.

기다리고 있던 김봉철이 이태진을 맞는다.

"시간이 짧아서 윤곽만 조사했습니다."

김봉철이 탁자 위에 서류를 내려놓았다.

이태진이 서류를 들었을 때 김봉철이 말을 이었다.

"그런데도 문제가 많은 인간이더군요. 사흘간 조사했는데도 민경준은 10여 개의 사건을 저질렀습니다. 하지만 구속되지는 않았습니다. 모두 막강한 변호인단, 배경을 이용했기 때문입니다."

"회사 상태는?"

"동우그룹은 42개 계열사를 가진 매출액 8위의 재벌그룹입니다. 사주 민우석 회장은 3남 2녀를 두었는데 민경준이 3남으로 막내지요."

김봉철이 서류를 펼쳐 내밀었다.

"하지만 장남 민경수는 6년 전에 민우석 회장에게 반란을 일으켜 추방당했습니다. 지금 LA 지사장을 맡고 있지만 민 회장 생전에는 한국 땅을 밟지 못한다고 합니다."

"둘째는?"

"본래 기업 경영에 마음이 없는 사람입니다. 공부를 잘해서 의대를 나와 의사가 되었는데 민 회장이 종합병원을 세워주었지요. 용산의 동우병원 원장입니다."

"그렇군."

"민경준 하나 남았지요. 그래서 온갖 사고를 쳐도 주위의 간신배들이 다 수습해주는 바람에 천방지축, 안하무인입니다."

"나도 트리폴리에서 겪었어."

"그런데 밑에 여동생 둘이 있는데요."

김봉철이 말을 이었다.

"하나는 국회의원하고 결혼했는데 작년에 그놈이 낙선하는 바람에 골치를 썩고 있습니다. 지금은 실업자 부부지요."

"…."

"막내 여동생이 있는데 지금 동우호텔 전무지요. 나이는 32세. 회사 경력은 8년인데 대리에서 시작해서 과장, 부장을 거쳐서 전무까지 올랐습니다. 민 회장한테 능력을 인정받고 있습니다. 동우호텔을 상속받았다고 합니다."

이태진이 고개를 끄덕였다.

"민경준의 사생활까지 조사해봐."


"누나, 오더 어떻게 되었어?"

정진호가 묻자 정예은이 고개를 들었다.

오후 8시 반.

자택의 응접실 안.

퇴근한 정진호가 소파에 앉아있는 정예은에게 물은 것이다.

158

"응, 했어."

TV에 시선을 준 채 정예은이 건성으로 대답했다.

정진호가 앞을 지나 2층 계단으로 다가가다가 멈춰 섰다.

"얼마나?"

"3천만 불."

정진호가 정색했다.

"정말이야?"

"맞아."

"고재규하고 상담했어?"

"대영은 한여옥이가 맡았어."

정예은이 TV 음 소거를 시키더니 정진호를 보았다.

"앞으로 내 담당은 한여옥이야."

"한여옥이가 꼼꼼해서 사장의 신임을 받고 있어."

"내가 고졸 출신의 네 또래를 바이어로 모시게 되었어."

정예은이 외면한 채 말을 이었다.

"이태진이 나한테 수모를 주는 거야."

"누나."

한 걸음 다가선 정진호가 정예은을 보았다.

"그렇게 생각 안 해? 지난번 고재규한테 거부를 당했으니까 한여옥으로 담당을 바꿨다고 말야."

"…"

"그리고 오더도 누나가 원하는 대로 대영 용량의 2배를 받았잖아?"

"얘도 함단사 직원 다 되었네."

자리에서 일어선 정예은이 발을 떼면서 말을 이었다.

"이태진이는 얼굴도 보이지 않았어. 난 그게 분해."

오후 3시가 되었을 때 이태진이 인터폰으로 홍지연을 불렀다.

방으로 들어선 홍지연이 앞에 서서 이태진을 보았다.

비서실 직원은 홍지연까지 셋.

여직원만 셋이다.

"5시에 약속이 있으니까, 홍 대리도 같이 가야겠어."

"네, 사장님."

대답한 홍지연이 시선을 주고 있었기 때문에 이태진이 정색했다.

"앞으로 이 프로젝트에 홍 대리도 참가해야 될 것 같아서 데려가는 거야."

"네."

이태진이 말을 이었다.

"가면 알게 돼."

이태진과 홍지연이 방으로 들어서자 기다리고 있던 박영균과 김상호가 고개를 들었다.

이곳은 조선호텔 라운지의 밀실 안.

악수를 나눈 이태진이 홍지연에게 말했다.

"중정 국장님이셔. 인사해. 이쪽은 과장님이고."

그러고는 박영균에게 소개했다.

"비서실 홍지연 대리입니다."

홍지연이 굳어진 표정으로 인사를 했다.

놀랐겠지만 차분하게 행동하고 있다.

넷이 둘러앉았을 때 박영균이 바로 본론을 꺼냈다.

"오더 받으신 지 한 달 가깝게 되었는데 생산은 모두 시작되었겠군요."

"그렇습니다."

이태진이 말을 이었다.

"하지만 5천만 불가량의 오더가 남아있습니다."

"북쪽에서 연락이 왔습니다."

불쑥 박영균이 말하더니 심호흡을 했다.

"선적 방법을 상의하자는 겁니다. 이제는 그럴 때가 되었지요."

"…"

"북한은 홍콩을 중심지로 생각하고 있습니다. 홍콩이 아직 영국령이지만 자유무역항인 데다가 그쪽에 협력자가 많아요. 홍콩에서 섞는 겁니다."

"…"

"우리는 홍콩을 거쳐서 트리폴리로 싣는 것이고 북한도 일반 상품으로 가장해서 홍콩으로 보내는 것이지요."

고개를 든 박영균이 이태진을 보았다.

"이 사장님은 어떻게 생각하십니까?"

그때 이태진이 고개를 기울였다.

"북한이 급한 것 같군요."

"당연하지요."

쓴웃음을 지은 박영균이 말을 이었다.

"3억 7천만 불 물량의 무기를 수출하는 것이니까요."

"위험합니다. 홍콩에서 문제가 되면 우리 상품까지 못 나갑니다. 홍콩에서 8억 불 물량의 상품과 무기가 압류될 겁니다."

박영균이 어깨를 늘어뜨렸고 이태진이 말을 이었다.

"다른 방법을 찾아야 합니다."

"서둘러야 해요."

박영균이 말을 받았다.

"북쪽에서 만나자고 합니다. 아마 일주일쯤 후가 되겠는데 그때까지 계획안을 만들어야겠어요."

퇴근 시간이 지났기 때문에 이태진은 홍지연과 함께 호텔 근처의 일식당에서 저녁을 먹었다.

룸에서 둘이 마주 앉았을 때 이태진이 말했다.

"북한이 리비아에서 무기 오더를 받았고 그것을 비밀리에 수출해야 돼. 그런데 그 무기를 한국의 수출품에 섞어서 보내려는 프로젝트야."

홍지연은 시선만 주었고 이태진이 말을 이었다.

"이 프로젝트를 알고 있는 회사 간부는 정 전무, 고 부장, 한 부장뿐이야. 이제 홍 대리도 알게 되었군."

"…"

"만일 이 내막이 밝혀지면 우리 4억 불이 넘는 오더도 못 나가게 돼. 위험하기 짝이 없는 프로젝트지."

"왜 그렇게 되었지요?"

"남북한의 비공식 공조가 시작되는 것이지."

이태진이 쓴웃음을 지었다.

"북한은 대외사업국이 이 프로젝트를 주관하고 한국은 중정이야. 나는 그 실행자가 되어있고."

"사장님은 어쩌다가 실행자가 되셨어요?"

"내 사업에 북한 대외사업국, 중정이 끼어든 셈이지."

이태진이 사연을 간략하게 설명해주었을 때 홍지연이 길게 숨을 뱉었다.

그러나 눈에는 생기를 띠고 있다.

입을 열지는 않는다.


민경준이 회사에 찾아왔다.

며칠 전에 약속을 잡았기 때문에 이태진은 사장실에서 민경준을 맞는다.

민경준은 심복인 전상규를 대동했는데 트리폴리에서 같이 감옥에 갇혔던 감방 동기가 되겠다.

이태진은 고재규를 동석시켰다.

인사를 마쳤을 때 민경준이 말했다.

"사장님, 동우의 아테네 공장에 이번 오더를 넣어주실 수 없습니까? 선박 운임도 얼마 되지 않아서 생산단가도 낮아질 텐데요."

맞는 말이다.

그러나 원부자재가 제대로 공급될 수 있는가를 따져야 한다.

동우의 아테네 공장은 봉제공장일 뿐이다.

그때 전상규가 거들었다.

"원부자재 생산업체도 주위에 있습니다. 오더만 주시면 아테네에서 생산 가능합니다."

이번에는 고재규가 말했다.

"이미 오더가 다 계약된 상태라 다른 곳으로 보낼 물량이 없습니다. 더구나 아테네 공장이라고 하셨는데 그쪽 원부자재 공장까지 모두 심사를 거쳐야 하기 때문에 시간이 걸립니다."

그러자 민경준도 입을 다물었고 방 안에 어색한 정적이 덮였다.

그때 이태진이 입을 열었다.

"이번 오더는 넣지 못하지만 다음에 기회가 있겠지요. 우리들의 사마르칸트 공장과 연계시킬 수도 있으니까."

이태진이 말을 이었다.

"동우에서 노력하면 가능할 겁니다. 역량이 우리보다 수십 배 큰 회사 아닙니까?"

이렇게 마무리를 했다.

"뜬금없습니다."

민경준을 배웅하고 돌아온 고재규가 쓴웃음을 짓고 말했다.

"민경준이 동우그룹 후계자라고 하던데, 하는 꼴을 보니까 앞날이 뻔한데요."

"얌마, 엊그제 민경준한테 내가 요정 접대를 받았어."

이태진이 말을 이었다.

"뜬금없는 건 아니야."

"아테네 공장이라면 주위에 인프라가 갖춰져 있고 조건도 좋습니다."

고재규가 정색하고 이태진을 보았다.

"오더 못 받은 건 순전히 동우상사의 능력 부족이죠."

그때 이태진이 말했다.

"아테네 공장을 우리가 인수해보도록 하자."

고재규가 숨을 들이켰다.

금세 눈이 흐려져 있다.

민우석 회장은 69세.

그러나 건장한 체격에 머리도 검고 일주일에 한 번은 꼭 등산을 하며 건강 관리를 한다.

부친한테서 동우건설을 물려받았을 때는 39세.

30년 전이다.

도급순위 50위권에 있던 중소건설회사 하나를 기반으로 30년 동안 한국 8위의 대그룹으로 성장시킨 것은 순전히 민우석의 능력이다.

민우석은 성격이 끈질겼고 판단이 빨랐다.

또한 결단력이 강했으며 특히 돈을 찾는 감이 뛰어났다.

그래서 기업계에서는 민우석의 별명이 '똥개'다.

돈 냄새를 기가 막히게 잘 맡는다고 해서 붙여진 별명인데 '돈 개'가 똥개로 된 것이다.

오후 3시 반.

동우그룹 회장실 안.

민우석이 앞에 앉은 민경준을 응시하고 있다.

방에는 둘뿐이다.

이윽고 민우석이 입을 열었다.

"너 지난번 트리폴리에서 구속되었을 때 내가 대통령한테까지 가서 부탁한 거, 알고 있냐?"

"압니다."

"술 마신 거 사실 아니냐?"

"다시 말씀드리지만, 사실 아닙니다."

고개를 든 민경준이 민우석을 보았다.

"리비아 경찰이 음주단속을 한답시고 시범으로 각층에서 하나씩 불시검문을 해놓고 누명을 씌운 겁니다."

민경준의 목소리가 열기를 띠었다.

"억울합니다, 아버지."

"넌 너무 나대는 게 문제야."

"적극적으로 행동하는 것이 다른 사람들의 눈에 거슬리는 것 같습니다."

"이번에 함단사에서 오더 받아 온 것이 나라에 활기를 주고 있어. 너 함단사 사장 이태진을 잘 안다고 했지?"

"예, 아버지."

"친하냐?"

"트리폴리에 있을 때 저한테 매일 와서 브리핑 교육을 받았습니다. 저한테 형님이라고 부르면서 따랐지요."

"…"

"사우디의 함단 가문이 왕족입니다. 그래서 이번에 오더를 준 겁니다. 오더를 받는다고 이미 소문이 다 났었지요."

"아테네 공장을 이태진과 동업한다면서 그건 어떻게 된 거냐?"

"지금 추진 중입니다."

민경준이 말을 이었다.

"이태진하고 절충 중입니다."


민경준이 방을 나갔을 때 민우석이 인터폰을 눌렀다.

"예, 회장님."

비서실장 박대준이다.

"들어와."

의자에 등을 붙인 민우석이 말하고는 길게 숨을 뱉었다.

박대준이 고개를 들고 민우석을 보았다.

"동우상사의 비자금 규모가 150억대가 되었습니다. 이건 장부 조작인데 재무부장 임상현이 협조를 했습니다. 아마 민 부사장의 압력을 받고 협조했을 것입니다.”

민우석은 외면한 채 들었고 박대준이 말을 이었다.

“임상현은 불이익을 주지 않겠다는 약속을 받고 모든 증거를 제출했습니다. 아테네 공장도 320만 불로 인수한 것이 아닙니다. 170만 불로 인수했고 150만 불은 빼돌려서 해외 계좌로 입금해 놓았습니다.”

“…”

“민 부사장 주위에 간신 같은 기생충들이 붙어서 민 부사장의 행위를 은폐, 또는 도와주는 작업을 하고 있지요. 조직적으로 움직이기 때문에 지금까지 표면에 노출되지 않았던 것입니다.”

“…”

“동우상사는 사장 조기현이 허수아비가 된 지 오래고 민 부사장의 월권과 비리를 알면서도 방관하고 있습니다. 오히려 협조하는 것이 자신의 보신에 이롭다고 생각하는 것 같습니다. 그리고….”

박대준의 얼굴에 쓴웃음이 번졌다.

“말씀드리기 힘들지만 이미 그룹 내에서 ‘불굴회’라는 비밀조직이 결성되어 있습니다. 민 부사장을 중심으로 불굴의 정신으로 뭉쳐 나간다는 조직인데, 42개 그룹사에 핵심 간부들로 구성되어 있습니다.”

“…”

“민 부사장은 자신의 세력을 강화하고 회사를 순조롭게 상속받겠다는 뜻이겠지만 불굴회 회원들의 전횡, 부패가 도를 넘고 있습니다.”

그때 민우석이 입을 열었다.

“내가 각하의 말씀을 듣지 않았다면 이 지경이 되었는지도 몰랐어.”

박대준이 숨을 죽였고 민우석이 얼굴을 일그러뜨리며 웃었다.

“이게 전화위복인가?”

맞는 말이기는 하다.

바깥쪽 불을 끄다가 안에 있는 폭탄을 발견한 셈인가?


사장실로 들어선 박영균이 자리에 앉으면서 말했다.

"한 국장한테서 연락이 왔습니다. 다음 주에 홍콩에서 만나자고 하는데요."

북한 대외사업국장 한철이다.

박영균이 말을 이었다.

"이 사장님, 같이 가실 수 있죠?"

"그럼요. 가야지요."

이태진이 냉장고에서 음료수를 꺼내 박영균 앞에 놓고 자리에 앉았다.

그러고는 인터폰을 누르자 곧 홍지연의 목소리가 울렸다.

"네, 사장님."

"회의 준비를 하고 들어와."

"네, 사장님."

인터폰에서 손을 뗀 이태진이 탁자 밑에서 서류를 꺼내 놓았다.

그때 방으로 홍지연이 들어서더니 목례를 하고 옆쪽 자리에 앉았다.

오후 2시 반이다.

고개를 든 이태진이 박영균을 보았다.

"이번 리비아 프로젝트에 홍지연 씨가 제 보좌관으로 참가할 겁니다. 옆에 보좌역이 필요해서요."

"알겠습니다."

고개를 끄덕인 박영균이 홍지연을 보았다.

"큰일을 맡으셨어요."

"열심히 하겠습니다."

조금 상기된 홍지연이 고개를 숙였다.

그때 이태진이 박영균을 보았다.

"홍콩에서 화물을 섞는 건 위험합니다."

"다른 대안이 있습니까?"

박영균이 바로 물었다.

"북한 화물이 바로 리비아로 갈 수는 없지 않습니까?"

"있지요."

순간 박영균이 숨을 들이켰다.

박영균의 시선을 받은 이태진이 말을 이었다.

"북한에서 우리 오더를 만드는 것이지요."

"…"

"그 오더에 무기를 싣고 리비아로 직행하는 겁니다."

"아!"

짧고 굵게 신음을 뱉은 박영균의 눈이 흐려졌다.

노트를 펼친 홍지연이 몸을 굳히고는 이태진과 박영균을 번갈아 보았다.

이윽고 박영균의 눈에 초점이 잡혔다.

"그렇게만 된다면 우리는 역사에 기록될 업적을 세우게 될 겁니다."

박영균의 시선이 이태진에게 옮겨졌다.

"이 사장님 업적이죠."

"그건 중정에서 가져가세요. 저는 북한에서 받는 커미션이 중요합니다."

박영균의 어깨가 늘어졌다.

"나아 참."

박영균의 얼굴에 웃음이 떠올랐다.

"우리가 왜 그 생각을 못 했는지 모르겠네요. 수백 명이 이 일에 매달려 있는데도 말이죠."

"생산자 입장이 안 되어서 그런 것 같습니다."

이태진이 말을 받았다.

"민경준 씨의 아테네 공장을 이용하는 것이 어떨까 생각하다가 북한에 공장을 세우는 것이 떠올랐거든요."

"이거, 서둘러야겠습니다. 회의를 해야겠어요. 보고도 하고."

엉거주춤 일어서려던 박영균이 생각이 났다는 표정으로 이태진을 보았다.

"각하께서 저희 1차장한테 이번에 풀려난 민경준에 대해서 물으셨습니다."

"…"

"그래서 1차장이 문제가 많은 인물이라고 다 말씀드렸지요. 아테네 공장 인수 차액을 횡령했다는 보고도 드렸다고 합니다."

박영균의 얼굴에 쓴웃음이 번졌다.

"그랬더니 각하께서 민우석 회장을 불러 이야기를 해주신 것 같습니다."

자리에서 일어선 박영균이 말을 이었다.

"그쪽은 민 회장이 정리하겠지요. 자, 바빠서 먼저 갑니다."

# 4장 영웅


박영균을 배웅하고 돌아온 이태진에게 홍지연이 물었다.

"북한에 공장을 짓습니까?"

"그 방법이 안전해."

"북한이 받아들일까요?"

"홍 대리가 북한 지도자 입장이 되어서 생각해 봐."

"제가요?"

"그래. 어떻게 할 것 같나?"

이태진의 시선을 받은 홍지연의 얼굴이 붉어졌다.

"네, 생각해보겠습니다."

"홍콩에서 북한 대외사업국장을 만나 이 문제를 협의해야 한다."

"언제 가십니까?"

"다음 주에 중정 박 국장하고."

"저도 모시고 가는 거죠?"

"당연히."

고개를 끄덕인 이태진이 말을 이었다.

"한 부장, 고 부장한테 북한으로 돌릴 오더를 대비하고 있으라고 전해."

"네, 사장님."

홍지연이 기운차게 몸을 돌렸다.

당분간 비밀을 지키라고 말할 필요는 없다.


오후 4시 반이 되었을 때 이태진은 특급소포를 받았다.

김명화가 보낸 소포다.

인수자로 서명을 한 이태진이 사장실에서 박스를 개봉했다.

여러 겹으로 감싼 포장지를 풀자 '피아체' 시계가 나왔다.

시계 외에는 아무것도 들어있지 않았다.

시계는 4시 36분을 가리키고 있다.


배기현은 이태진과 고등학교 때 동창으로, 친했다.

아버지가 경찰 간부였고 이태진과는 3년 동안 단짝으로 지냈다.

대학은 서울의 중위권 법대에 들어가는 바람에 이태진과는 떨어졌고 그래서 드문드문 만나는 사이가 되었다.

현재 배기현은 대기업인 한일상사 경리부 과장이다.

배기현은 아직도 집안이 지방 유지로 재산도 많았기 때문에 2년 전 꽤 좋은 조건의 신부와 결혼했다.

여자 집안은 서울에서 비닐공장을 한다고 했다.

오늘 이태진은 배기현의 아들 돌잔치에 참석하고 있다.

동교동의 단독주택.

20평쯤 되는 정원까지 있는 2층 주택이다.

이쯤 되면 부잣집 소리를 들을 만했다.

초대한 사람은 양쪽 친구들 여섯 명.

이태진 외에 김동규, 최영한이 초대되었고 신부 측도 세 명이다.

당연히 이태진이 화제의 중심이 되었다.

모두 만난 지가 1년이 넘은 데다 그동안 전화도 한두 번밖에 안 했기 때문이다.

여자들의 관심도 이태진에게 모였다.

배기현의 아내 현진아는 서울 태생으로 미인이다.

배기현과 연애할 때 서너 번 만났는데 당시에 이태진은 대영산업 대리였다.

대기업인 한일상사 대리인 배기현보다 한 수 아래로 평가되었다.

더구나 배기현은 대전에 빌딩을 4동이나 가지고 있는 부잣집 아들이다.

정년퇴직한 아버지에게 매달 생활비를 보내는 이태진과 대조가 되었다.

한바탕 관심의 대상이 되었던 이태진이 시간이 조금 지났을 때 배기현에게 물었다.

"내가 꼭 와야 한다는 이유가 뭐냐?"

다가가서 낮게 물었기 때문에 다른 사람은 눈치채지 못했다.

"내가 와이프한테 시달려서."

배기현이 넓은 얼굴을 펴고 웃었다.

창가에 선 배기현이 앞쪽 여자들을 눈으로 가리켰다.

"와이프 친구들이 너한테 관심이 많은 모양이다."

"요즘 내가 눈높이가 높아져서."

어깨를 부풀린 이태진이 여자들을 외면한 채 말을 이었다.

"여자들은 눈에 안 보여. 난 너희들 만나러 왔어. 너하고 동규, 영한이."

"그럼 술이나 먹어."

"그런데 너도 그렇고 다른 자식들도 서먹서먹하구만."

"너하고 신분 차이가 엄청나기 때문이지."

"그렇다고 내가 다시 과장대리 시늉을 할 수는 없잖아?"

"네 운명이지."

배기현이 어깨를 부풀렸다가 내렸다.

"어쨌든 와줘서 고맙다."

정경호도 고등학교 동창이지만 공부 잘하는 부류여서 이들과 친하지 않았다.

지금 이곳에 모인 놈들은 공부는 중간 측이고 다소 덜렁거리던 부류다.

그리고 다 잘살고.


잔칫상은 잘 차렸다.

모두 잘 먹고 잘 마셨다.

시간이 지나면서 술기운이 번지자 친구들도 옛날의 분위기를 되찾았다.

열기를 식히려고 정원으로 상을 옮겨 술을 마셨다.

정원의 나무 밑에 술잔을 들고 서 있는 이태진 앞으로 여자들이 왔다 갔다 했다.

모두 이태진과 인사를 나눴지만 다가오지는 못한다.

셋 다 미인이다.

모두 일류대를 나왔고 세련되었다.

이태진의 옆으로 최영한이 다가와 섰다.

최영한은 은행 대리다.

은행 대리는 판검사, 의사 다음으로 여자들한테 인기 있는 직종이다.

그래서 최영한은 작년에 국민학교 교사와 결혼했다.

"너 국제은행하고 거래하더구나."

최영한이 말을 이었다.

"네 회사에서 우리 은행을 이용해주면 내가 단숨에 과장이 될 텐데."

이태진이 웃기만 했고 최영한이 바짝 다가와 섰다.

"조건도 국제은행보다 낫게 해줄 수 있어. 나 좀 봐주라. 본사 부장한테서까지 내가 네 친구인 줄 알고 연락이 와."

"네가 소문을 냈겠지."

"내 주위에서 네가 내 친구인 줄 다 알고 있었거든."

이태진이 쓴웃음을 지었다.

최영한의 부친은 산림청장으로 고관이었다.

집이 대궐 같았고 지금도 충청도에 수십만 평의 땅을 가진 부자다.

"너희들 보고 싶었어."

이태진이 앞쪽의 김동규까지를 눈으로 가리키며 말했다.

"그런데 어렸을 때 내가 너희들한테서 소외감을 느꼈는데, 지금도 그렇구나."

오후 9시 반.

택시정류장에 선 이태진이 심호흡을 했다.

3월 하순이었지만 서늘한 날씨다.

오랜만에 옛 친구를 만난 것은 눈을 뜨면서부터 잠이 들 때까지 몰두했던 업무에서 빠져나오고 싶었기 때문이다.

그러나 그것은 오산이었다는 것이 금세 드러났다.

욕심이었다.

두 가지를 함께 공유할 수 없다는 것만 확인했다.

모든 것이 현실을 중심으로 다시 짜 맞춰지고 있다.

10여 년 전.

조금 전에 헤어진 셋은 기억하지 못할 것이다.

그들과 함께 극장 앞을 지나던 이태진은 셋이 영화를 보자는 것에 의견이 일치하는 것을 듣고 슬그머니 빠져나왔다.

셋은 누구도 잡지 않았고 곧 영화관에 들어갔다.

이태진은 돈이 없었다.

그 이후에도 그들과 어울려 다녔지만 이태진에게는 상처로 남았다.

그런 예가 비일비재하다.

이태진의 별명은 '게임돌이'였다.

셋이 당구를 치면 게임, 즉 당구장 게임판에 점수를 올려주는 역할을 해서 그렇다.

게임을 할 돈이 없어서 그런 것인데 모두 이태진이 당구를 싫어하는 줄 알았다.

어렸을 때부터 잘살았던 아이들은 배려심이 부족해진다.

싸움은 가장 잘했기 때문에 시비가 붙었을 때는 언제나 이태진이 나서서 해결했다.

그것이 부잣집 친구들의 리더가 된 이유일 것이다.


"여기 계셨네요."

옆에서 들리는 목소리에 이태진이 고개를 들었다.

현진아의 친구 오수정이다.

다가선 오수정이 웃음 띤 얼굴로 이태진을 보았다.

택시정류장에는 둘뿐이다.

이태진이 오수정에게 물었다.

"먼저 나오신 겁니까?"

여자들은 집에 남아 있었다.

오수정이 고개를 끄덕였다.

"네, 먼저 나왔다가 여기서 다시 만나네요."

오수정은 삼화대 영문학과를 졸업하고 방송국에서 근무한다고 했다.

날씬한 키, 섬세한 용모의 미인이어서 탤런트나 그쯤 되는 줄 알았는데, 기자라는 것이다.

택시가 안 왔기 때문에 가만히 서 있던 오수정이 고개를 돌려 이태진을 보았다.

"솔직히 말하면 나오시는 거 보고 따라 나온 거죠. 집까지 따라갈 계획이었는데, 여기서 만난 거예요."

이태진의 얼굴에 웃음이 떠올랐다.

"왜요? 날 납치하려고?"

"진아한테 이태진 씨 불러서 돌잔치 하라고 밀어붙인 것도 저예요."

"어쩐지 분위기가 심상치 않더라니."

"왜요?"

"당신하고 가장 많이 시선이 마주쳤거든. 다른 사람은 일부러 마주치지 않았는데, 그것이 더 티가 났지."

"전 말씀드렸다시피 적극적이라."

그때 택시가 와서 멈춰 섰기 때문에 이태진이 말했다.

"탑시다, 적극적인 아가씨."


마포의 그린호텔 바에 이태진과 오수정이 마주 앉았다.

18층의 창가 좌석에서는 시내의 야경이 영등포 쪽까지 보인다.

술과 안주를 시킨 이태진이 오수정을 보았다.

"기자라 잘 아시겠네. 내 친구들도 모르는 사생활까지 말입니다."

"어느 정도는 알죠."

오수정이 눈웃음을 쳤다.

"배경도 단단하다는 것 정도로요."

"오수정 씨는 배경 없어요?"

"난 내 실력으로 여기까지 왔어요."

"대단한데?"

"이태진 씨한테 비교할 수는 없죠."

그때 위스키병이 안주와 함께 앞에 놓였다.

발렌타인 17년이다.

이태진이 오수정의 잔에 술을 따르면서 말했다.

"나한테 기삿거리 찾기는 힘들 겁니다. 한국에 있는 시간이 적은 데다가 내 경력이 보잘것없거든요."

"대영에서 나오실 때 분란이 좀 있었다는 건 알죠."

"그거야 다 알려진 사실이고."

술잔을 든 이태진이 웃음 띤 얼굴로 오수정을 보았다.

"대영과는 결산이 다 끝났어요."

"대영의 생산라인 절반과 무역부까지 흡수하셨더군요."

"그렇게 되었지요."

이태진이 말을 이었다.

"나한테서 더 이상 뉴스거리는 나오지 않을 겁니다."

오수정이 현진아를 부추겨 돌잔치에 이태진을 끌어들인 이유가 이것이다.

말단 기자가 이태진을 단독 취재하는 건 하늘에서 별 따기였으니까.

한 모금 술을 삼킨 이태진이 오수정을 보았다.

"자, 술이나 마시고 시간을 즐깁시다."

앞으로 이럴 기회는 없을 것이다.


오후 6시 반.

청와대 식당 옆 대기실로 들어선 대통령이 자리에서 일어서는 민우석을 보았다.

민우석 옆에는 비서실장 김석원이 앉아있다가 따라 일어서고 있다.

"어, 기다리셨어요?"

대통령이 묻자 민우석이 부동자세로 서서 대답했다.

"아닙니다. 방금 왔습니다."

"미안합니다, 민 선배. 회의가 좀 늦어져서요."

다가선 대통령이 민우석과 악수를 나누고는 함께 자리에 앉았다.

오늘은 대통령이 민우석에게 만나자고 한 것이다.

대통령이 정색한 얼굴로 민우석을 보았다.

"민 선배, 요즘 머리 아프시지요?"

"예, 그것이⋯."

민우석이 어깨를 부풀렸다가 내렸다.

"제가 각하께 심려만 끼쳤습니다."

"저도 그런 말씀을 안 드리려고 했다가 민 선배가 너무 안타깝게 보여서 그렇습니다."

"각하, 감사드립니다. 면목이 없습니다."

"이번에도 그 문제로 선배를 뵙자고 한 건데요."

"예, 각하."

"아무래도 중정이 그런 정보에 대해서는 자료를 많이 갖고 있지 않겠습니까?"

"예, 각하."

"민경준이 문제가 많습니다, 민 선배."

"부끄러워서 쥐구멍에라도 들어가고 싶습니다, 각하."

고개를 숙인 채 민우석이 길게 숨을 뱉었다.

"지금 비서실장 주도로 비밀리에 내부 감사를 하는 중입니다."

"위험해요."

대통령이 말하자 민우석이 숨을 들이켰다.

고개를 든 민우석에게 대통령이 말을 이었다.

"내가 보고를 받았는데 민경준은 이미 그룹 전체에 정보원을 심어놓고 있어요. 정보가 들어갔을지도 모릅니다."

"…"

"민 선배."

"예, 각하."

"한 가지만 물어보십시다."

"예, 각하."

민우석이 고개를 들고 대통령을 보았다.

눈이 번들거리고 있다.

대통령이 말을 이었다.

"민경준한테 동우그룹을 이대로 물려주실 겁니까?"

"안 됩니다."

깜짝 놀란 표정으로 민우석이 고개까지 저었다.

"안 되겠습니다. 제가 회사나 국가를 위해서도 재정비해야 되겠습니다."

민우석의 얼굴이 상기되었고 이마에서는 땀까지 번졌다.

"이번 기회에 그놈을 정리하겠습니다."

"그러시다면 제가 도와드리지요."

"아이구, 각하."

눈이 흐려진 민우석이 숨을 들이켰다.

"이 은혜를 어떻게 갚으면 됩니까?"

"다 국가를 위한 일입니다. 작년에 1백억 불 했으니 올해에는 동우도 더 실적을 내셔야지요."

"예, 각하."

"제가 중정 1차장한테 이야기해 놓았습니다. 중정 부장은 바빠서요."

"감사합니다, 각하."

"그리고, 참."

대통령이 고개를 들고 민우석을 보았다.

"함단사의 이태진을 아시지요?"

"예, 이름만 들었습니다."

"그 사람이 요즘 국가에 기여를 많이 하고 있습니다."

"예, 각하."

"이번 내부 문제가 수습되면 그 사람도 한번 만나보시지요."

"예, 각하."

"선배님이 잘되셔야 하는데, 제가 도와드릴 수 있는 건 이 정도뿐이라 안타깝습니다."

"아이구, 아닙니다."

눈물이 글썽해진 민우석이 목이 메었는지 숨을 들이켰다. 그때 대통령이 자리에서 일어섰다.

"자, 식사하러 가시지요."

대통령도 밥 먹을 때 일 이야기를 안 한다.

함단이 왔다.

지난번에 결혼한 네 번째 부인 아이샤와 함께 한국을 방문한 것이다.

공항에 마중 나간 이태진과 함께 시내로 들어온 함단은 먼저 조선호텔 프레지던트 룸에 투숙했다.

"브라더, 난 얼굴 마담이야."

응접실에 앉은 함단이 숨을 고르면서 이태진에게 말했다.

"난 브라더 체면 세워주려고 온 것이라고. 알고 있지?"

"함단, 회사는 가봐야지요."

"그건 내일 가자. 난 아이샤하고 백화점에서 쇼핑을 해야겠어."

"제 비서를 안내역으로 배치했습니다."

"고맙군."

"스케줄도 관리해드릴 겁니다."

"아이샤가 돌아다니는 것을 싫어해. 멀리 가는 스케줄은 줄여주게."

"함단, 당신은 한국의 최대 바이어예요. 매스컴이 인터뷰하자고 올 겁니다."

그때 함단이 질색했다.

"안 돼, 그건. 아이샤가 놀랄 거야. 절대로 안 돼."

"알겠습니다."

쓴웃음을 지은 이태진이 자리에서 일어섰다.

함단이 말은 그렇게 했지만 할 일은 다 하는 사람이다.

언론보도는 영업에 별로 도움이 되지 않기 때문에 그런 것이다.

함단은 4억 불이 넘는 리비아 오더를 체크하려고 왔다.

함단 자체 오더까지 합하면 한국에 6억 불이 넘는 오더가 몰려있는 것이다.


소공동의 일식당 도쿄는 골목 안에 있지만 오래된 명가(名家)다.

깨끗하고 주방장 솜씨가 일품이어서 단골이 많다.

방이 5개 있지만 한 달 전에는 예약해야 된다.

오후 1시.

안쪽 방에 동우그룹 회장 민우석과 비서실장 박대준, 그리고 중정 1차장 한인수와 기획관 강기영이 앉아있다.

식탁에 회와 술병이 놓여 있지만 모두 젓가락도 들지 않았다.

그때 고개를 든 민우석이 손에 든 서류를 내려놓으면서 말했다.

"아무래도 선처를 바랄 수가 없을 것 같습니다."

길게 숨을 뱉은 민우석이 말을 이었다.

"그렇게 되면 각하의 배려를 이용하는 꼴이 될 테니까요. 인간으로서 할 일이 못 되지요."

한인수는 시선을 주고 있다.

"그래서 말씀인데요."

고개를 든 민우석이 한인수를 보았다.

"외국으로 보내면 외국에서 한국에 있는 무리들을 조종해서 분란을 일으킬 가능성이 있습니다."

"…"

"외화 밀반출, 공금 횡령, 사문서위조 혐의로 구속시켜야겠어요."

민우석이 붉어진 눈으로 서류를 박대준에게 내밀었다.

한인수가 조사해온 민경준의 자료다.

"이 자료를 그대로 검찰청에 보내겠습니다. 오늘 바로 보내지요."

"알았습니다. 그럼 중앙지검으로 보내세요. 제가 이야기해 놓겠습니다."

한인수가 고개를 끄덕이며 말했다.

"심려가 크시겠지만 회사를 위해서는 잘하신 결단이십니다."

이렇게 민우석이 결정했다.


오후 4시.

이태진은 함단과 함께 함단사의 사장실에 앉아있다.

오늘은 회사 간부들을 인사시키고 공장 2곳을 방문하고 온 것이다.

"브라더, 이젠 인사도 했으니까 돌아가야겠어."

함단이 말하자 이태진이 정색했다.

방에는 둘뿐이다.

"함단, 할 이야기가 있어요."

이태진이 말을 이었다.

"이번 우리 오더에 북한제 무기를 섞어서 리비아로 수출할 겁니다."

긴장한 함단이 상반신을 앞으로 기울였고 이태진이 내막을 설명했다.

"옳지."

설명이 끝났을 때 함단이 초점이 흐려진 눈으로 이태진을 보았다.

"리비아 정부와 작전이란 말이지?"

"그렇습니다. 그러나 입찰 담당 부서는 아직 모르죠. 극비 작전이기 때문에."

"그렇군. 무기는 군부 몫이니까."

고개를 든 함단이 이태진을 보았다.

"이건 리비아와 남북한의 합작 사업인가? 무기거래 말이네."

"미국도 알고 있지요. 지원해주고 있습니다."

그때 고개를 든 이태진이 함단을 보았다.

"함단, 북한 측에 수수료를 받기로 했습니다. 위험부담이 있는데 그냥 실어 줄 수는 없죠."

"…"

184

"무기 대금의 15퍼센트를 받기로 했습니다. 무기 대금이 3억 7천만 불이니까 5,550만 불입니다."

"…"

"함단사가 수수료 5,550만 불을 받습니다."

"그런데 그것이 비공식, 자료에 기록되지 않는 수수료 아닌가?"

"그렇습니다."

"그리고 그 이야기를 나한테 해주지 않아도 되지 않았나?"

"당신이 함단사 사주지요."

"난 바지사장이라니까 그러네."

"함단, 당신의 결정을 기다립니다."

"살람 알라이쿰."

갑자기 두 손을 들고 외친 함단이 눈의 초점을 잡고 이태진을 보았다.

"수수료 절반만 내 계좌로 보내주게."

그러더니 다시 소리쳤다.

"알 함두릴라."


"누구세요?"

안민정이 물었지만 밖에서 대답 대신 노크 소리가 울렸다.

문으로 다가간 안민정이 다시 물었다.

"누구세요?"

"문 좀 열어요."

사내의 목소리다.

그때 안민정이 고개를 돌려 소파에 앉은 민경준을 보았다.

오후 9시 반.

방배동의 한민아파트다.

다시 문 두드리는 소리가 나더니 사내의 목소리가 울렸다.

"경찰이오! 문 열어요!"

"엄마나, 경찰이래."

놀란 안민정이 뒤로 물러서며 말했을 때 민경준이 자리에서 일어섰다.

얼굴이 굳어 있다.

다시 문을 세게 두드리는 소리가 났고 민경준이 끌려가듯이 문으로 다가

갔다.

"경찰입니다!"

아파트가 들썩이는 것 같은 외침이다.

민경준이 문을 열었다.

그때 밖에 서 있는 세 사내가 보였다.

"민경준 씨?"

앞장선 사내가 묻더니 주머니에서 서류를 꺼내 내밀었다.

"영장이오."

민경준은 입만 벌렸고 사내가 말을 이었다.

"당신을 외화 밀반출, 사문서위조 등의 혐의로 체포합니다. 당신은 변호사

를 선임할 권리가 있습니다…"

그때 사내 하나가 다가와 민경준의 팔을 쥐었다.

"자, 옷 입고 가십시다."

민경준은 잠옷 차림이다.

그리고 이곳은 정부의 집인 것이다.

본처의 집이 아니다.

"너 나 좀 보자."

민우석이 말했기 때문에 이층 계단을 오르려던 민혜진이 몸을 돌렸다.

"왜요, 아버지?"

"거기 앉아라."

민우석이 눈으로 앞쪽을 가리켰다.

오후 10시 10분.

저택은 조용하다.

2층 대저택에는 민우석과 민혜진 둘이 산다.

모두 분가해 나갔고 어머니는 5년 전에 암으로 세상을 떠났기 때문이다.

물론 저택에는 집안일 도와주는 가정부 셋과 대문 옆 별채에 사는 관리인 부부까지 다섯이 함께 산다.

민혜진이 자리에 앉았을 때 민우석은 고개를 들었다.

"너 회사는 잘되고 있더구나."

"네, 아버지."

"네 나이가 몇이지?"

"서른둘요."

민혜진의 얼굴에 웃음이 떠올랐다.

"잊으셨어요?"

"그냥 물어본 거다."

"아버지, 무슨 일 있으세요?"

그때 민우석이 정색했다.

"네 오빠가 조금 전에 체포되었다."

"네? 왜요?"

깜짝 놀란 민혜진이 민우석을 보았다.

"무슨 일 있어요?"

"외화 밀반출, 사문서위조, 공금 횡령, 탈세…"

말을 그친 민우석이 숨을 골랐다.

"그리고 또 있다. 42개 계열사에 제 파당을 심어놓고 그놈들끼리 회사를 말 아먹은 거야. 네가 있는 동우호텔에도 그놈이 심어놓은 놈이 있더구나."

"…"

"어쩔 수 없었다. 횡령, 탈세, 도피 금액이 엄청나서 나도 숨이 막힌다. 이미 사법기관에서도 다 조사가 끝난 상태야."

"…"

"당분간 내가 수습하느라고 정신 못 차리겠다."

"아버지, 그럼 오빠는…"

"죗값을 받아야지."

숨을 고른 민우석이 말을 이었다.

"그리고 네가 도와줘야겠다."

"도와드릴게요."

"내일부터 내 사무실로 출근해라."

"네? 왜요?"

"내 대신 해줘야 할 일이 있어."

민우석의 눈빛이 강해졌다.

"동우상사가 무너지기 직전이야. 너 아니면 그놈 대역을 해줄 만한 사람이 없다."

마침내 민혜진이 시선을 내렸다.


공항에서 함단을 배웅하고 회사로 돌아왔을 때는 오전 9시 반이다.

자리에 앉은 지 10분쯤 되었을 때 정경호가 신문을 들고 방으로 들어섰다.

"민경준이 체포되었어."

정경호가 신문을 내밀었다.

3개 신문을 가져왔는데 대문짝만 한 사건 기사다.

민경준의 얼굴도 손바닥 크기로 찍혀 있다.

예상했기 때문에 이태진이 고개만 끄덕였다.

기사를 읽다가 만 이태진이 정경호를 보았다.

"이제 생산도 기반이 잡혔으니까 내가 출장을 가야겠어."

"북한 관계야?"

정색한 정경호가 물었다.

정경호도 생산지를 북한으로 옮기려는 시도를 아는 것이다.

함단사에서 알고 있는 간부는 홍지연까지 다섯 명뿐이다.

이태진이 고개를 끄덕였다.

"홍콩에서 만나기로 했어."


홍콩 지엔사쥐의 페닌슐라 호텔.

이태진과 홍지연이 투숙했을 때는 다음 날 오후 4시 무렵이다.

페닌슐라 호텔은 영국이 세운 호화 호텔 중 하나로 최고급 호텔이다.

예약했지만 젊은 한 쌍이 같이 나타나 객실 둘의 열쇠를 받았더니 프런트 직원들이 한 번 볼 것을 세 번쯤 다시 보았다.

"6시에 로비 라운지에서 박 국장님과 약속입니다."

제 방으로 들어가면서 홍지연이 말했다.

"제가 20분 전에 연락드리겠습니다."

"북한 측도 와 있을 거야."

이태진이 말을 이었다.

"박 국장이 연락해놓았을 테니까."

이곳에서 3자 회담이 열리는 것이다.


오후 6시에 호텔 라운지의 밀실에는 여섯 명의 남녀가 원탁에 둘러앉았다.

이번 프로젝트의 주역들이다.

중정의 박영균 국장, 감상호 과장, 북한 대외사업국 한철 국장과 조성만 기획관, 그리고 이태진과 홍지연이다.

인사를 마쳤을 때 한철의 시선이 바로 이태진에게 옮겨졌다.

눈이 번들거리고 있다.

"이 사장님, 박 국장님한테서 들었습니다. 공장을 북조선에 짓고 북조선에서 오더 제품과 무기를 함께 싣는 것 아닙니까?"

"그렇습니다."

이태진의 시선을 받은 홍지연이 서류를 한철과 박영균 앞에 2부씩 놓았다.

"북한의 조건에 가능한 의류제품으로 골랐습니다. 지금 우리가 사마르칸트에 짓고 있는 공장과 유사합니다."

"아, 사마르칸트."

한철이 경망한 성품이 아닌데도 사마르칸트 소리를 듣더니 반색했다.

한철도 제 눈으로 사마르칸트 공장을 여러 번 둘러본 것이다.

이태진이 말을 이었다.

"북한으로 줄 오더 리스트입니다. 약 5천만 불 물량인데 그것을 북한에서 생산하면 계속해서 오더를 드릴 수도 있습니다."

"아!"

서류를 든 한철이 넘겨보더니 흐려진 눈으로 이태진을 보았다.

"대규모 공장이 되겠네요."

"이 오더를 생산하려면 약 3천 명의 노동자가 필요합니다."

"3천 명."

"임금도 우리가 지불해야겠지요."

한철이 숨을 들이켰다.

그리고 고용 인력이 창출될 뿐만 아니라 수출실적, 그것도 공인 실적 5천만 불도 일어나는 것이다.

거기에다 계속해서 오더를 준다고 하지 않는가?

위대하신 지도자 김일성 동지 다음가는 은인이 될 만했다.

한철이 다시 서류를 보았다.

이번에는 꼼꼼히 보았기 때문에 박영균이 고개를 돌려 이태진에게 말했다.

"준비를 잘하셨습니다, 이 사장님."

서류에는 생산할 제품의 스타일과 수량, 봉제 단가까지 기록되어 있었기 때문이다.

그때 고개를 든 한철이 박영균과 이태진을 보았다.

눈에 생기를 띠고 있다.

"해야지요."

그러더니 덧붙였다.

"지금 당장 날아가서 지도자 동지를 봬야겠습니다."

그러더니 숨을 들이켜면서 일어섰다.

"바로 연락드리지요."


한철이 다리에 날개가 달린 것처럼 나갔을 때 박영균이 고개를 돌려 이태진을 보았다.

웃음 띤 얼굴이다.

"예상했던 것처럼 반기는군요. 아마 북한 김 위원장의 허락이 떨어질 겁니다."

"북한은 공장도 지어야 하고 시설도 준비해야 합니다. 공원들도 훈련시켜야 하구요."

다시 원탁에 앉은 이태진이 말을 이었다.

"지금 우리가 사마르칸트 공장에 준비하는 것을 확대하면 되는 겁니다."

"그렇지요."

박영균이 커다랗게 고개를 끄덕였다.

"우리가 지금 남북관계를 선도하고 있는 겁니다."


박영균도 보고를 하려는지 저녁밥도 같이 안 먹고 서둘러 사라졌기 때문에 호텔에는 둘이 남았다.

호텔 식당에서 식사를 하면서 이태진이 홍지연에게 지시했다.

"내가 고 부장한테 전화를 해놓을 테니까 돌아가서 오더 준비를 해."

"네, 사장님."

"생산 관계는 정진호한테 책임을 맡기도록 하고."

"네, 사장님."

고개를 든 홍지연이 이태진을 보았다.

"사장님은 한국으로 돌아가지 않으세요?"

"난 사우디 거쳐서 이집트, 사마르칸트까지 둘러봐야 돼."

포도주 잔을 든 이태진이 말을 이었다.

"홍 대리는 그동안 북한 프로젝트 진행 과정을 나한테 수시로 보고하도록."

"네, 사장님."

고개를 끄덕인 홍지연이 웃음 띤 얼굴로 이태진을 보았다.

"이런 일을 하게 될지 몰랐어요."

"무슨 말이냐?"

"총장실에서 차 심부름만 했었거든요. 그곳은 새 일을 개척할 수도, 능력을 극대화할 수도 없었어요."

"아무래도 네 직급이 높아져야 될 것 같다. 내가 정 전무한테 연락해서 널 과장으로 진급시키도록 할게."

홍지연은 학력, 능력, 경력이 진급에 충분하다.

즉흥적인 진급이 아니다.

그때 홍지연이 심호흡을 했다.

그러나 시선만 준 채 입을 열지 않는다.


다음 날 오전 이태진이 리야드로 날아갔다.

함단은 며칠 전에 만났으니 이번엔 무스타파를 만나야 한다.

이태진은 무스타파의 대리인인 것이다.

리야드에 도착했을 때는 오후 3시 반.

호텔 체크인을 한 이태진은 바로 무스타파의 사무실에 들렀다.

"오, 브라더."

이태진을 껴안은 무스타파가 뺨을 세 번 부딪치더니 이를 드러내고 웃었다.

"함단이 서울에 다녀와서 또 감동을 하더구만. 네가 북한 무기 수출로 받는 커미션 이야기를 해줬어."

"그 이야기도 했습니까?"

자리에 앉은 이태진이 쓴웃음을 지었다.

"당연한 일이 이야깃거리가 되다니 어색합니다."

"요즘 그런 인격체가 없기 때문이지."

쑵을 입은 사내가 소리 없이 들어와 둘 앞에 피처럼 붉은 홍차 잔을 내려놓고 돌아갔다.

무스타파가 말을 이었다.

"두바이에 사놓은 대지 가격이 반년 사이에 두 배나 올랐어."

"이번에 더 구입할 예정입니다."

"맡기겠네."

"그럼 바로 두바이에 가서 매입하지요."

오늘 무스타파를 만난 목적은 이것이다.

카이로에서 매입한 클레오파트라 호텔도 지난달부터 흑자를 내고 있다.

올해에는 1천만 불 흑자를 낼 것이다.

호텔 가격도 매입할 당시보다 50퍼센트가량 상승했다.

그때 무스타파가 말했다.

"리, 아즈란을 만나보게."

"아즈란 말입니까?"

"그래, 아즈란이 투자를 하고 싶어 하네. 그래서 자네를 만나려는 거야."

"이런."

이태진이 웃음 띤 얼굴로 무스타파를 보았다.

"제가 사촌 셋의 일을 다 맡는 것 아닙니까?"

"믿을 만하기 때문이지."

정색한 무스타파가 말을 이었다.

"자네는 이제 우리 가문의 일원이나 같네."


오후 9시 반.

194

저녁을 먹고 방으로 돌아온 이태진이 문득 전화기를 들었다.

소파에 앉은 이태진이 다이얼 버튼을 누르고는 전화기를 귀에 붙였다.

그때 신호음이 3번 울리더니 곧 응답 소리가 들렸다.

"여보세요."

스에코의 목소리다.

"스에코, 나 이태진이야."

"아, 리상."

"나 지금 리야드야. 잘 있었지?"

"아, 그렇구나."

스에코가 잠자코 있었기 때문에 이태진이 숨을 골랐다.

그러고 나서 이태진이 다시 물었다.

"스에코, 별일 없지?"

"리, 아버지한테서 못 들었어?"

"무슨 말인데?"

"내 어머니가 돌아가셨어."

스에코가 말을 이었다.

"15일쯤 전이야."

"그렇구나. 유감이야, 스에코."

"괜찮아, 리. 난 일본 다녀온 지 일주일쯤 돼."

"장례는 잘 치렀지?"

"그래. 어머니는 행복하게 가셨어."

"그렇군."

"네 아버지도 연락해주셨고."

스에코가 말을 이었다.

"돌아가시기 전날에도 통화했어."

이태진이 전화기를 고쳐 쥔 채 숨을 골랐다.

그렇구나.

어떤 인연인지는 모르지만 잘 끝냈으니 다행이다.

위쪽 인연은 끝났지만 다음 대(代)는 남았네.


이집트를 거치지 않고 두바이에 들렀다가 사마르칸트에 도착했을 때는 닷새 후다.

공항에 마중 나온 지사장 소냐가 차 안에서 보고했다.

"다음 달부터 시제품이 생산됩니다."

소냐가 말을 이었다.

"지금 공장과 사무실에서 직원들이 사장님을 기다리고 있습니다."

서울 함단사에서 파견된 직원들이 20여 명이나 되었고 북한의 생산직 근로자가 이미 1백여 명이다.

사마르칸트에서도 현지 근로자를 모았는데, 1백 명 가깝게 되었다.

고개를 끄덕인 이태진이 입을 열었다.

"사마르칸트 공장을 기반으로 북한 공장이 설립될 거야."

이태진이 말을 이었다.

"여기서 익숙해진 남북한 생산 협조가 기반이 되는 것이지."

공장 건설에 참여한 남북한 실무자가 북한에서는 더 매끄럽게 업무를 진행할 수 있을 것이다.


공장은 시제품을 생산하고 있었는데, 2백여 명의 근로자가 일하는 중이다.

공장을 둘러보고 난 이태진에게 공장장이 보고했다.

"시제품 컨펌을 받고 나면 다음 달부터는 오더를 생산할 수 있습니다."

함단 오더다.

사마르칸트에서 항공화물로 리야드에 보내야 한다.

항공 운임 부담이 컸기 때문에 고가품으로 상쇄해야만 하는 것이다.

회의실 안이다.

이태진의 시선이 테이블에 둘러앉은 공장 간부들을 둘러보았다.

테이블에는 10여 명의 간부가 앉아있었는데, 이태진의 시선이 끝 쪽에 앉은 여자에게서 멈췄다.

박영희다.

본사에서 출장 온 박영희는 공장 디자인실에서 일하고 있다.

"거기, 본사에서 출장 나왔지?"

"네, 사장님."

박영희의 두 눈이 반짝였다.

"박영희 과장입니다."

"알아, 박 과장. 내가 직접 진급시켰으니까."

고개를 끄덕인 이태진이 물었다.

"잘되나?"

"네, 사장님."

"열심히 해."

이태진이 고개를 돌렸을 때 박영희는 숨을 들이켰다.

눈이 반짝이고 있다.

이 장면은 두고두고 간부들의 머릿속에 입력될 것이다.

박영희가 사장의 신임을 받는 실세라는 증거다.

사마르칸트에 머문 지 사흘째 되는 날 오전.

이태진이 박영균의 전화를 받았다.

"사장님, 만나야겠습니다."

박영균이 말을 이었다.

"북측에서 연락이 왔습니다."

"어떻게 되었습니까?"

"승인이 났다고 합니다. 적극적으로 받아들이겠다는 겁니다."

"잘되었네요."

"이 사장님을 만나겠다고 했습니다."

"그래야죠."

"장소는 평양입니다."

이태진이 숨을 들이켰고 박영균의 말이 이어졌다.

"김일성 위원장을 만나는 겁니다."

"…."

"모스크바에서 평양으로 가는 겁니다. 베이징에서 평양으로 직항편이 있지만 중국과는 아직 국교 정상화가 안 되어서."

"알겠습니다."

"그럼 모스크바에서 뵙지요."

박영균의 목소리에서 생기가 느껴졌다.


모스크바 공항 입국장으로 들어선 이태진을 김상호가 맞았다.

"어서 오십시오. 국장님이 호텔에서 기다리고 계십니다."

김상호는 담당 과장이다.

이태진의 옆을 따르면서 김상호가 말을 이었다.

"대통령께서도 이번 프로젝트에 각별한 관심을 가지고 계십니다."

당연한 일이다.

공장 건설이 시작되면 엄청난 선전이 될 것이다.

함단사가 받은 오더가 북한에서 생산, 선적되는 것이다.

한반도의 평화 공존이 순식간에 닥쳐온 셈이다.

한국의 위상이 몇 단계 업그레이드되는 대사건이다.

물론 '무기'를 섞어서 보내는 문제는 끝까지 비밀로 해야겠지만.


"조금 전에도 한 국장하고 연락했습니다."

호텔에서 만난 박영균이 상기된 얼굴로 이태진에게 말했다.

호텔 방 안.

이태진과 박영균이 창가의 의자에 앉아있다.

박영균이 말을 이었다.

"위원장하고 면담 일정까지 잡아놓았다는 겁니다. 면담 일정은 이틀 후 오후 9시입니다."

그렇다면 내일 출발해야 한다.

"이거 참, 우리 중정도 난리가 났어요. 오늘 밤에 1차장님이 오십니다. 1차장님이 한국 대표로 참석하는 것이지요."

이태진이 고개를 끄덕였다.

1차장 한인수는 대통령의 특사 역할이다.


밤늦게 호텔에 도착한 한인수가 이태진의 손을 잡고 웃었다.

"내가 이 사장님 덕분에 평양으로 갑니다."

한인수가 말을 이었다.

"대통령께서도 이 사장님을 만나고 싶다고 하셨어요."

이태진은 웃기만 했다.

대통령을 만나는 건 영광이다.

그런데 대통령을 떠올리면 자꾸 돼지우리 앞에 선 아버지가 떠오른다.

그러면 만나고 싶지가 않다.


모스크바에서 떠오른 아에로플로트가 평양에 착륙했을 때는 오후 3시 10분이다.

공항에는 한철이 마중 나와 있었는데 한인수와 이태진을 국빈 대우를 했다.

대형 리무진은 뒷좌석 의자가 마주 보는 구조로 만들어졌다.

한철과 한인수, 이태진, 박영균이 마주 앉도록 배치되었다.

평양 시내로 들어가는 차 안에서 한철이 말했다.

"공장 위치는 개성이 좋겠습니다. 남조선과 가까워서 육로로 원부자재 수송이 편리하고 컨테이너 선박도 입항 가능하니까요."

한철이 말을 이었다.

"이번 위원장 동지의 승인이 끝나면 바로 진행할 수가 있습니다."

이태진이 고개를 끄덕였다.

개성이다.


대동 강변의 제9초대소 안.

이태진도 지금까지 특급호텔을 여러 곳 겪었지만 이렇게 고품격의 숙박 시설은 처음이다.

3층 건물은 부속채 3동까지 합쳐 호텔식이었지만 10여 명 정도만 숙박시킬 수 있는 규모다.

나머지는 창고, 종사원 숙소, 주차장 등이었고, 본관은 식당, 연회장, 풀장, 헬스장, 탁구장, 당구장 등 수십 개 부대시설이 있다.

오후 9시.

저녁을 마친 한국 측 일행은 본관의 로비에 앉아서 위원장을 기다리고 있다.

연회장 원탁에는 이미 술과 안주가 가득 차려진 상태다.

안쪽 무대에서는 악단이 앉아서 대기 중이다.

그때 초대소 집사가 서둘러 다가왔다.

"위원장 동지께서 오십니다."

모두 현관 밖으로 나가 맞으라는 것이다.


차에서 내린 김일성이 먼저 한인수에게 손을 내밀었다.

차에서 가장 가까운 위치에 배치되었기 때문이다.

한철이 소개했다.

"중정 1차장입니다."

"반갑소."

김일성의 목소리는 우렁찼다.

한인수가 고개를 숙이면서 김일성이 내민 손을 잡는다.

"한인수입니다, 각하."

김일성이 한 걸음 발을 떼었고 다음이 이태진 차례다.

한철이 소개했다.

"함단사 이태진 사장입니다."

"동무가 오늘의 주인공이구만."

이태진의 손을 쥔 김일성이 활짝 웃었다.

안경알 밑의 눈이 가늘어졌다.

힘차게 손을 쥐었다 놓은 김일성이 말을 이었다.

"동무 덕분에 한철 국장이 진급했어."

김일성 뒤를 따르던 사내들은 여전히 엄숙한 표정이다.


연회장 안.

원탁의 상석에 앉은 김일성 좌우로 이태진과 한인수가 앉았다.

안쪽 밴드에 맞춰 가수가 낮게 노래를 부르고 있지만 대화에 방해가 되지는
않는다.

김일성이 한인수에게 말했다.

"각하께 배려해주셔서 고맙다고 전해주시오."

"예, 위원장 각하."

몸을 반듯이 세운 한인수가 대답했다.

"대통령께선 이렇게 상호 공조하게 되어서 행복하다고 하셨습니다."

"허, 그 양반, 말씀은 잘하시는구만."

김일성이 이를 드러내고 웃었다.

"공조는 무슨. 우리가 도움을 받는 건데."

"아닙니다, 위원장 각하."

"우리도 보답을 해드린다고 전하시오."

"예, 위원장 각하."

그때 김일성이 고개를 돌려 이태진을 보았다.

"이 사장, 아직 미혼이라고 들었는데, 맞소?"

"예, 각하."

"하지만 만나는 여자는 있겠지?"

"예, 각하."

"몇 명인데?"

"서너 명 됩니다."

"이 동무 아주 난봉꾼이구만."

김일성이 소리 내어 웃었지만 아무도 따라 웃지 않았다.

그때 김일성이 팔을 뻗어 이태진의 어깨를 당겨 안았다.

"동무는 영웅이오."

"과찬이십니다."

"아니. 우리 북조선에는 영웅이지. 내가 동무한테 신세를 졌어."

"아닙니다, 각하."

"고맙소."

정색한 김일성이 말했기 때문에 이태진이 숨을 들이켰다.

주위가 갑자기 조용해졌다.

밴드 소리도 갑자기 낮아졌다.


밤.

침대에 누워있던 이태진이 노크 소리에 상반신을 일으켰다.

11시 40분.

파티를 마치고 방에 돌아와 씻고 나서 자려는 참이다.

다시 가벼운 노크 소리가 들렸기 때문에 이태진이 물었다.

"누구요?"

문에 잠금장치는 해놓았다.

대답을 듣지 못한 이태진이 문을 열었다.

그 순간 이태진이 숨을 들이켰다.

여자 하나가 서 있다.

진주색 투피스 차림에 긴 머리, 갸름한 얼굴의 미인이다.

시선이 마주쳤을 때 여자가 말했다.

"제가 모시려고 왔습니다."

"응? 어디로 말이오?"

그때 여자가 배시시 웃었다.

"침대에서 모실게요."

"난 괜찮은데."

"지시를 받았습니다."

"사양하면 안 될까?"

"제가 지시를 이행하도록 해주시지요."

정색한 여자가 이태진을 보았다.

"성의를 받아주시기 바랍니다. 다른 뜻이 없다는 것을 믿어주시지요."

여자의 시선을 받은 이태진이 비켜섰다.


이태진이 식당으로 나왔을 때는 오전 8시 10분이다.

식당 안에는 한철까지 와 있었는데 이태진을 보더니 옆자리에 앉으라고 손짓을 했다.

자리에 앉았을 때 곧 여종사원이 앞에 밥과 미역국, 된장찌개, 갈비, 김치, 젓갈류 등을 순식간에 놓고 사라졌다.

그때 앞쪽에 한인수가 앉았고 앞에도 밥과 찬이 놓였다.

밥을 먹으면서 한인수가 먼저 한철에게 말했다.

"축하드립니다. 이번에 대장으로 승진하셨군요."

"감사합니다."

음식을 삼킨 한철이 웃음 띤 얼굴로 한인수와 이태진까지를 보았다.

"중장에서 상장 진급한 지도 얼마 안 되었는데 이번 개성공장 건으로 대장이 되었습니다."

이태진은 고개를 돌렸다.

한철의 시선이 은근해져 있었기 때문이다.

모두 이태진의 덕분이라고 눈이 말하고 있다.

아침 식사 후에 일행은 초대소 앞마당에 내린 헬리콥터를 타고 곧장 개성으로 날아갔다.

소련제 헬리콥터는 크고 단단해 보여서 안정감이 느껴졌지만 소음이 컸고 덜컹거렸다.

헬기에는 한인수, 박영균 등 중정 요원들과 이태진, 한철과 담당자까지 다 탔다.

창밖으로 보이는 북한의 산야는 메말랐고 황량했다.

강줄기도 좁아져 있다.

개성에 도착했더니 군 관계자들이 기다리고 있었다.

헬기가 착륙한 곳은 학교 운동장이다.

2층 건물인 학교는 시멘트 건물로 3개 동이 나란히 세워졌는데 한낮인데도 인기척이 없다.

그때 한철이 이태진에게 말했다.

"공장을 지으려면 시간이 걸릴 것 같아서 학교 건물을 이용하기로 했습니다."

놀란 이태진이 숨만 들이켜자 한철이 말을 이었다.

"학교 4곳과 군 막사 3곳이오. 이제 건물은 되었고 공장 설비만 들여놓으면 됩니다."

건물 쪽으로 발을 떼면서 한철이 소리치듯 말을 잇는다.

"문제는 전력이오. 우리는 전력이 부족하기 때문에 남조선에서 전력을 끌어 왔으면 합니다. 그래서 남조선과 가까운 개성에 공장을 세우려는 겁니다."

그때 옆을 따르던 한인수의 입에서 억눌린 신음이 터졌다.

얼굴 표정을 보았더니 놀란 것 같지는 않다.

예상했던 것 같다.


개성에서 저녁까지 먹고 다시 헬기로 제9초대소에 도착했을 때는 오후 9시 반이 되어갈 무렵이다.

욕실에서 씻고 나왔을 때 문에서 노크 소리가 났다.

그래서 묻지도 않고 이태진은 문으로 다가갔다.

어젯밤에 자고 간 조영희가 온 것으로 생각한 것이다.

문을 연 이태진은 앞에 선 집사를 보았다.

집사가 고개를 숙여 보이더니 말했다.

"사장님, 밖에 차가 대기하고 있습니다. 차림새 갖추시고 나가시지요."

"무슨 일 있습니까?"

그때 집사가 정색했다.

"지도자 동지께서 기다리고 계십니다."

"아니, 날 말이오?"

"예, 사장님만 초대하셨습니다."

이태진이 숨을 들이켰다.

몸을 돌린 이태진이 옷을 갖춰 입고 나왔을 때 집사가 앞장섰다.

로비를 지나 현관으로 나왔을 때 검은색 벤츠 주위에 서 있던 사내들이 일제히 움직였다.

사내 하나가 다가와 이태진에게 고개를 숙였다.

"타시지요."

이태진이 뒷좌석에 오르자 곧 문이 닫혔고 벤츠는 미끄러지듯이 달려가기 시작했다.


텅 빈 거리를 맹렬하게 달린 벤츠가 들어선 곳은 대동 강변의 대저택이다.

차가 현관 앞에서 멈추자 기다리고 있던 사내들이 이태진을 안내했다.

대리석이 깔린 로비를 지나 엘리베이터를 타고 몇 층인가를 내려간 후에 밖으로 나왔다.

그 순간 이태진은 숨을 들이켰다.

앞쪽에 지하철 1량이 세워져 있었기 때문이다.

"타시죠."

사내 둘이 다시 이태진을 안내했다.

지하철은 소파가 대여섯 개 놓였는데 앞쪽에 정장 차림의 사내 둘이 서 있을 뿐이다.

이태진이 사내들과 함께 탑승하자 지하철이 소리 없이 달려가기 시작했다.

5분쯤 달린 지하철이 멈춰서더니 문이 열렸다.

그러자 기다리고 있던 사내 둘이 다시 이태진을 안내했다.

안으로 들어선 그들은 다시 엘리베이터에 타고 몇 층을 내려가 밖으로 나왔다.

앞에는 양탄자가 깔린 복도다.

복도를 30미터쯤 걸어 오른쪽으로 꺾어졌을 때 대리석 바닥이 나왔다.

좌우에 문이 있는 것을 보면 건물 같다.

사내들이 안쪽으로 다가가자 문 앞에 두 사내가 서 있는 것이 보였다.

다가오는 이태진을 본 사내들이 문을 열었다.

"들어가시죠."

사내들이 말하고는 멈춰 섰기 때문에 이태진이 안으로 들어섰다.

그때 안쪽 소파에 앉아있는 김일성이 보였다.

환한 방이다.

"어서 오게."

김일성이 손을 들어 보이면서 말했다.

웃음 띤 얼굴이다.

넓은 방에는 파티가 열리고 있었는데 10여 명의 남녀가 앉거나 오가고 있다.

테이블에는 술과 안주가 가득 놓였고 가끔 낮은 웃음소리가 울렸다.

자연스러운 분위기다.

정장 차림의 사내들.

여자들은 화려한 차림의 눈부신 미모다.

이태진이 다가갔을 때 김일성이 옆자리를 가리켰다.

"여기 앉아."

자리에 앉은 이태진의 옆으로 여자 하나가 다가와 잠자코 앉았다.

그때 김일성이 웃음 띤 얼굴로 이태진을 보았다.

"우리 북조선에서도 동무 같은 영웅이 얼마든지 나올 수 있어. 나도 알아."

이태진의 시선을 받은 김일성이 말을 이었다.

"하지만 체제가 다른 걸 어떻게 하겠나? 남조선처럼 개방하면 공산당 체제가 무너지게 되거든. 그럴 수는 없는 노릇이지."

"…"

"난 지금도 북조선이 한반도의 유일한 자주적, 민주적인 정부라고 믿고 있는 사람이야. 그리고 변하지 않을 거야. 하지만."

이제는 김일성이 정색하고 있다.

"동무 덕분에 남조선과의 일촉즉발의 분위기가 깨졌고 비공식적이나마 공존 분위기가 형성되었어. 고맙네."

"아닙니다, 각하."

"도와주게."

갑자기 김일성이 손을 뻗어 이태진의 팔을 쥐었다.

눈이 번들거리고 있다.

"개성공단을 계속해서 가동시켜주게. 내가 적극 지원하겠네."

"노력하겠습니다."

"그 대가도 주겠네. 그렇지. 이번에 동무에게 떼어주는 커미션처럼 말이네."

순간 부끄러워진 이태진이 숨을 삼켰고, 김일성이 말을 이었다.

"이제 동무는 북조선의 영웅이고 내 측근이야. 대외사업국은 물론이고 북조선 대사관에 연락만 하면 동무의 지시대로 움직일 것이네. 내가 그 말을 해주려고 부른 것이네."

이태진은 소리죽여 숨을 뱉었다.

이것이 영광이라고 생각할 만큼 순진하지는 않다.


김일성은 방 밖에까지 이태진을 배웅해주고 돌아갔다.

이번에는 옆에 앉았던 여자가 이태진을 안내했다.

곧장 엘리베이터를 타고 올라갔더니 건물 로비가 나왔다.

현관으로 나온 둘 앞에 벤츠가 대기하고 있었다.

밤 12시 반이다.

김일성과 위스키를 대여섯 잔씩 마셨기 때문에 피로와 함께 적당한 취기가 몰려왔다.

여자와 함께 뒷좌석에 오르자 차는 진동도 없이 출발했다.

그때 여자가 고개를 돌려 이태진을 보았다.

"오늘 밤은 제가 모실게요."

여자한테서 옅은 향내가 맡아졌다.

이태진이 눈앞 30센티쯤 앞에 떠 있는 여자의 얼굴을 보았다.

어젯밤 부딪쳤던 여자의 얼굴이 덮였다가 지워졌다.

그때 여자가 말했다.

"전 안세연입니다."

이태진이 잠자코 고개만 끄덕였다.

거부할 이유도 의지도 없다.

아니, 빅 바이어가 오더 준다고 하는 것 같다.


다음 날 아침.

눈을 뜬 이태진은 옆자리가 비어있는 것을 보았다.

옆쪽은 말끔했다.

베개도 헝클어지지 않았다.

그러나 흰 시트에 여자의 향기는 남았다.

어젯밤 일이 꿈을 꾼 것처럼 느껴졌다.

식당으로 나왔을 때는 오전 8시 반이다.

식탁에 앉아있던 한인수가 손을 들어 보였는데 오라는 시늉이다.

얼굴에 웃음을 띠고 있다.

이태진이 옆자리에 앉았을 때 한인수가 물었다.

"이 사장님, 한국까지 가려면 얼마나 걸릴까요?"

이태진이 고개를 기울였다가 대답했다.

"모스크바까지 갔다가 돌아가려면 아마 빨라도 이틀쯤 걸리겠지요."

"10분이면 돼요. 아니, 5분인가?"

한인수가 정색하고 말했기 때문에 이태진이 물었다.

"전화 통화 말씀하시는 겁니까?"

"아니. 몸이 한국에 닿는 것."

그때 옆쪽에 앉아있던 박영균의 얼굴에 웃음이 떠올랐다.

수저를 내려놓은 한인수가 이태진을 보았다.

"오늘 우리는 귀국합니다."

오늘이 평양을 떠나는 날이다.

한인수가 말을 이었다.

"판문점을 통해서 한국으로 갑니다."

순간 이태진이 숨을 들이켰다.

그렇구나.

잊고 있었다.

지도자가 결정만 하면 북한에서 남한까지 5분이면 가는구나.

아니, 1초다.

판문점 북측 공간에서 남측 공간으로 한 발짝만 떼면 되니까.


오후 2시 반.

판문점.

북측 지역에 서 있던 이태진이 고개를 돌려 한철을 보았다.

한철은 양복 차림에 선글라스를 끼고 있었는데, 얼굴을 노출하지 않으려는 것 같다.

"저 가겠습니다."

앞쪽에는 한인수 등 한국 측 인사들이 모두 인사를 마치고 발을 떼는 중이다.

남측과의 경계선은 10미터쯤 남았다.

남측 경계선에는 MP 완장을 찬 군인 서너 명이 서서 이쪽을 바라보고 있다.

미리 연락을 받은 터라 기다리는 중이다.

이것은 극비 비공식 입국인 것이다.

"앞으로는 판문점을 통해 입국하시게 될 테니까요."

한철이 말하더니 손을 내밀어 악수를 청했다.

악수를 하고 난 한철이 웃음 띤 얼굴로 말했다.

"곧 다시 뵙지요."

고개를 끄덕인 이태진이 맨 마지막으로 발을 떼었다.

열 걸음쯤 걸어 흰 페인트칠을 한 선을 넘었더니 한국이다.

선 안으로 들어선 이태진이 고개를 돌려 뒤쪽을 보았다.

그러자 이쪽을 보고 서 있던 한철이 이를 드러내며 웃었다.

그렇다.

한국에 오는 데 1초도 안 걸렸다.


서울로 달리는 승용차 안에서 한인수가 말했다.

"이제 각하께 보고하고 나서 정부 발표를 해야 됩니다. 개성공단을 비밀리에 가동할 수는 없으니까요."

당연한 일이었기 때문에 이태진은 고개를 끄덕였다.

그리고 공장 건설을 서둘러야 한다.

정부도 도와주겠지만 함단사가 이 프로젝트의 주역이다.

함단사가 받은 리비아 오더를 생산하는 것이다.

한인수가 말을 이었다.

"당분간 한국이 떠들썩해질 것 같습니다. 어쨌든 좋은 일이지요."

"아니, 사장님."

갑자기 회사에 나타난 이태진을 보더니 놀란 정경호가 입을 딱 벌렸다.

홍지연도 눈만 껌벅이고 있다.

"회의야. 간부회의다."

이태진이 인사도 제대로 받지 않고 홍지연에게 말했다.

"대영 정 실장, 공장장도 참석시켜."

"네? 대영산업 말씀인가요?"

홍지연이 되물었고 정경호는 시선만 주었다.

사장실 안이다.

이태진이 고개를 끄덕였다.

"간부급 전원하고."

대영산업은 함단사의 하청회사인 것이다.

오후 5시.

함단사 대회의실에서 확대 간부회의가 열렸다.

함단사의 간부뿐만 아니라 하청사인 대영산업의 경영진, 간부까지 모인 회의다.

둥글게 배치된 좌석에 앉은 간부는 20여 명.

상석에 앉은 이태진이 말을 이었다.

"내가 오늘 판문점을 통해 귀국했어요."

모두 숨을 죽였고 이태진이 말을 이었다.

"개성에 공단이 세워집니다. 공단 건물은 확보되었으니까 곧 그곳에 생산 설비, 인력이 배치될 것이고, 정부에서 전력 지원을 해줄 겁니다."

모두 숨소리도 내지 않았다.

너무 놀라서 이게 무슨 귀신 씨나락 까먹는 소리냐, 하는 표정도 짓지 못할 정도다.

대영 측 경영자로 참석한 정예은도 마찬가지다.

그냥 시선만 주고 있다.

그때 이태진의 목소리가 다시 회의실을 울렸다.

"생산 준비가 되면 곧장 리비아 오더가 투입됩니다. 리비아 오더가 북한에서 생산되어서 수출되는 것이지요. 우리는 그 생산 준비를 해야 됩니다."

"…"

"함단사 생산부서와 대영산업이 주력이 되어서 합니다. 대영이 이 프로젝트에 적극 참여해주기를 바랍니다."

정예은이 숨을 들이켰다.

받아들이지 않는다면 미친년이라고 할 것이다.

그러나 그때 이태진의 말이 하나 남은 우려를 깨뜨렸다.

"곧 정부 발표가 있을 겁니다. 내가 먼저 생산 준비를 하려고 미리 이야기한 겁니다."


회의가 끝나고 사장실에 이태진과 정경호, 그리고 정예은과 고재규, 한여옥, 정진호까지 둘러앉았다.

축소 간부회의가 되겠다.

옆쪽에는 비서실 과장 홍지연이 노트를 펴놓고 기록하고 있다.

그때 이태진이 말했다.

"개성공단은 함단사가 관리하는 공단입니다. 그것을 알고 계시도록."

이태진의 시선이 정예은에게 옮겨졌다.

"대영은 지금 우리한테 받는 오더를 개성으로 옮겨서 추가 생산하는 겁니다."

"알고 있습니다."

정예은이 고개를 끄덕였다.

공단의 실제 가동 주역은 대영인 것이다.


다음 날 오전 8시.

3개 방송국에서 동시에 '개성공단의 한국 제품 생산' 보도를 했다.

함단사의 이름도 수십 번이나 거명되었다.

남북한의 합작 사업이다.

한국의 오더를 북한이 생산, 수출하는 것이다.

조간신문도 대서특필했다.

남북한 공조, 공존, 협력, 평화, 통일 이야기까지 나열되고 있다.

주가가 폭등하기 시작했고 함단사 대표 이태진에 대한 기사도 범람했다.

이태진이 사우디 국적이며 왕족의 공주와 결혼했다는 보도도 나왔다.

지난번에도 이런 보도가 나왔다가 사라졌었다.


오전에 총괄본부가 설치되었다.

개성공단 설치 및 운용 본부다.

본부장은 국무총리가 맡았고 감사가 중정 1차장 한인수다.

공단 전력공급 및 시설 설치에 대한 정부 차원의 건설 팀이 순식간에 구성되었다.

대영산업의 생산 팀도 따로 발족되었다.

운영위원은 함단사, 대영산업의 간부들이 맡았다.

일사불란하게 정부와 민간기업의 조직이 결성된 것이다.

오후 2시에 한국전력에서 개성으로 출발했고, 대영산업 생산 설비 팀도 뒤를 따랐다.


"사장님, 아버님이신데요."

오후 6시 반.

사무실에 앉아있던 이태진이 고개를 들었다.

전화를 직접 받지 않았기 때문에 비서실에서 통제하는 상황이다.

이태진이 전화기를 들었다.

"예, 아버지."

"태진이냐?"

확인한 아버지가 말을 이었다.

"너 큰일 해냈구나."

"어쩌다 보니까 그렇게 되었어요."

"잘했다."

"아버지, 지금 어디세요?"

"집이다. 엄마는 시장 갔다."

"죄송해요. 바빠서 못 들렀어요."

"괜찮다."

"아버지, 그 뒤에 전화하셨지요?"

불쑥 묻고 난 이태진이 금세 후회했다.

내가 왜 이랬을까?

그때 아버지가 되물었다.

"누구한테 말이냐?"

"아뇨. 그냥."

"너 토모에 말하는구나."

"예, 딸한테서 들었습니다."

"다행이다."

"뭐가요?"

"죽기 전에 전화해서."

"…"

"토모에도 편안하게 떠난다고 하더구나."

"…"

"나도 잘 가라고 해줬다."

"…"

"너한테 고맙다. 그 말 하려고 전화했는데, 네가 먼저 물어봐 주는구나."

"아버지."

이태진이 숨을 들이켜면서 말을 삼켰다.

여기서 다시 대통령 이야기를 꺼낼 것 없다.

아버지가 좋아하실 것 같지가 않다.

"제가 곧 들를게요."

그렇게 대신 말해버렸다.


퇴근하는 길에 아래층의 동양기획에 들어선 이태진을 김봉철이 맞았다.

"사장님, 큰일 하셨습니다."

자리에 앉았을 때 김봉철이 다시 축하했다.

"제가 자랑스럽습니다."

"다 과장한 거야."

얼버무린 이태진이 고개를 들었다.

"별일 없지?"

"예, 별일 없습니다."

대답했던 김봉철이 멈칫하고 나서 말을 이었다.

"참, 이번 달 초에 김명화 씨가 결혼했습니다. 대구에서 결혼했는데요, 학교도 휴직했습니다."

다음 날 오후 6시.

청와대 1층 대기실에 앉아있던 이태진에게 비서관이 다가와 말했다.

"가시죠."

이태진이 자리에서 일어섰다.

청와대에서 대통령이 만나자고 연락이 온 것은 오후 1시 무렵이다.

회의를 하다가 연락을 받은 것이다.

오후 5시에 회사로 데리러 온 경호실의 차를 타고 이곳으로 와서 5분간 기다렸다.

집무실 옆 면담실로 들어선 이태진은 자리에 앉아있는 대통령을 보았다.

이태진을 본 대통령이 자리에서 일어섰다.

눈을 가늘게 뜬 대통령이 한 걸음 다가와 섰다.

대통령이 손을 내밀었다.

"이 사장, 반갑네."

"뵙게 되어서 영광입니다."

대통령의 손을 쥔 이태진이 고개를 숙였다.

이태진의 손을 흔든 대통령이 지그시 시선을 주었다.

"닮았군."

이태진이 숨을 들이켰지만 대답하지는 않았다.

면담실에는 비서실장 김석원 하나만 배석시켰기 때문에 셋이 둘러앉았다.

대통령에게 이런 경우는 처음이다.

대기업 CEO를 면담했을 때도 비서실장은 물론 장관, 담당 수석비서관 등 최소한 6, 7명은 동석시켰다.

그때 대통령이 이태진에게 물었다.

"내가 들었는데, 아버님이 그날 만세를 부르셨다고?"

대번에 알아들은 이태진이 대답했다.

"예, 17년 전 아침입니다. 마루로 뛰어나와 대한민국 만세를 부르셨습니다."

대통령은 시선만 주었고 이태진이 말을 이었다.

"만세 삼창을 크게 외치시더니 학교에 가려고 마당에 서 있는 저를 보시고는 방으로 들어가셨습니다."

"…"

"전 영문을 몰랐다가 학교에 가서야 혁명이 일어났다는 것을 알았지요."

"…"

"그 후로는 그런 일 없었습니다."

"나한테 연락하라는 이야기 들었을 텐데, 아버님한테 전해드렸나?"

"아닙니다. 전해드리지 않았습니다."

그러자 김석원이 놀란 듯 상반신을 세웠지만 대통령이 차분하게 물었다.

"아니, 왜?"

"아버지한테 상처만 줄 것 같아서 그랬습니다."

"아버지가 내 이야기 안 하시던가?"

"전혀 안 하셨습니다."

대통령이 입을 다물었기 때문에 방 안에 무거운 정적이 덮였다.

거짓말이다.

아버지는 다카기 마사오를 안다고 했다.

서로 잘 아는 사이였다.

대통령이 입을 열었다.

"자네, 아버지 닮았군."

숨을 들이켠 이태진을 향해 대통령이 말을 이었다.

"자네의 생각이 맞을 거야. 다 지나간 일이지. 돌이킬 수 없는 일이고."

대통령의 눈이 흐려졌다.

"내가 잠깐 감상에 빠진 거야."

"…."

"자네 아버지 입장을 생각하지 못했어."

그때 이태진이 고개를 들었다.

"그 인연과 이어진 적이 있습니다, 각하."

고개를 든 대통령에게 이태진이 말을 이었다.

"제가 우연히 만난 일본 여자 어머니가 만척에서 아버지와 아는 사이였습니다."

대통령은 시선만 주었고 김석원은 이게 무슨 소린가, 하는 표정을 짓고 있다.

이태진이 말을 이었다.

"그분이 후쿠오카에 계시는데 제가 전화번호를 아버지에게 알려드렸더니 전화를 하셨더군요. 암으로 돌아가시기 전이라고 해서 연락을 하신 것 같습니다."

"…."

"그것이 과거와 연결된 경우지요. 전화를 받은 토모에 씨는 편안히 가겠다는 말을 했다는군요. 그런 우연도 있었습니다."

"잠깐."

대통령이 눈의 초점을 잡고 이태진을 보았다.

"토모에라고 했나?"

"예, 만척에 계셨다고…."

"토모에."

대통령이 숨을 고르더니 다시 물었다.

"죽었어?"

"예, 암으로."

"나도 아는 여자야."

놀란 김석원이 상반신을 세웠고 이태진이 입에 고인 침을 삼켰다.

그때 대통령이 말을 이었다.

"자네 아버지하고는 만주에서 서로 돕는 관계였지."

"…."

"자네 아버지는 친일파가 아니었어. 오히려 조선인의 자존심을 세워준 사람이었어. 독립군도 지원해준 의사야."

"…."

"나에 대해서 자네 아버지만큼 잘 아는 사람도 없어."

이태진은 심호흡을 했다.

아버지도 그렇게 말했던 것이다.

대통령이 고개를 들었다.

"그런데 이제는 대를 이은 아들이 이렇게 나하고 마주 앉아 있다니."

"…."

"더구나 북한과의 사업을 들고 와서 말야."

어깨를 늘어뜨린 대통령이 흐려진 눈으로 이태진을 보았다.

"나하고 자주 만나세."

"예, 각하."

"그래, 아버지 이야기는 안 해도 돼. 새 사업 이야기를 하자."

대통령의 얼굴에 웃음이 떠올랐다.

"역시 부전자전이구나."

# 5장 욕심을 버리면 기쁨이 배가(倍加)된다

밤.

9시 반.

옷을 벗어 던진 이태진이 소파에 앉다가 탁자 위에 놓여 있던 물병을 떨어뜨렸다.

플라스틱 병이어서 깨지지는 않았지만 물이 쏟아져 바닥을 적셨다.

투덜거린 이태진이 소파에 등을 붙이고 길게 누웠다.

청와대에서 나와 정경호, 고재규를 불러 술을 마시고 온 것이다.

오피스텔이다.

요즘은 외국에 나가 있는 시간이 많았기 때문에 안은 퀴퀴한 냄새가 배었고 청소를 안 해서 어지럽다.

그래서 호텔로 옮기려다가 잠만 자고 있는 상황이다.

다시 몸을 일으킨 이태진이 씻고 있을 때 전화벨이 울렸다.

전화기로 다가가면서 이태진이 벽시계를 보았다.

오후 10시가 되어가고 있다.

이태진이 전화기를 들었다.

"여보세요."

잠깐 응답 소리가 없었기 때문에 이태진이 이맛살을 찌푸렸을 때다.

"난데요."

목소리가 울린 순간 이태진이 숨을 들이켰다.

정예은이다.

정신이 든 이태진이 소파에 앉았다.

"무슨 일이야?"

"늦었는데, 전화 괜찮아요?"

"급한 일이야?"

"우리는 회의 중인데."

"말해."

"바로 제품을 뽑아내려면 이곳에서 기능공을 함께 보내는 수밖에 없어. 그리고 원부자재도 함께 말야."

어느덧 정예은이 전처럼 반말을 쓰고 있다.

정예은이 말을 이었다.

"그러면서 북쪽 애들을 교육하는 것이지. 처음부터 교육해서 제품 뽑으려면 6, 7개월도 더 걸려."

"그렇지."

"그러니까 이곳에서 지원자를 뽑아 보내야 해. 기숙사 준비도 해야 하고. 그 합의를 해야 해."

"그렇지."

"1천 명 정도가 필요하다는 거야. 상의하려고 고 부장을 찾았더니 자기가 불러서 나갔다던데…."

"나하고 술 마셨어."

"정부쪽과 합의해야 돼."

"…"

"술 취했어?"

"…."

"우린 지금 회의 중인데, 내일 일찍 결론을 내야 해."

"현이는 누가 보고 있냐?"

이번에는 정예은이 입을 다물었고 이태진이 말을 이었다.

"너도 얼른 집에 들어가."

"혼자 있어?"

"옆에 여자 있어."

"있겠지."

"넌 이혼남 재벌은 아직 못 찾았어?"

그때 전화가 끊겼기 때문에 이태진도 전화기를 내려놓았다.


동우그룹 민우석 회장이 만나자고 연락해 온 것은 다음 날 오전 11시 무렵이다.

회의를 마치고 나온 이태진이 비서실장을 통해 저녁 약속을 했다.

이번 남북한 협력 사업에 정부 측에서 동우그룹을 협력 회사로 선정했기 때문이다.

동우그룹은 건설, 수송, 중공업, 유통 부문까지 뻗쳐있는 대기업이다.

공장 부대시설 공사에서부터 전력공급, 원부자재 조달과 수송까지 책임질 수 있는 것이다.


오후 6시 반.

이태진은 혼자 조선호텔 일식당 도쿄의 방으로 안내되었다.

민우석이 둘만의 독대를 요구했기 때문이다.

지배인의 안내를 받은 이태진이 방으로 들어서자 자리에 앉아있는 두 남녀가 보였다.

"아, 이 사장이시군."

자리에서 일어서는 사내가 바로 민우석이다.

큰 키.

눈빛이 강한 초로의 사내.

요즘 이태진이 함단사와 함께 언론에 도배되기 전에는 민우석이 주인공이었다.

민경준의 구속과 불굴회 소탕으로 연일 매스컴에 등장했기 때문이다.

그리고 옆에 선 여자.

날씬한 체격.

단정한 용모.

비서인가?

"이태진입니다."

고개를 숙여 인사를 한 이태진이 손을 쥐었고, 민우석이 웃었다.

"내가 히어로를 만나는군요. 반갑습니다."

악수를 한 민우석이 여자를 소개했다.

"내 딸이오."

"민혜진입니다."

여자가 고개를 숙였고 이태진도 따라서 인사를 했다.

"이태진입니다."

"자, 앉읍시다."

민우석이 자리에 앉으면서 말했다.

"이번 개성공단 프로젝트는 민 전무가 책임자라 대동한 겁니다."

음식을 삼킨 민우석이 이태진에게 물었다.

"이 사장, 며칠 전에 각하 뵈었지요?"

"네, 회장님."

"각하한테서 이 사장 이야기 들었습니다."

민우석이 말을 이었다.

"각하께서 이 사장과의 인연을 말씀해주십디다."

"…"

"이 사장 부친과의 인연도 말씀이오."

술잔을 든 민우석이 이태진을 보았다.

"난 만주에는 안 갔지만 이 사장 부친께서 만척의 실세였다는 말씀을 듣고 과연 부전자전이란 생각이 듭디다."

"과찬이십니다, 회장님."

"각하께서는 이 사장의 경력을 두르르 꿰고 계십디다."

열띤 목소리로 말하던 민우석이 고개를 돌려 민혜진을 보았다.

지금까지 민혜진은 차분한 표정으로 듣기만 했다.

"이 사장, 얘를 잘 지도해주시오."

"천만의 말씀입니다. 제가 배워야지요."

"이번 개성공단 프로젝트에 동우그룹은 협력사로 참가하는 것이오. 민 전무는 보좌 역할이오."

술잔을 내려놓은 민우석이 길게 숨을 뱉고 나서 이태진을 보았다.

"이 사장, 요즘 동우그룹 사건 아시지?"

"예, 조금 압니다."

"얼굴을 들고 다닐 수가 없어요."

혼잣소리처럼 말한 민우석이 자리에서 일어섰다.

"난 먼저 나갈 테니까 둘이 업무 이야기 나누고 오시도록."

민우석을 배웅하고 다시 방으로 돌아왔을 때 민혜진이 고개를 들고 이태진을 보았다.

"아버지 마음은 다 그렇죠."

민혜진이 처음 말을 하는 셈이다.

이태진은 술잔을 들었고 민혜진이 말을 이었다.

"요즘 오빠 문제 때문에 더 외로우신 것 같습니다. 이해해주세요."

이해하라는 의도가 오해하지 말라는 뜻이다.

이태진도 정색하고 고개를 끄덕였다.

"인간은 가끔 자신 위주로 오해하는 경우가 있습니다. 이해하고 말고요."

민혜진에게 한 소리다.

시선을 내린 민혜진이 제 잔에 소주를 따르면서 말했다.

"전 남자가 있습니다. 아버지는 아직 모르시죠."

이태진은 한 모금 소주를 삼켰고 민혜진이 말을 이었다.

"미국 유학 때 만난 선배죠. 지금 대학교수예요."

"…."

"난 주관이 강한 편이라 흔들리지 않습니다. 아버지도 곧 이해하실 거라고 확신해요."

"내일부터 운영본부에 협력사 대표로 참석해주세요."

이태진이 웃음 띤 얼굴로 민혜진을 보았다.

"그리고 잘 알겠습니다."

이태진이 영동 본가에 도착했을 때는 오후 5시쯤 되었다.

미리 연락했기 때문에 집 앞에서 어머니가 택시에서 내리는 이태진을 맞았다.

"아이구, 너 말랐다."

어머니가 정색하고 물었다.

"밥은 제대로 먹어?"

"아, 그럼."

어머니에게 선물 가방을 넘겨주면서 이태진이 마당으로 들어섰다.

"아버지는?"

"오늘 신문사하고 회식한단다."

원고료 대신으로 소주를 사주는 것이다.

집 안으로 들어선 이태진이 웃음 띤 얼굴로 어머니를 보았다.

"어머니, 아버지한테 가장 빛나는 시기가 언제였어?"

주방으로 가던 어머니가 고개를 돌려 이태진을 보았다.

"아마 해방 전일걸?"

어머니의 눈이 흐려졌다.

"만척에서 일본 놈들도 네 아버지 앞에서는 쩔쩔매었지."


지난번 대통령을 만났을 때 김일성 위원장의 전갈은 전하지 않았다.

대통령이 아버지 이야기에 집중하는 바람에 기회가 없었기도 했다.

거기에다 비밀리에 숙소를 빠져나가 김 위원장과 독대하고 나온 것은 의심을 받을 만했기 때문이다.

"어, 왔냐?"

밤 10시 가깝게 되었을 때 술에 취해 들어온 아버지가 말했다.

"너 때문에 내가 술을 사버렸다."

"아이구, 내가 그럴 줄 알았어."

어머니가 비틀거리는 아버지를 부축하면서 말했다.

"잘했어요, 잘했어. 얼마든지 사줘요."

"안 되지. 내 아들이 어떻게 번 돈인데."

둘이 방으로 들어섰을 때 이태진이 길게 숨을 뱉었다.

부모가 있는 집은 어수선했지만 안정감이 느껴졌다.

아버지한테 대통령을 만났다는 이야기는 안 하기로 마음먹었다.


아버지는 씻지도 않고 쓰러져 잠이 들었다.

그래서 이태진과 어머니는 거실 소파에 나란히 앉아 TV를 보았다.

오후 11시다.

연속극 재방송을 보던 어머니가 고개를 돌려 이태진을 보았다.

"넌 여자 친구 없냐?"

이태진이 빙그레 웃었다.

어머니의 말을 예상하고 있었다.

"많아."

"그럼 오늘 같은 날 데려오면 안 되냐? 그럼 아버지가 얼마나 좋아하겠냐?"

"왜?"

"아, 그거야…."

"명화가 지난달 결혼한 거 알지?"

그때 어머니가 숨을 들이켜더니 이태진을 보았다.

눈이 번들거리고 있다.

"알고 있었냐?"

"그럼."

"그년."

"나 참, 어머니도. 왜 욕해?"

"염치가 없는지 우리한테 연락도 없이 결혼했더구만. 우린 철규 아버지한테서 연락받고 알았다."

철규 아버지는 아버지하고 육촌이다. 명화 어머니하고도 먼 친척이 된다.

명화하고의 사연을 모르니까 연락했겠지.

어머니의 목소리가 떨렸다.

"세상에. 그런 여우 같은 년이, 남자를 두고 양다리를 걸쳐? 의사 놈이 얼마나 대단한지 보자."

"변호사야, 어머니."

"시끄럽다."

어머니가 눈을 흘겼다.

"넌 분하지도 않으냐?"

"나, 참."

어머니가 그럴수록 이태진의 가슴이 편안해졌다.

그리고 자꾸 웃음이 나왔다.

그러면서 깨우쳤다.

남녀관계는 공식이 없는 법이다.

다 다르다.

다른 사례에 맞추지 말자.

나에게 맞는 방식으로 가자.

고개를 든 이태진이 어머니를 보았다.

"어머니, 다음에 데려올게."

"응?"

깜짝 놀란 어머니가 이태진을 보았다.

"누구?"

"있어."

"누군데?"

그 순간 이태진의 머리에 떠오른 여자가 정예은이다.

아, 젠장.

왜, 또.

그러나 말이 입 밖으로 나와 버렸다.

"대기업 회장 딸이야."

"오!"

"이대 나왔어."

"그러면 그렇지. 나이는?"

"스물여덟."

"옳지. 좋은 나이구나."

"이런 말 안 해도 되지만 얼굴이나 몸매나 김명화보다 배는 더 나아."

"그년은 촌년이지. 감히 누구한테….'"

"다음에 데려올 테니까 마음 좀 가라앉히도록 해."

"오냐."

이태진은 당분간 집에 내려오지 못할 것 같다는 생각을 했다.


판문점에서 개성으로 직행 도로가 다음 날 개통되었다.

정예은의 건의 반나절 만이다.

그만큼 북한 측도 협조적이다.

조직이 궤도에 오르면서 생산총괄 정예은과 건설 및 협력 총괄 민혜진의 역할이 두드러졌다.

둘 다 실무책임자여서 가장 활발하게 움직이고 있다.

정부도 총리 주도로 적극적으로 도와주고 있는 터라 2주일 만에 전력공급이 완료되었고 공장 시설 설비가 완료되었다.

그야말로 남북이 일사불란하게 생산 조직을 갖춘 것이다.

그사이에 대영산업에서는 개성공단 지원자를 선발했는데 경쟁률이 2 대 1이나 되었다.

기능공 1천 명이 선발된 것이다.

보수를 특별수당까지 포함 50퍼센트 인상해준다는 조건이었기 때문이다.


이곳은 개성공단 공단본부.

이태진과 북한 대외사업국장 한철 대장이 사무실에서 독대하고 있다.

"15일 후부터 생산이 시작됩니다."

이태진이 말하자 한철이 이를 드러내고 웃었다.

"북남이 연합하면 어떤 결과가 나오는지 그 증거를 보여주고 있소."

한철이 말을 이었다.

"그야말로 눈부신 업적이오."

"이제는 조직이 움직여서 진행합니다. 각 부분이 톱니바퀴처럼 맞춰서 돌아가는 느낌입니다."

"바로 그것이오."

한철이 고개를 끄덕였다.

"나도 놀랐습니다."

북한 측 공단 관리 책임자는 한철이다.

한국은 공식적으로 전(前) 건설부장관 유영호를 한국 측 공단 관리 이사장으로 임명했는데, 실무 총책은 중정 1차장 한인수다.

그때 한철이 목소리를 낮췄다.

"이제 무기 수출 준비를 해야겠습니다."

공단 건설 목적이 바로 이것이었다.


"조직은 잘 돌아갑니다."

김재성 상무가 옆에 앉은 민혜진에게 말했다.

차는 공단을 나와 판문점을 향해 달려가는 중이다.

김재성이 말을 이었다.

"대영산업과 함단사가 손발이 맞습니다. 함단사 사장이 본래 대영산업 과장 출신이거든요."

지금 민혜진과 김재성은 공단의 기숙사 건설을 체크하고 돌아가는 중이다.

오후 4시 반.

민혜진이 김재성을 보았다.

"대영산업 정 실장이 후계자라면서요?"

"예, 전무님. 아들인 정진호는 함단사 상무로 가 있습니다."

"지분을 다 내놓고 들어갔다죠?"

"백기투항했답니다. 대영산업도 함단사 계열사로 전락된 거죠."

"…."

"이태진이 살모사 새끼처럼 어미를 먹은 셈입니다."

민혜진의 이태진에 대한 반감을 눈치챈 김재성이다.

김재성이 말을 이었다.

"대영산업 정 실장은 지난번 이태진에게 반발했다가 오더를 안 주는 바람에 놀라서 두 손을 들었다는군요."

"그 여자, 이혼했다지요?"

"예, 아이가 하나 있다고 합니다."

김재성이 힐끗 민혜진을 보았다.

"이태진이 정예은을 이용하고 버렸다는 소문이 있습니다."

"소문?"

"예, 이태진의 여자 소문이 많습니다. 함단사 실세 부장하고도 깊은 관계였다고 합니다."

"…."

"운 좋게 오더 큰 걸 몇 개 받는 바람에 뱀이 용으로 변신한 것이죠."

민혜진이 고개를 끄덕였다.

그런 학력을 보면 그럴 만한 위인이다.


공단 내 제3공장 기계설비 확인을 마치고 나오면서 정병현이 말했다.

"내일부터 인원 투입해서 시험 운영을 해봐."

"예, 회장님."

따라 나온 공장장 김기동이 말했다.

대영산업 생산본부장 김기동이 개성공단 공장장이 되었다.

"설비는 다 되었지만, 생산 들어가기 전에 시험 운영을 5번쯤 해야 해."

"예, 회장님."

정병현이 공장 건설에 직접 뛰어든 것이다.

맨땅에서 대영산업을 일으킨 정병현이다.

개성공단 건설을 대영산업이 맡게 되자 처음부터 정병현이 현장에서 지휘했다.

오후 5시 반.

공장 앞으로 나왔을 때 옆쪽을 지나던 검은색 승용차가 멈춰 섰다.

그러더니 차에서 이태진이 내렸다.

"회장님."

고개를 숙여 보인 이태진이 다가와 말했다.

"서울 돌아가십니까? 제 차로 모시고 가겠습니다."

차가 속력을 내었을 때 정병현이 고개를 돌려 이태진을 보았다.

"북한이 적극적이야. 이런 식이라면 개방이 되겠어."

정병현의 목소리에 활기가 넘친다.

"그렇지 않나? 이렇게 해서 통일이 되는 거 아닌가?"

"그렇게 될 수도 있겠지요."

"북한 지도자도 만났다던데, 사실인가?"

"예, 회장님."

"만났어?"

"예."

"개방 의지가 있던가?"

"예, 노력은 하고 계셨습니다."

이태진이 정병현을 보았다.

"하지만 쉽게 될 것 같지는 않습니다."

이태진과 시선을 마주친 정병현의 눈이 흐려졌다.

"내가 이렇게 자네하고 자연스럽게 이야기하게 된 것을 보면 어려운 일도 아냐."

"…"

"2년도 안 되는 사이에 내가 내 회사 과장이었던 자네의 하청회사가 되어있지 않은가?"

"죄송합니다."

"내가 자연스럽다고 말했네, 이 사장."

"감사합니다."

"내가 미안해."

힐끗 앞쪽 운전사에게 시선을 준 정병현이 목소리를 낮췄다.

"내가 자네를 무시했어."

정병현이 고개를 돌렸기 때문에 차 안에 정적이 덮였다.


오후 7시.

기다리고 있던 김봉철이 이태진을 맞았다.

동양기획의 사장실 안.

김봉철이 탁자 위에 서류를 펼쳐놓고 말했다.

"여자가 있습니다."

대뜸 말한 김봉철이 사진 뭉치를 내려놓았다.

남자와 여자의 밀회 사진이다.

호텔로 들어가는 장면.

멀리서 찍혔지만 방 안에서 부둥켜안고 있는 장면도 있다.

이태진은 시선만 주었고 김봉철이 말을 이었다.

"박정배는 조교 양안나하고 내연 관계를 맺은 지 오래되었습니다. 양안나한테 아파트도 사주었는데 그 돈도 민혜진 씨한테서 나온 것 같습니다."

김봉철이 민혜진의 조사를 한 것이다.

이태진이 고개를 끄덕였다.

"온전한 관계가 없구만."

"과거 없는 인간은 없습니다. 다만….”

"정리가 제대로 안 된 것이 문제지.”

이태진이 말을 받았을 때 김봉철이 고개를 저었다.

"양심 없는 인간을 말하는 겁니다. 박정배는 사기꾼 유형입니다. 민혜진은 돈 나오는 기계에 불과하지요.”

서류와 사진을 챙겨 든 이태진이 문득 쓴웃음을 지었다.

민혜진의 차분하고 당당한 모습이 떠올랐기 때문이다.

이런 인격체가 사기당하기 쉬운가?


전화벨 소리에 이태진이 눈을 떴다.

벽시계가 오후 9시 반을 가리키고 있다.

소파에서 깜빡 졸았던 이태진이 손을 뻗어 전화기를 들었다.

"여보세요.”

"나야.”

정예은의 목소리다.

순간 이태진이 불끈 소리쳤다.

"뭐야, 또?”

"내가 지금 갈까?”

"무슨 소리야?”

"방 청소하고 냉장고 정리까지 해주려고.”

"네 앞가림이나 해.”

"오늘 아버지하고 같이 차 타고 왔다면서? 이야기 들었어.”

정예은이 말을 이었는데 서둘지도 않는다.

"난 바라는 거 없어. 그냥 친구처럼 지내면 돼. 자기도 그런 내가 편할 것 같은데."

"미쳤냐?"

"그래. 미친 적도 있었지. 그리고 배신한 것을 계속해서 속죄하고 싶어."

"넌 또 일 저지를 여자야."

"그럴지도 모르지만 가능성은 희박하지."

"…."

"인간은 경험으로 배우니까. 그게 가장 확실하지."

"전화 끊자."

"내가 지금 갈게."

그때 이태진이 전화를 끊었지만 개운하지가 않았다.


30분쯤 후에 문에서 벨 소리가 울렸기 때문에 이태진의 예감이 적중했다.

이태진이 자리에서 일어서자 문이 열렸다.

정예은이 아직도 키를 갖고 있었다.

현관으로 들어선 정예은이 이를 드러내고 웃었다.

양손에 무거워 보이는 가방을 들고 있다.

"아유, 이 가방 좀 받아."

정예은이 소리쳤기 때문에 이태진이 엉겁결에 다가가 가방을 받았다.

"아유, 냄새."

코를 킁킁거린 정예은이 주위를 둘러보더니 호들갑을 떨었다.

"어머나, 이게 집이야? 고물상이지."


소란을 떨면서 정예은이 집을 청소하고 냉장고를 정리하는 동안 이태진은 침대에 누워서 자는 시늉을 했다.

왔다 갔다 하던 정예은이 마침내 조용해졌을 때는 1시간쯤이나 지난 후다.

그동안 이태진은 자다 깨다 했는데 옆쪽 침대 끝에 정예은이 앉았을 때 정신이 들었다.

눈을 뜬 이태진과 시선을 맞춘 정예은이 물었다.

"나 자고 갈까?"

"미쳤냐?"

"일찍 나갈게."

몸을 일으킨 정예은이 욕실로 다가가면서 말을 잇는다.

"자기 몸이 그리웠어."

이태진이 심호흡을 했다.

어느덧 자신의 몸도 뜨거워져 있었다.

그런데 그것에 화가 나지 않는다.


"말랐어."

이태진의 가슴을 손끝으로 쓸면서 정예은이 말했다.

더운 숨결이 이태진의 가슴을 쓸고 가더니 끝 쪽에서는 서늘해졌다.

밀착된 정예은의 몸은 땀에 배어 끈적이고 있다.

정예은이 말을 이었다.

"난 살쪘어?"

"글쎄."

겨우 대답한 이태진이 고개를 돌려 정예은을 보았다.

머리칼 몇 올이 이마에 붙어 있다.

시선을 받은 정예은이 눈웃음을 쳤다.

"나, 좋았어?"

고개를 든 이태진이 시선만 주었더니 정예은은 이를 드러내고 활짝 웃었다.

"이렇게만 지내도 돼."


이태진이 리야드에 도착한 것은 개성공단이 본격적으로 가동한 지 이틀 후다.

사우디 리야드는 이태진에게 사업의 근거지나 같다.

함단사의 함단 사무실, 그리고 무스타파가 리야드에 있기 때문이다.

이태진은 무스타파의 사업 대리인이기도 한 것이다.

먼저 함단을 만나 개성공단 진행 과정을 보고한 이태진이 무스타파를 만났다.

"리, 카이로 부지 입찰을 결정해주게."

무스타파가 자리에 앉았을 때 말했다.

"경매가 네 번이나 유찰되었는데, 1천만 불까지 내려갔어. 그 정도면 매입해도 되지 않을까?"

"제가 가보겠습니다."

이태진이 말을 이었다.

"이번에 결정하지요."

"백화점이 안 되면 이번에 다른 투자처를 찾아야겠어."

"그렇게 하지요."

"남북한 협력 사업은 잘 진행되나?"

"잘 됩니다."

"자네가 주역이라면서?"

"서로 필요했기 때문이죠."

고개를 끄덕인 무스타파가 말을 이었다.

"두바이가 급성장하고 있어. 그곳을 알아보게."

"알겠습니다, 무스타파."

무스타파는 사우디 국영석유의 이사인 것이다.

왕족만이 임명될 수 있는 요직이다.

그만큼 경제 정보에 빠르기도 하다.


오후 6시 반.

호텔 라운지의 밀실에서 이태진과 아즈란이 마주 앉아있다.

아즈란은 함단 가문의 사촌 중 경찰국 간부다.

경찰청 부청장인 것이다.

아즈란은 이태진에게 사업상 여러 가지 도움을 줬는데, 이번에는 투자 문제다.

투자 상의를 하려는 것이다.

아즈란이 말했다.

"나한테 여러 곳에서 투자 제의가 온다네. 심지어는 왕자들의 대리인들까지 나한테 오는 실정이야."

아즈란의 얼굴에 쓴웃음이 번졌다.

"그놈들도 모두 수천 명 왕족 가문이지. 하지만 사기꾼들이야."

아즈란이 한숨을 쉬었다.

"내가 경찰국 고위간부지만 자금 운용에 대해서는 우물 안 물고기야. 그래서 자네 같은 정직하고 능력 있는 대리인이 필요해."

"아즈란, 난 이미 당신 사촌들 함단, 무스타파의 대리인입니다. 당신까지 감당하기에는 너무 벅차요."

예상하고 있었기 때문에 이태진이 정색하고 사양했다.

무스타파가 말해준 것이다.

그때 아즈란이 고개를 저었다.

"난 함단이나 무스타파처럼 사업을 동업하거나 기업체를 인수, 관리까지 맡기는 대리인이 되어 달라는 게 아냐. 내 개인 대리인을 맡아주게."

아즈란이 말을 이었다.

"이를테면 무스타파가 구입하는 부동산을 내 몫으로도 같이 구입하면 되지 않겠나? 자네한테 맡기겠네."

아즈란은 정색하고 말을 잇는다.

"난 유산으로 받은 6,500만 불을 그저 은행에 예금시켜놓고만 있었어. 이런 바보 같은 경찰 간부가 있단 말인가?"

아즈란과 계약서를 작성했다.

미리 아즈란이 준비해놓고 있었기 때문에 이태진은 훑어보고 사인만 했다.

아즈란의 개인 대리인이 된 것이다.

투자금에 대한 결산은 1년 만에 하고 투자 이익금의 10퍼센트를 받는다는 조건이다.

그리고 경비는 별도다.

계약서에 이익금 배분을 25퍼센트로 적어왔기 때문에 이태진은 10퍼센트로 수정하도록 요구했다.

그래서 아즈란을 감동시켰다.


다음 날 제다에 도착했더니 공항에 오마르 아무디가 마중 나와 있었다.

"브라더."

이태진을 껴안은 오마르가 뺨을 세 번 부딪치고 나서 흐려진 눈을 크게 뜨고 말했다.

"보스가 거인이 되어서 돌아왔구만."

"인슈알라."

"알라후 아크바르."

응답한 오마르가 웃음 띤 얼굴로 앞장을 섰다.


차가 공항을 빠져나갔을 때 오마르가 고개를 돌려 이태진을 보았다.

"올해에는 대영에서 5백만 불을 수입하게 될 거야, 사우디에서만"

"내가 이만큼 된 건 모두 오마르, 당신 덕분이야."

"천만에."

쓴웃음을 지은 오마르가 이태진을 보았다.

"브라더, 네 덕분에 내가 사우디 거상(巨商)이 되었지."

"쿠웨이트 시장은 어때?"

"말라피가 올해 1백만 불을 할 거야."

"잘했군."

"바레인, 두바이에서 1백만 불. 두바이 시장 성장 속도가 빨라."

오마르한테서 1백만 불 오더로 시작했던 중동 오더다.

그것이 함단을 만나 수억 불짜리로, 한국에서는 기업 간의 대변혁을 만들면서 남북 합작공장까지 설립되는 상황에 이르렀다.

감회에 젖은 이태진이 입을 다물었고 오마르도 창밖을 보았다.


밤 12시.

정예은이 전화벨 소리에 놀라 숨을 들이켰다.

이 시간에 자신의 방에 설치된 전화벨이 울린 적은 처음이다.

아니, 있기는 했다.

이태진이 그랬다.

벨이 세 번 울렸을 때 정예은이 전화기를 들었다.

"여보세요."

"응, 난데."

이태진이다.

숨을 들이켠 정예은은 이태진이 지금 외국 출장 중이라는 사실을 떠올렸다.

어딘지는 모른다.

심장박동이 빨라진 정예은이 숨을 뱉고 나서 물었다.

"응, 어디야?"

그렇게 물은 순간 얼굴이 붉어졌고 눈에 열기가 일어났다.

물론 며칠 전에 뜨겁게 엉키기는 했다.

그렇지만 저도 모르게 애교가 섞인 자신의 목소리를 듣자 시쳇말로 소름이 돋아난 것이다.

그때 이태진이 대답했다.

"나 여기 제다에 와서 오마르를 만났는데."

"아."

정예은이 긴장했다.

오마르 오더는 여전히 이태진이 장악하고 있다.

신용장이 신우상사를 거쳐 지금은 함단사로 보내지기 때문이다.

대영산업 입장에서는 오마르가 유일한 바이어다.

그때 이태진이 말을 이었다.

"올해에는 쿠웨이트, 두바이까지 포함해서 7백만 불 정도를 한다는데, 맞지?"

"응, 맞아."

정예은의 목소리는 어느덧 굳어 있다.

애교는 쏙 들어갔다.

그때 이태진이 말을 이었다.

"회장님한테 이야기해서 두바이 시장에 도매상 겸 아웃렛을 세우도록 해, 대영 브랜드로 말야. 이 기회에 한국산 대영 이미지를 굳혀야 해. 지금 기회를 놓치면 늦어. 오마르하고 50 대 50으로."

"…."

"오마르한테만 맡기면 대영이 휘둘리게 돼. 내가 대영에 있을 때 그런 계획을 세웠는데, 지금은 수수료 에이전시가 되어서 대영 생각을 못 한 거야."

"그럼 내가 어떻게 하면 돼?"

"아버님한테 말씀드려. 그럼 당장 그렇게 하라고 하실 테니까. 그리고…."

"그리고 뭐?"

"계약서를 작성해서 사인을 받아놔야 해. 내가 여기서 도와줄 테니까, 서둘러."

"내가 거기로 가?"

"네가 공단 일에서 며칠 빠지면 일이 안 되냐?"

"그건 아니지만."

"50 대 50으로 해. 작년부터 그럴 계획을 세워놓았다고 하고."

"그럴게."

심호흡을 하고 난 정예은이 잊었다는 것처럼 말을 이었다.

"고마워."


12시가 훨씬 지났지만 잠자리에 들지 않았던 정병현은 정예은의 말을 듣더니 길게 숨부터 뱉었다.

246

정예은을 향한 눈이 흐려져 있었다.

"그렇게만 해준다면 만세삼창이지."

"아버지."

"이것은 이태진이 진정으로 우리를 위해 주는 일이구나."

"그럼요."

"고맙다고 했어?"

"네."

"나는 말도 꺼내지 못했는데 이태진이 나서준다면 오마르도 사인해주겠지."

"이태진 씨 지금 제다에 있어요."

"너 지금 이태진 씨라고 했어?"

"아버지."

"내일 김 변호사한테 가서 영문 계약서 작성하라고 해. 국제법 변호사니까 잘 만들어줄 거다."

"50 대 50이라고 했어요."

"내일 계약서 작성해서 모레 제다로 가도록 해라."

"네, 아버지."

고개를 든 정병현이 다시 정예은을 보았다가 고개를 돌렸다.

할 말을 참는 것 같다.


다음 날 오전.

오마르 사무실에서 마주 앉았을 때 이태진이 말했다.

"오마르, 내가 대영에 있을 때부터 세워놓은 계획이 있어. 중동지역의 '대영' 브랜드 도매상 겸 아웃렛이야."

오마르의 시선을 받은 이태진이 말을 이었다.

"내가 대영을 떠났지만 당신 오더의 에이전시는 유지하고 있으니까 대영 브랜드 아웃렛을 건립하는 것이 낫겠어."

"…."

"위치는 두바이야. 대영과 당신이 50 대 50의 지분으로 브랜드 아웃렛을 세우기로 하지. 어떻게 생각해?"

"오케이. 성공도 실패도 같이 나눠야지."

오마르가 고개를 끄덕이며 웃었다.

"리, 대영에 의리를 지켜주는군."

"대영도 투자 시키는 거야, 오마르. 혼자 부담할 필요 없어."

"두바이가 적당해, 리."

"내가 좋은 곳을 소개해줄 테니까."

"그렇지. 리, 네가 함단 가문의 땅을 많이 구입해 놓았지."

오마르가 얼굴을 펴고 웃었다.

이렇게 오마르를 설득시켰다.

오마르는 이태진의 제의를 거부할 입장이 못 된다.

자금력만으로도 이태진 개인에게 압도당하는 상황이다.

더구나 함단 가문의 배경을 오마르도 이용할 때가 있을 것이기 때문이다.

그런 때가 꼭 오는 법이다.


오후에 카이로에 도착했다.

사무실에서 무스타파 지사의 지사장이 되어있는 유성희한테서 브리핑을 받고 클레오파트라 호텔 식당에서 저녁을 먹었다.

"체육관 부지는 1천만 불이면 구입할 수 있습니다."

유성희가 포도주 잔을 들면서 말했다.

"여러 번 유찰되어서 이제는 헐값이 되었어요."

"유찰된 이유는 뭡니까?"

"거물 투자자들이 흥미를 잃은 것 같습니다. 다른 곳으로 거의 빠져나갔어요."

"…."

"체육관을 헐고 뭔가를 건설해야 되는데 그러려면 몇천만 불이 더 들 테니까요. 무스타파 같은 분이 드물죠."

"…."

"처음 응찰했던 외국 투자가가 다 사라진 것도 영향을 받았습니다."

"내가 듣기로는 이집트 정국이 불안하다던데, 어때요?"

"소문은 많은데 항상 소문으로 끝나곤 했지요."

이태진이 고개를 끄덕였다.

유성희는 고급 정보는 모른다.


유성희와 헤어진 이태진이 이번에는 하드람을 만났다.

호텔의 라운지 안이다.

구석 쪽 테이블에 마주 앉았을 때 하드람이 말했다.

"하와라 정보국장이 지난달에 가족과 함께 미국으로 망명했습니다."

놀란 이태진이 고개를 들었다.

하와라는 클레오파트라 호텔을 매입해준 권력 실세다.

하드람이 말을 이었다.

"정부에서는 병으로 휴직했다고 발표했지만 권력 투쟁에서 밀렸다는 소문이 났습니다."

"정국이 불안한 게 사실인가?"

"하와라가 군부에 밀렸다는 소문도 있습니다."

"그렇군."

이태진이 고개를 끄덕였다.

투자가들의 정보력은 투자의 기본이다.

모든 정보력을 동원해서 주위 환경까지 조사하는 것이다.

투자가들이 흩어졌다는 것은 침몰하기 직전의 배에서 쥐 떼가 빠져나가는 것이나 같다.

그때 하드람이 번들거리는 눈으로 이태진을 보았다.

"사장님, 유 지사장이 남자를 만나고 있습니다."

"남자?"

이태진의 시선을 받은 하드람이 쓴웃음을 지었다.

하드람은 이태진과 유성희의 관계를 아는 것이다.

"예, 데이비드라고 영국 유학 시절에 만났던 영국인인데, 지금 카이로 대학 교수입니다."

"잘 만났군."

"그 친구와 동거를 하고 있는데요."

"잘되었어."

고개를 끄덕인 이태진이 얼굴을 펴고 웃었다.

지금 유성희는 호텔 방 안에서 기다리고 있다.


"끝났어요?"

방으로 들어선 이태진을 유성희가 맞았다.

차분한 표정이다.

유성희에게는 중정 요원을 만난다고 했다.

고개를 끄덕인 이태진이 소파에 앉았다.

오후 9시 반.

언제나처럼 유성희는 이곳에서 자고 내일 아침에 회사로 출근한다.

유성희가 앞쪽에 앉더니 이태진을 보았다.

"무슨 일 있어요?"

이태진이 잠자코 있었기 때문에 그렇게 물은 것이다.

고개를 든 이태진이 유성희를 보았다.

"내가 결혼을 약속한 여자가 있었어요. 부모도 다 허락한 사이였지만 내가 출장 간 사이에 뒤집혀 버렸더군요."

긴장한 유성희가 시선만 주었고 이태진이 말을 이었다.

"지금 생각하면 내게 문제가 있었어요. 여자한테 확신을 주지 않았던 것이지. 난 아낀다는 생각이었는데 여자는 불확실한 태도로 받아들인 거요."

"…."

"거기에다 불씨를 하나 던지니까 확 뒤집혀버린 것이지요. 그래서 내가 내 좌우명을 다시 한 번 확인하게 됩니다."

고개를 든 이태진이 웃음 띤 얼굴로 유성희를 보았다.

"오는 사람 막지 않고 가는 사람 잡지 않는다. 어때요? 괜찮죠?"

유성희가 따라 웃더니 물었다.

"갑자기 여자 이야기는 왜 꺼내세요?"

"난 그 불씨를 던져 전세를 뒤집은 주인공을 찾아서 진급을 시켰습니다."

정색한 이태진이 유성희를 보았다.

"그 직원이 내 험담을 해대는 바람에 그 여자가 약혼을 파기해버린 것인데…."

"…."

"그것도 운명으로 받아들인 것이지요."

"…."

"유 박사."

이태진이 부르자 유성희가 고개만 들었다.

뭔가 수상한 분위기를 감지한 것 같다.

이태진이 말을 이었다.

"다른 경우지만 결론은 비슷해요. 유 박사와 나와의 관계 말이오."

"…."

"지금 만나는 데이비드라는 교수하고 이젠 마음 놓고 결합해요."

그 순간 유성희가 숨을 들이켜더니 눈이 흐려졌다.

그러고는 입을 절반쯤 벌렸지만 말이 나오지는 않았다.

이태진이 자리에서 일어섰다.

"그리고 그대로 회사에서 일해줘요. 난 유 박사한테서 배신감을 느낄 입장도 안 되고 느끼지도 않아요, 그저 잠자리 상대였으니까. 당신도 그렇게 말했고."

몸을 돌린 이태진이 말을 이었다.

"난 씻을 테니까 돌아가요. 그리고 내일 다 잊고 회사에서 만납시다."


씻고 나왔더니 유성희는 사라졌다.

예상했기 때문에 이태진은 선반에서 위스키를 꺼내 소파에 앉았다.

유성희에게는 겉만 말한 것이다.

그리고 여자관계의 본질적인 문제는 자신이다.

오는 사람 막지 않고 가는 사람 잡지 않는다는 본질이 무엇인가?

바로 정착에 대한 회피다.

그것이 자신감의 부족인지 뭔지는 아직 모르겠다.

그래서 배신에 화가 나지 않는 것 같다.


다음 날 오전.

회사에 출근했더니 유성희가 맞았다.

오후에 출국하기 때문에 결재할 서류가 남아있었다.

서류 결재를 끝냈을 때 유성희가 고개를 들고 이태진을 보았다.

굳은 표정이다.

"사장님은 그렇게 말씀하셨지만 저는 제 입장이 있습니다. 제 입장을 말씀 드릴게요."

이태진의 시선을 받은 유성희가 말을 이었다.

"저는 사장님 믿음을 배신했습니다. 그것이 제 양심입니다. 사장님의 말씀 이 위로가 되겠지만 가책을 느끼고 살겠습니다."

유성희의 얼굴이 붉어졌다.

"그리고 감사합니다. 열심히 살게요."

"다행입니다."

자리에서 일어선 이태진이 손을 내밀었다.

"이렇게 만나고 헤어지면 얼마나 좋겠어요?"

유성희는 시선을 내린 채 이태진의 손을 힘주어 잡았다.


오후에 제다로 날아갈 때는 하드람이 옆자리에 앉았다.

"유 박사하고 정리했어."

문득 이태진이 입을 열었더니 하드람은 시선만 주었다.

유성희가 그대로 회사에 나오기로 했다고 말했을 때 하드람은 한숨을 쉬 었다.

"대단하십니다, 보스."

"어디, 이런 일이 한두 번이어야지."

놀란 하드람이 눈을 크게 떴다.

"또 있습니까?"

"많아."

이태진이 쓴웃음을 지었다.

"다 내 잘못이야."

"여자들 잘못입니다."

"그러다간 나는 여자 때문에 일 다 망칠 거다."

"왜 그렇습니까?"

"여자가 하나둘이어야지."

"그래도…."

"다 완벽하게 장악하려면 딴 일도 못 해. 나에게 여자는 스쳐 지나는 꽃바람이야."

"그렇지 않은 상대도 있을 것입니다."

"있겠지."

고개를 든 이태진이 정색했다.

"없어도 그만이고."

하드람이 어깨를 늘어뜨리더니 입을 다물었다.

하드람에게 처음으로 여자 문제를 털어놓았다.

김봉철한테도 말하지 못했던 내심이다.

아마도 하드람이 가끔 만나는 심복이기 때문인 것 같다.


제다에 도착한 날 오후 9시경이 되었을 때, 방으로 전화가 왔다.

전화기를 든 이태진이 응답하자 수화기에서 여자 목소리가 울렸다.

"나야. 지금 도착했어."

정예은이다.

"지금 방으로 가도 되겠어?"

같은 호텔에 투숙하고 있는 것이다.


잠시 후에 방으로 들어선 정예은이 웃음 띤 얼굴로 이태진을 보았다.

"강신형 변호사하고 배인준 변호사, 그리고 총무부장, 차장까지 다섯 명이 왔어."

소파에 앉은 정예은이 말을 이었다.

"회장님이 고맙다는 말씀을 꼭 전하라고 하셨어."

"고맙긴."

쓴웃음을 지은 이태진이 정예은을 보았다.

"계약서는 제대로 만들었지?"

"오마르하고 50 대 50으로, 투자도 동률. 자기가 말한 대로."

"오마르한테도 이야기했으니까 내일 사인할 거야."

이태진이 정예은이 내민 계약서 카피를 받아들었다.

이로써 오마르를 통해서 수출되는 대영 브랜드는 상표권을 굳히게 되었다.

오마르가 함부로 운용할 수가 없게 된 것이다.

지금까지는 바이어인 오마르에게 휘둘렸던 대영이다.

이제 오마르와 중동에서 절반씩 지분을 나눠 갖게 되었다.

이태진이 지원하지 않았다면 오마르가 대영 브랜드의 전권을 행사하게 될 뻔했다.

이태진이 정예은을 보았다.

"내일 오후 3시에 오마르하고 약속했어. 준비해."

"알았어."

고개를 끄덕인 정예은이 이태진을 보았다.

어느새 얼굴이 상기되어 있다.

자리에서 일어설 기색이 아니다.


다음 날 오마르의 사무실에서 3자 회동이 있었다.

오마르도 변호사를 데려왔기 때문에 양측이 계약서를 검토한 후에 단어 몇 개와 기간을 약간 조율한 후에 계약서에 사인을 했다.

이태진은 보증인으로 참석했기 때문에 회의에서 조정 역할을 했다.

이윽고 계약이 완료되었을 때는 오후 5시가 되어갈 무렵이다.

양측은 웃음 띤 얼굴로 악수를 나누었다.

대영 브랜드가 공식적으로 중동지역에서 자체 브랜드를 독립시킨 순간이다.


그날 저녁.

호텔 양식당에서 이태진과 정예은이 식사를 했다.

오후 8시 반.

스테이크를 썰면서 정예은이 말했다.

"이제는 우리도 자주적으로 중동은 물론 세계로 진출할 수 있게 되었어. 고 마워."

"오마르를 뛰어넘어야 해."

포크를 쥔 이태진이 정예은을 보았다.

"그럴 목적으로 이번에 계약을 한 것이니까."

"오마르도 알고 있겠지?"

"알고 있어. 하지만 어쩔 수가 없는 노릇이지."

"자기한테 서운해하지 않을까?"

"만일 그런 생각이 들었다면 나하고 더 이상 관계를 이어갈 수 없지."

이태진의 얼굴에 웃음이 떠올랐다.

"오마르가 크게 되려면 앞으로 나를 이용해야 될 테니까."

"자신만만하네."

"그 정도는 되어 있어."

"자기는 시간이 지날수록 달라져."

"똑같아."

"뭐가?"

"바탕."

고개를 든 이태진이 정예은을 보았다.

"내 주변에서 여자들이 자꾸 떠난다."

"무슨 말이야?"

정예은이 정색했다.

어느덧 포크를 내려놓고 상반신을 세웠다.

어젯밤에도 이태진은 계약서를 보겠다면서 정예은을 방으로 돌려보냈다.

그때 이태진이 말을 이었다.

"정리된다는 말이지."

"무슨 일 있어?"

"카이로에 있던 여자가 떠났어. 아니 떠나보냈지."

"…"

"옛 남자를 만나서 떠난 거야. 젠장. 그래서 잘됐다면서 돌려보냈지."

눈썹을 모은 이태진이 정예은을 보았다.

"어자가 고맙다고 했어. 너하고는 다른 경우지."

"왜 나를 끌어들여!"

갑자기 정예은이 발칵 성을 내었다.

눈까지 올려 뜨고 있다.

그것을 본 이태진이 눈썹을 모았다.

"다르잖아? 넌 다시 만났고, 그 여자는 떠났고."

"이게 만난 거냐?"

"그럼 아니냐?"

"여자 또 있어?"

"결혼하려고 했던 여자도 떠났어."

"언제?"

"석 달쯤 되었나?"

"나 만날 때네."

"그런가?"

"양다리 걸친 거야?"

"세 다리, 네 다린가?"

"나한테 죄책감 덜어주려고 그러는 거지?"

"내가 그렇게 오지랖이 넓니?"

"하긴 그래."

"뭐가?"

"자기는 집중력이 떨어졌어, 나하고 만날 때도."

정예은이 눈을 가늘게 떴다.

"다 채워지지 않았어."

"꽉 찬 느낌이 들던데, 항상."

"시끄러."

눈을 흘긴 정예은이 이태진을 보았다.

"이제 조금 알 것 같네."

"현이는 잘 크냐?"

"저 봐, 이런 때 꼭 말 돌리는 것."

"그 정도까지 알면 넌 나한테 익숙해졌어."

"내가 사랑해줄게."

불쑥 말한 정예은이 똑바로 이태진을 보았다.

"그리고 네가 떠나라고 할 때까지 절대 배신하지 않을게."

그때 이태진이 빙그레 웃었다.

"그 립 서비스, 고맙다. 금방 잊을게."


정예은의 몸은 뜨거웠다. 그리고 달콤했고 향기로웠다.

느낌일 것이다.

정예은이 말은 하지 않았지만 몸의 반응만으로도 수백 마디 말을 대신했다.

이 순간이 지나면 뒤집히게 되더라도 지금은 일체가 되어있다.

'무엇을 더 바란단 말이냐?'

이태진의 머릿속에 떠오른 생각이다.

'욕심을 버리면 기쁨이 배가(倍加)된다.'


다음 날 오전.

호텔에서 정예은과 헤어진 이태진이 하드람과 함께 사마르칸트로 떠났다.

정예은은 개성공단 때문에 바로 서울로 돌아가야 한다.

"하드람, 네가 앞으로 두바이를 맡아야겠다."

비행기 안에서 이태진이 하드람에게 말했다.

"두바이가 곧 중동 시장의 중심이 될 거야. 네가 사무실에서 부동산과 시장 관리를 해야겠다."

하드람도 이태진과 함께 두바이를 자주 들른 터라 고개를 끄덕였다.

"예, 사장님."

"사마르칸트에서 넌 두바이로 가서 사무실을 만들도록."

이태진이 말을 이었다.

"두바이에 곧 대영, 오마르 사업장도 문을 열 테지만 우리도 서둘러야 해."

무스타파와 함단, 이제는 아즈란까지 두바이에 부동산을 매입하려는 상황이다.


사마르칸트 공장은 이미 제품을 생산 중이다.

함단 오더로 고가품이었는데 함단한테 보낸 시제품도 컨펌을 받아 놓았다.

타슈켄트를 거쳐 사마르칸트에 도착했을 때는 오후 5시 반이다.

공장으로 직행한 이태진이 출장 나온 고재규로부터 보고를 받는다.

"대영에서 온 기능사원 15명이 현재 북한과 사마르칸트 현지인 250명을 교육하는 중입니다."

생산 작업은 대영 기능사원 45명이 현재 작업 중인 것이다.

대영에서는 디자인팀까지 77명이 파견 나와 있다.

고재규가 말을 이었다.

"대영은 개성공단 작업까지 맡아서 정신이 없습니다. 대영 사원들은 제2의 창업이라고 합니다. 그리고…."

사장실에는 둘뿐이었기 때문에 고재규가 쓴웃음을 지었다.

"그것이 모두 사장님 덕분이라고 말하고 있습니다. 은인이라는 것입니다."

"배신자가 되었다가 이제는 은인이냐?"

"글쎄 말입니다."

"내가 제다에서 대영 브랜드 권리를 확보해주었다."

이태진이 오마르와의 계약 이야기를 해주었더니 고재규가 고개를 끄덕였다.

"은인이 맞습니다."

고재규의 표정에 자부심이 번졌다.


민우석의 전화가 왔을 때는 사마르칸트에 머문 지 사흘째가 되는 날이다.

조금 놀란 이태진이 응답했다.

"예, 회장님."

"이 사장님, 중동에 나가셨다고 해서 찾았더니 사마르칸트에 계셨군요."

"예, 여기 공장에 있습니다."

"사마르칸트의 공장은 잘됩니까?"

"이제 막 본 작업 제품을 생산하고 있습니다."

"그렇군요. 그쪽에 기능공이나 생산 인프라가 갖춰졌습니까?"

"현재로서는 원자재를 제외하고 부자재 절반 정도는 한국에서 공수해 옵니다."

"어이구, 원가가 엄청나게 높아지겠는데."

"고가품을 넣었지만 제품도 공수해야 되니까 적자 생산입니다."

"그렇죠. 우즈베키스탄이 내륙국가라 선박으로 운반할 수는 없지요."

그러더니 민우석이 수화기에 대고 한숨 소리를 내었다.

"이 사장, 그러고 보면 개성공단은 조건이 좋군요."

"그런 셈입니다."

"그런데 우리 아테네 공장은 어떻습니까?"

261

그때 이태진이 숨을 들이켰다.

이것 때문이다.

민경준이 말했던 아테네 공장과의 합작 이야기가 떠올랐다.

민경준이 구속된 지금 민우석이 나선 것이다.

민우석이 말을 이었다.

"아테네 공장은 개성공단보다도 좋지 않습니까? 주위에 원부자재를 공급할 인프라가 충분하게 있습니다. 오더만 있으면 당장이라도 생산이 가능하지요."

"…"

"숙련된 기능공들도 갖춰졌고 중동지역에서 가깝지 않습니까?"

"그렇지요."

"이곳 개성공단은 생산이 순조롭게 되어가고 있습니다. 어떻습니까? 아테네 공장을 한번 봐 주실랍니까?"

"글쎄요."

이태진이 어깨를 폈다.

호기심은 일어나지만 민우석이 권한다고 아테네까지 일부러 갈 필요가 있는가?

이태진이 숨을 골랐다.

"며칠 후에 연락드리겠습니다."


오후 2시 반.

함께 귀국하려고 준비하던 고재규를 불러 이태진이 아테네 공장 이야기를 했다.

"어떻게 생각해?"

설명을 마친 이태진이 물었을 때 고재규가 바로 대답했다.

"생산기지로 적당합니다."

고재규가 말을 이었다.

"인건비, 원부자재 가격, 기능공 기술력 등을 따져봐야겠지만 위치는 적당합니다. 물론 오더가 보장되는 경우에 말씀이죠."

"민 회장은 나한테 설명 안 했지만 난 이미 중정으로부터 정보를 받았어. 공장은 현재 넉 달째 오더가 없어서 휴업 중이야."

"무책임하게 공장을 인수했군요."

"170만 불로 인수했는데 320만 불을 지불했다고 서류를 위조하고 150만 불을 외화로 도피시켰어. 그것도 이번의 구속 사유에 포함되었지."

"그렇다면 170만 불보다 싸게 인수할 수 있겠습니다."

"같이 동업하자는 거야. 판다는 이야기는 하지 않았어."

"그럼 포기하시지요."

고재규가 정색하고 이태진을 보았다.

"아테네에 다른 공장들도 많을 것입니다. 다른 공장을 인수하시지요."

그 순간 이태진이 숨을 들이켰다.

그리고는 커다랗게 고개를 끄덕였다.

"너 때문에 내가 우물 밖으로 뛰어나왔다."


"그놈에게 아테네 공장은 입에 딱 맞는 떡일 거다. 떡을 싫어한다면 빵일 수도 있지."

민우석이 정색하고 민혜진을 보았다.

"아테네 공장을 공동 운영하는 것이 우리 목표야. 장기 계약도 되고 최대한 양보해서 반씩 지분을 나누는 것이지. 이태진이 그 공장의 매입 단가는 170만 불인지는 알 테니 200으로 쳐서 1백만 불을 받아내는 거다."

호흡을 가눈 민우서이 말을 이었다.

"만일 이태진이 관심이 있다면 네가 가서 결정해라."

이렇게 민혜진은 오더를 받았다.

회장인 아버지한테서 받은 첫 오더다.


"이태진은 지금 사마르칸트에 있습니다. 중동지역을 돌아다니다가 옮겨간 것이지요."

김재성 상무가 보고했다.

동우상사의 전무실 안.

이제 동우그룹의 공식적인 후계자로 선정된 민혜진이 김재성의 보고를 받는다.

오후 4시 반.

김재성이 말을 이었다.

"이태진은 함단사의 동업자로 한국에서는 51퍼센트의 지분을 보유하고 있습니다. 거기에다 사우디의 유력자인 무스타파의 대리인으로 투자, 사업 관리를 맡고 있지요. 한국 내의 재산은 1백억 대 정도지만 해외의 재산은 알 수 없습니다."

숨을 고른 김재성이 민혜진을 보았다.

김재성은 38세.

금테 안경을 썼고 이지적 용모다.

서울대 경영학과 졸.

동우호텔에서부터 민혜진의 최측근이다.

"그런데 이태진은 중정과 밀착되어 있습니다. 이번 개성공단에 들어간 오더도 이태진이 따낸 것이거든요. 중정이 이태진을 지원하고 있습니다."

당연한 일이다.

이태진 때문에 남북한 공조, 화해 분위기가 조성되고 있는 것이다.

민혜진이 고개를 들었다.

"당연한 일이지요. 그런데 이태진의 성격은 어때요?"

"영업력은 뛰어납니다. 대영산업이 그 때문에 수출기업으로 두각을 나타낸 겁니다."

"…"

"하지만 그것을 기반으로 대영산업을 흡수해버린 것이나 같지요. 함단사의 오더를 생산하는 하청업체가 되었으니까요."

"…"

"대영산업의 후계자였던 정진호가 지금은 함단사의 상무가 되어서 이태진의 지시를 받습니다. 대영산업은 이제 생산업체로 국내시장만 장악하고 있지요."

"…"

"이태진의 술수가 뛰어나다고 봐야 합니다."

그때 민혜진이 말했다.

"이태진한테 아테네 공장 문제로 협상을 해야 돼요. 준비를 철저히 해놓아야겠어요."


"이곳에서 내수판매를 해야 돼."

이태진이 말하자 정진호가 눈을 껌벅였다.

정진호는 사마르칸트에 조금 전에 도착한 것이다.

이태진이 불렀기 때문이다.

공장의 사장실 안.

소파에는 지사장 소냐까지 셋이 둘러앉았다.

이태진이 말을 이었다.

"공장에서 내수용을 함께 생산하는 것이 바람직해. 그건 대영산업이 모범이야."

정진호는 고개를 끄덕였다.

대영산업은 내수용 판매를 기반으로 기업을 시작했다가 수출을 한 것이다.

대영산업은 내수 기반이 단단하고 30년 경험이 있는 회사다.

이태진이 정진호를 보았다.

"이곳에 함단사의 내수 기반을 만들어봐. 이곳을 시작으로 동구권 시장을 굳혀가기로 하자."

"알겠습니다."

"그런데."

이태진이 숨을 고르고 나서 말을 이었다.

"브랜드는 '대영'으로 해라."

"네?"

"대영산업의 대영 말이야."

"사장님, 함단사 제품이니 새 브랜드를 만들어야 되지 않겠습니까?"

"이미 중동에 대영 브랜드가 굳혀지고 있어. 며칠 전에 오마르하고 두바이에 대영 브랜드 통합 영업장을 세우기로 계약했어. 알고 있지?"

"들었습니다."

"그 연장선상으로 보면 된다. 대영 브랜드가 시너지를 받아야 된다."

그때 정진호가 고개를 들었다.

"알겠습니다."

이태진이 소냐를 보았다.

"소냐도 적극 협조하도록."

"네, 사장님."

소냐로서는 우즈베키스탄에서 사업이 확장되는 터라 더 바랄 것이 없다.

밝은 표정이다.


민우석이 민혜진을 불렀을 때는 오후 10시 반.

저택에 돌아왔을 때다.

먼저 와서 제 방에 들어가 있던 민혜진이 응접실로 나왔을 때 민우석이 물었다.

"공단 진행 상황은 어떠냐?"

"본격적으로 생산 작업을 하고 있어요."

"한 달 반 만에 생산이 시작되는군. 빠르다."

"설치를 맡은 우리 측은 90퍼센트 이상 공사를 끝냈습니다."

"잘했어."

"건설 본부장이 잘했지요."

시설과 설치를 맡은 동우그룹은 동우건설 사장이 건설 본부장을 맡았다.

그러나 동우 측의 대표자는 민혜진이다.

민우석이 고개를 끄덕였다.

"이젠 대영이 생산만 하면 되겠군."

"예, 아버지."

"오후에 이태진한테서 전화가 왔다."

민우석이 지나는 말처럼 본론을 꺼냈다.

긴장한 민혜진이 고개를 들었다.

민우석이 말을 이었다.

"아테네 공장에 대해서 상의를 하자는구나. 아테네에서 말이다."

"…"

"네가 가봐야겠다."

"네, 아버지."

"이태진에 대한 자료는 다 수집해 가지고 가야 해. 임기응변이 뛰어난 놈이니까."

"네, 아버지."

"내 의도를 알았을 테니까 밀어 붙여봐."

"알겠습니다."

민혜진이 자리에서 일어섰다.

"준비되는 대로 출발하겠어요."


오후 7시 반.

이태진이 전화기를 귀에 붙인 채 응답을 기다리고 있다.

한국은 오후 11시 반이다.

그때 신호음 3번 만에 응답 소리가 들렸다.

"여보세요."

아버지다.

"아버지, 저요."

"응, 그래. 어디냐?"

"사마르칸트에 있습니다. 우즈베키스탄요."

"그렇구나. 개성공단은 잘되지?"

"잘됩니다. 어머니는 주무세요?"

"그래. 네 어머니는 일찍 자지."

"아버지는 술 드셨어요?"

"안 마셨다. 뭘 좀 쓰고 있다."

"…"

"내 옛날이야기, 만주 시절의 이야기를 쓰고 싶어서."

이태진이 숨을 골랐다.

자신도 아버지의 옛날을 떠올렸기 때문이다.

그때 아버지가 말을 이었다.

"너를 보니까 내 경험을 전해주고 싶은 생각이 솟구치고, 자꾸 조급해지는구나. 아무래도 그것이 네가 내 전철을 밟지 않게 하려는 것 같다."

"아버지도 참."

"그것을 몇 마디의 말로, 또는 앉아서 이야기로 하는 것보다 글로 써놓는 것이 나을 것 같아서."

"아버지, 그럼 써주세요."

이태진이 말을 이었다.

"제가 다 읽을 테니까요."

"1944년이 낫겠지?"

"뭐가요?"

"글이 시작되는 시기가."

"그때가 어떤 시기인데요?"

"해방 전. 그때는 다음 해에 일본이 항복하고 패망하리라는 생각을 못 했지."

"…"

"관동군 이동이 많았지만 만주지역은 일본이 지배하는 세상이었지."

아버지의 목소리는 가라앉았다.

"나는 만척에서 전성기를 구가하는 중이었고… 대일본제국의 일원으로 말이다."

그때 이태진이 불쑥 물었다.

"아버지, 다카기 마사오는요?"

"다카기?"

되물었던 아버지가 짧게 웃고 나서 말했다.

"그렇지. 다카기가 만세를 불렀을지 모르겠다."

"아버지가 만세를 불렀을 때처럼요?"

"내가 언제?"

말을 그쳤던 아버지가 억양 없는 목소리로 말했다.

"내가 그때 만세를 불렀던가?"


다음 날 아침.

민우석이 또 전화를 해왔다.

아테네에서 상의해보자고 이태진이 연락하고 나서 사흘 후다.

"이 사장, 내 대신 민 전무를 보낼 거요. 아테네에서 민 전무를 만나 협상을
해주셔야겠어요.

민우석이 웃음 띤 목소리로 말을 잇는다.

"젊은 사람들끼리 생각하는 것도 비슷할 테니까. 잘되기를 바랍니다."

"알겠습니다, 회장님."

"5월 15일에 아테네에 도착할 겁니다."

민우석이 말하고는 통화가 끝났다.

4일 후다.


사마르칸트 공장에는 중정 요원 윤동호와 김정길이 주재하고 있다.

북한 대외사업국 요원들도 주재하고 있는 터라 양측은 진즉부터 남북 공조

가 이루어져 있다.

윤동호가 이태진의 숙소로 찾아왔을 때는 오후 9시경이다.

이태진의 숙소는 사마르칸트 호텔이다.

자리에 앉은 윤동호가 입을 열었다.

"남북한 협력은 잘되고 있습니다. 상부의 지시를 받았는지 북측 요원들이나 근로자들도 전혀 거부감을 보이지 않습니다."

고개만 끄덕인 이태진에게 윤동호가 말을 이었다.

"남북한 근로자 소통도 자연스럽긴 하지만 북측은 사적 소통을 금지하는 상황입니다."

"그쯤은 감수해야지요."

그러자 윤동호가 고개를 들었다.

"남북 간 남녀관계 관리가 좀 힘듭니다. 젊은 사람들 간의 감정 문제여서요."

"그렇군요."

그때 윤동호가 쓴웃음을 지었다.

"지사장 소냐하고 정진호 상무가 요즘 자주 만납니다. 소문이 다 났어요."


공항으로 소냐와 정진호가 배웅을 나왔다.

출국장의 커피숍으로 둘을 따로 부른 이태진이 입을 열었다.

"내가 왜 부른지 아나?"

앞쪽에 나란히 앉은 둘이 시선을 주었다.

이태진이 말을 이었다.

"너희들 둘이 사귀는 건 좋은 일이야. 나도 기뻐."

순간 소냐의 얼굴이 빨개졌고 정진호는 시선을 내렸다.

"잘되기를 바란다. 그러려면 둘이 표시 안 나도록 만나는 게 중요해."

"…"

"이건 내가 겪은 경험이야. 조심하도록 해. 너희들을 위해서 하는 말이다."

"조심하겠습니다."

먼저 정진호가 대답했다.

"제가 경솔했습니다."

"알겠습니다."

소냐도 고개를 숙인 채 말했다.

탑승 방송이 울렸기 때문에 이태진이 자리에서 일어섰다.

이것은 정진호에게 하는 말이다.

정진호가 소냐하고 결혼할 가능성은 희박한 것이다.

정병현 회장이 허락할 리가 없다.

# 6장 우리는 치열하게 살았고 견디어 내었다

아테네에 도착했을 때는 오후 5시 무렵이다.

공항에는 고재규와 하드람이 마중 나와 있었는데, 먼저 와 있었기 때문이다.

시내로 들어가는 차 안에서 먼저 고재규가 말했다.

"동우상사에서 인수한 크레노스 공장은 건물과 기계만 남아있습니다. 공장은 가동을 중지한 지 넉 달이 되었습니다."

하드람이 말을 이었다.

"크레노스 공장과 유사한 공장이 아테네 주변에만 43개가 있습니다. 그중 매물로 내놓은 공장이 5곳, 일거리가 없어서 가동을 줄이고 있는 공장이 18곳, 정상적으로 운영되는 공장은 절반도 안 됩니다."

이태진의 얼굴에 웃음이 떠올랐다.

"호텔에 들어가서 자세히 검토해보지."

둘을 먼저 아테네로 보내 사전 조사를 시킨 것이다.


민혜진이 아테네에 도착한 것이 다음 날이다.

민혜진은 김재성과 실무 담당 직원 넷을 데리고 왔다.

다섯 명이 시내의 아크로폴리스 호텔에 투숙했을 때는 오후 3시 무렵이다.

김재성이 민혜진에게 말했다.

"제가 공장에 가서 회의 준비를 해놓고 오겠습니다."

민혜진이 고개를 끄덕였다.

내일 오전 11시에 크레노스 공장에서 회의를 하기로 했던 것이다.

"이태진도 아마 지금 아테네에 와 있을 거예요."

"그렇겠지요."

김재성이 말을 이었다.

"사마르칸트 공장보다 아테네 공장의 조건이 훨씬 낫습니다."

그렇다.

인건비만 높을 뿐이다.


오후 9시 반.

저녁 식사를 마친 이태진과 하드람, 고재규가 호텔 바에서 술을 마시고 있다.

바 안은 조용하다.

낮은 재즈 음악이 바닥에 깔린 양탄자 위로 스며드는 것처럼 울리고 있다.

창밖으로 시내의 야경이 보인다.

아테네는 수천 년의 고도라 유적지가 많다.

아크로폴리스의 파르테논 신전이 조명을 받아 웅장한 자태를 드러내고 있다.

신전에서 고개를 돌린 이태진이 둘을 보았다.

"민경준 덕분에 아테네라는 공장 단지를 알게 되었어."

둘은 시선만 주었고 이태진이 말을 이었다.

"한국이 세계로 뻗어 나갈 교두보 중의 하나가 될 가능성이 있는 곳이야."

"사마르칸트보다 조건이 훨씬 낫습니다."

고재규가 말을 받는다.

"리비아 오더는 개성공단, 한국에서 다 처리하게 되었지만, 이곳의 공장을 이용하면 유럽과 중동에 고가품을 빨리 공급할 수 있습니다."

이태진이 고개를 끄덕였다.

"두바이에 '대영, 오마르' 브랜드의 사업본부가 설치되었어. 내가 대영의 정 실장을 불러서 오마르와 계약서에 사인했어."

정색한 이태진이 말을 이었다.

"대영 브랜드는 사마르칸트 공장, 아테네 공장까지 운영할 수 있게 되는 것 이지."

그때 옆으로 여자들이 다가왔다.

호텔에 상주하다시피 하는 콜걸들이다.

요란한 화장을 해서 바 안이 어두웠지만 얼굴 윤곽이 선명하게 드러났다.

셋이다.

옆쪽 테이블에 앉은 여자들이 노골적인 추파를 보내고 있다.

고개를 돌린 하드람이 말했다.

"그리스에 실업자가 많습니다. 저 여자들도 얼마 전에는 제대로 된 직장에 다녔을 것입니다."

목소리를 낮춘 하드람이 말을 이었다.

"불황입니다."

이태진이 고개를 끄덕였다.

공장 가격도 더 떨어진 상황이다.


다음 날 오전 10시.

이태진 일행이 공장으로 들어서자 동우 측 직원이 안내했다.

공장 회의실에서 기다리던 민혜진과 김재성이 이태진을 맞았다.

"여기서 뵙게 됩니다."

이태진이 웃음 띤 얼굴로 인사를 했고 민혜진도 손을 내밀어 악수를 청했다.

"공장 구경부터 하실까요?"

민혜진의 제의에 이태진은 공장을 둘러보았다.

공장은 비었지만 깨끗하게 정돈되었고 기계도 다 갖춰졌다.

한낮이지만 환하게 불을 밝히고 있다.

3개 동의 건물.

정상적으로 가동되었을 때 250명이 일하게 되는 공장이다.

다시 회의실로 돌아왔을 때 김재성이 말했다.

"공장이 가동되면 근로자들이 모두 출근할 수 있을 겁니다. 공장 가동에는 전혀 문제가 없습니다."

이태진이 고개를 끄덕였다.

다시 김재성이 이태진에게 물었다.

"어떤 방식으로 하실까요? 합작 방식으로 50 대 50의 지분을 갖고 공동 운영을 하거나 공장 전체를 매각할 수도 있습니다만."

그때 고재규가 입을 열었다.

"그 두 가지 조건에 대한 동우상사 측의 조건을 말씀해주시지요."

"합작 방식은 50퍼센트의 지분 대가로 1백만 불을 받았으면 합니다. 전체 매각 비용은 2백만 불이 되겠습니다."

고재규가 고개를 끄덕였다.

"상무님, 이 공장의 실제 인수 가격이 170만 불인 것 아시지요?"

"압니다만."

김재성의 얼굴에 조금 곤욕스러운 기색이 스치고 지나갔다.

민경준은 320만 불로 구입했다고 서류를 위조하고 150만 불의 외화는 도피

시켰다.

그 내용으로 언론에도 보도된 것이다.

고재규가 정색하고 김재성을 보았다.

고재규는 경력은 짧지만, 이태진의 수족이 되어서 지금까지 숨소리까지 닮게 된 최측근이다.

그것이 경륜으로 살아나 김재성과 상대하고 있다.

그때 고재규가 말했다.

"우리가 동우와 합작 또는 동우 공장을 매입해야 할 이유를 말씀해주실 수 있습니까?"

"그거야….."

말을 멈춘 김재성이 심호흡을 했다.

새파란 놈.

부장급이지만 벼락 진급을 한 놈에게 모욕을 당한 느낌이 든 것이다.

그때 민혜진이 입을 열었다.

"그것은 동우그룹의 회장님과 함단사 사장님의 정책적인 합의가 있었기 때문이죠."

앞에 앉은 이태진이 지목된 것이다.

그렇게 말할 수밖에 없는 상황이다.

그때 이태진이 말했다.

"민 회장님은 함단사와의 제휴를 원하셨고 나도 그 생각에 합의한 겁니다. 그래서 말씀인데 앞으로 그리스에서의 동우그룹의 계획을 듣고 싶습니다."

민혜진이 바로 대답했다.

"함단사의 오더를 동우그룹과 함께 진행하는 것이죠. 우리는 자금과 인력을 적극 지원하게 될 겁니다."

정색한 민혜진이 말을 이었다.

"이미 중동지역에 기반을 굳힌 함단사의 능력과 동우가 연합하는 것입니다."

이태진이 고개를 끄덕였다.

"잘 알겠습니다. 이제 분명하게 입장이 전달되었군요."

고개를 돌린 이태진이 고재규를 보았다.

"이해하겠나?"

"예, 사장님."

고재규가 고개를 끄덕이며 말을 이었다.

"저는 이제 말씀드릴 것이 없습니다."

그때 이태진이 민혜진에게 말했다.

"아테네에만 크레노스 같은 공장이 43개 있습니다. 그중 매물로 내놓은 공장이 5곳, 가동률 50퍼센트 미만인 공장이 18곳, 정상적으로 운영되는 공장은 절반도 안 됩니다."

이태진의 얼굴에 쓴웃음이 떠올랐다.

"이제 우리 둘이 이야기해 보십시다."


둘이 옆쪽 사장실로 옮겨가 마주 앉았다.

새로운 국면이다.

민혜진은 예상하지 못한 것 같다.

그래서 처음에는 주춤거렸다가 곧 평정을 찾더니 이쪽으로 앞장서 온 것이다.

테이블을 사이에 두고 마주 앉았을 때 민혜진이 먼저 말했다.

"아버지쯤 되면 자신이 뭘 제안했을 때 상대방이 일단 긍정적으로 듣는다는 버릇이 드실 만해요."

"…"

"그리고 지금까지 대가 없이 받은 적도 없으셨구요."

민혜진의 얼굴에 쓴웃음이 번졌다.

"저도 그래요. 동우에서 제의했으니까 상대가 긍정적으로 받아들일 것이라는 선입견이 있었죠."

그때 이태진이 고개를 들고 민혜진을 보았다.

"회장님은 나를 민 전무님 파트너로 염두에 두고 계셨던 것 같습니다. 짐작하고 계셨지요?"

"그래요. 그러니까 이런 자리가 만들어졌겠지요."

민혜진이 다시 웃었다.

"지난번에도 말씀드렸지만 어른들 생각은 좀 단순해요."

"부모 마음은 다 그렇죠."

고개를 끄덕인 이태진이 민혜진을 보았다.

"그래서 난 회장님의 희망을 조금 도와드린다는 생각에서 여기까지 온 겁니다."

"수고하셨네요. 이 공장 그냥 놔둬도 상관없어요. 빈 공장도 많은데요, 뭘."

"아니. 아테네에서 조사를 해보았더니 이곳이 중동 수출의 요지가 될 수 있어요."

이태진이 말을 이었다.

"폐업한 공장까지 다 사들일 겁니다."

"…"

"공장이 가동되면 당장 생산할 오더도 준비가 되어 있으니까요."

"…"

"대영 브랜드로 말입니다. 동우가 자체 브랜드를 만든다면 그것도 생산할 수가 있지요."

"…."

"그런데, 참."

이맛살을 찌푸린 이태진이 민혜진을 보았다.

"그때 저한테 뜬금없는 말씀을 하시기에 조사를 좀 시켰지요. 그랬더니…."

이태진이 주머니에서 손바닥만 한 녹음기를 꺼내더니 테이블 위에 놓았다.

"아테네에서 이런 대화를 듣게 되실 줄은 예상 못 하셨겠지만, 들어보시죠."

이태진이 버튼을 누르자 곧 사내의 목소리가 울렸다.

"어차피 그 여자는 바빠. 일 때문에 외국에도 자주 나가고. 넌 걱정 안 해도 돼."

처음에는 눈만 깜빡였던 민혜진의 얼굴이 하얗게 굳어졌다.

애인 박정배다.

그때 박정배가 말을 이었다.

"내가 걔하고 결혼을 해도 너하고의 관계는 계속될 거야. 네가 교수가 될 때까지 네 옆에 있을 거다."

"이렇게 이중생활을 한단 말이에요?"

여자의 목소리가 울렸을 때 민혜진이 숨을 들이켰다.

그때 박정배가 짧게 웃었다.

"이중생활을 하는 사람이 어디 하나둘이냐? 난 정년까지 교수로 일할 것이고 적성에 맞아. 민혜진은 동우그룹의 후계자가 되겠지."

"자식들도 낳고 말이죠?"

"그래. 하지만 난 너를 놓치고 싶지 않아, 안나야."

"나도 아이 낳아도 돼요?"

"네가 원한다면. 아이 낳고 교직에 그대로 나갈 수도 있어."

박정배가 말을 이었다.

"돈은 얼마든지 대줄 테니까 걱정 말고."

그때 이태진이 버튼을 눌러 녹음기를 껐다.

민혜진이 외면한 채 벽을 바라보고 있었는데 숨도 쉬는 것 같지가 않다.

이태진이 그 옆얼굴에 대고 말했다.

"내 주변에 이런 일이 많아요. 아마 나뿐만 아니라 다른 사람들도 이렇게 조사를 하면 10명 중 5명은 이런 사연이 있을 것 같다는 생각이 듭니다."

"…"

"하지만 다 모르고 사는 것이지요. 난 여자 뒷조사를 시킨 것을 후회한 적도 있지만 이제는 버릇이 되었습니다."

"…"

"민혜진 씨를 만날 생각이 없었는데 솔직히 아테네에 온 이유 중의 하나가 이 녹음테이프를 들려주고 싶었기 때문이었어요."

그때 민혜진이 고개를 들고 이태진을 보았다.

시선이 마주치자 이태진이 얼굴을 펴고 웃어버렸다.

그 순간 숨을 들이켰던 민혜진이 따라 웃었다.

"나, 참."

민혜진이 한 소리다.

그러자 이태진이 웃으면서 물었다.

"웃기는 놈이죠?"

"진짜 웃기네요."

"그, 박정배를 말한 겁니다, 나는."

"난 당신이 웃긴다고 했어요."

"어떤 놈이 됐건 웃으면 됐지."

녹음기를 주머니에 넣으면서 이태진이 자리에서 일어섰다.

"자, 제휴 합의를 한 것으로 할까요?"

그때 따라 일어선 민혜진이 고개만 끄덕였다.


그날 밤.

호텔 바 안.

어젯밤 하드람, 고재규와 마시던 테이블에서 이태진과 민혜진이 앉아 파르테논 신전을 바라보고 있다.

술잔을 든 이태진이 민혜진의 옆얼굴에 대고 말했다.

"정리 잘 해요. 내가 그런 경험이 많으니까 도와드릴 수도 있는데."

민혜진이 파르테논 신전만 보고 있었기 때문에 이태진은 말을 이었다.

"우리의 앞날은 예측할 수도 없지만 정상적인 관계는 못 될 거요. 하지만 서로 도울 수는 있겠지."

그때 민혜진이 고개를 돌려 이태진을 보았다.

"도와줘요."


다음 날 오후에 이태진은 고재규와 함께 아테네를 떠났고 하드람은 카이로로 돌아갔다.

민혜진 일행은 하루 더 머물다가 귀국한다고 했다.

동우상사와는 크레노스 공장의 정상화에 협조하겠다는 구두 약속을 해준 것으로 끝냈다.

이태진이 동우의 도움을 바라지 않았고 민혜진도 마찬가지 심정이었기 때문이다.

민우석의 기대가 아테네 현장에서 허물어진 셈이다.

그러나 양측의 소득은 컸다.

이태진은 아테네라는 생산 요지를 발견하게 되었고, 민혜진은 주변 정리를 할 수 있게 되었다.

크레노스 공장 정상운영은 동우상사가 처음부터 기대했던 목표이기도 하다.

이태진의 구두 약속만으로도 큰 소득이다.

민혜진은 회담이 끝났을 때 꿈에서 깨어난 느낌이 들었다.

현실을 느낀 것이다.

그것은 이태진의 실체가 과소평가되었다는 것도 포함되었다, 자신이 오만했었다는 뉘우침까지는 닿지 않았지만.


개성공단.

공단본부 운영위원장실 옆방이 이태진의 사무실이다.

방문 앞에 '함단사'라는 작은 아크릴 간판이 붙어 있다.

오후 2시.

사무실에 이태진과 공단 생산본부장 김기동, 그리고 한국 측 감사 한인수와 북한 대외사업국 부국장 강영국, 이태진의 비서 홍지연까지 5명이 둘러앉았다.

고개를 든 김기동이 입을 열었다.

"완성된 제품은 컨테이너에 실어 공단 위쪽의 선착장으로 보내겠습니다."

내일부터 컨테이너가 보내지는 것이다.

김기동이 말을 이었다.

"제품은 차질 없이 완성되고 있어요. 이제 속도가 붙었습니다."

기능공들이어서 익숙해지면 생산 속도가 빨라진다.

생산 회의를 마친 이태진과 한인수, 강영국이 차로 공단 북쪽의 선착장으로 이동했다.

이곳은 공단에서 4킬로쯤 떨어진 컨테이너 하역장이다.

선착장 옆에 마련된 하역장은 텅 비었고 옆쪽에 창고가 3동 세워져 있다.

차가 창고 앞에서 멈춰 섰고 일행은 안으로 들어섰다.

길이가 1백여 미터, 넓이가 50미터 규모의 창고 안에는 수십 개의 컨테이너가 쌓여 있다.

그때 강영국이 눈으로 컨테이너를 가리키며 말했다.

"무기 1차분이 도착했습니다."

강영국이 말을 이었다.

"이곳에서 제품과 무기를 섞는 작업이 이루어집니다."

한인수가 고개를 끄덕였다.

이곳에서 컨테이너 내부를 제품과 무기를 섞어 채운 후에 한국산으로 위장해서 리비아로 싣고 가는 것이다.

강영국이 말을 이었다.

"아직 무기가 다 도착하지 않았습니다. 우리도 남측의 제품 속도와 맞추려고 노력하고 있습니다."

"남북 협력 사업은 순조로운 편이군."

평소 농담을 안 하는 한인수가 표정 없는 얼굴로 말했다.

그러자 강영국도 정색하고 대답했다.

"그런 것 같습니다."

농담할 기분이 아닌 이태진이 팔짱을 끼고 창고를 둘러보았다.

만일 문제가 생기면 망하는 건 함단사다.

함단사가 받은 오더가 함께 날아간다.

창고 안의 냉기가 느껴졌다.


서울에 도착했을 때는 오후 6시 반이다.

먼저 서울에 와 있던 홍지연이 이태진에게 보고했다.

"영동 아버님이 전화하셨습니다."

"어, 그래?"

"1시간쯤 전입니다. 오시면 전화해달라고 하셨습니다."

이태진이 전화기를 들었다.

아버지가 회사로 전화를 해온 것은 드문 일이다.

곧 발신음이 들리더니 아버지가 응답했다.

"응, 태진이냐?"

"전화하셨어요?"

"응, 그래."

"어머니랑 별일 없으세요?"

"다 괜찮다."

그러고는 아버지가 숨을 고르는 것 같더니 말했다.

"다카기하고 통화를 했다."

"예? 누구요?"

"다카기 마사오."

순간 이태진이 숨을 들이켰다.

대통령이다.

그런데 아버지는 대통령의 일제 강점기 이름을 부른다.

그때 아버지가 말을 이었다.

"30년도 넘었는데 목소리를 금세 알아듣겠더군. 방송에서 자주 들어서 그런가?"

"무슨 일로 전화를 했답니까?"

"내가 보고 싶었단다."

"…"

"난 가만있었지."

"…"

"그랬더니 토모에가 죽은 이야기부터 꺼내더구나. 그 이야기는 네가 해줬다
면서?"

"예, 어쩌다가…"

"나, 참. 기가 막혀서."

"왜요?"

"토모에가 나하고 다카기의 공동 화제가 될 줄이야 누가 상상이라도 했겠
냐?"

"…"

"나한테 뭐 필요한 게 있느냐고 묻기에 날 충청북도 도지사로 임명해달라고
했지."

"정말이세요?"

"다카기가 그럴 위인이 아니라는 걸 알고 한 소리다."

"보고 싶으셨던 것 같습니다."

"죽을 때가 되면 그런다고 하더라."

"한번 만나보시지 그러세요?"

"만나자고 해서 내가 연락하겠다고 했다. 하지만 안 할 거다."

"아버지,. 대통령한테 그렇게 말하는 사람은 없습니다."

"여기, 오야마가 있지."

"아버지, 술 드셨어요?"

"응, 낮술을 좀 했더니 네 엄마가 화가 나서 나갔다. 다카기 전화를 받은 어제부터 술을 마셨거든."

"어머니도 아세요?"

"네 엄마는 다카기가 누군지도 몰라. 만주에서부터 다카기 이야기는 안 했으니까."

아버지가 말을 이었다.

"다카기는 악질 일본군 장교 놈을 나를 시켜 처형했어. 나는 내 경쟁자인 일본 놈을 다카기를 시켜 제거했고 말이다."

순간 숨을 들이켠 이태진이 전화기를 고쳐 쥐었고 아버지의 말이 이어졌다.

"다카기는 나를 통해 일본군 정보를 독립군에게 알려주었고 나는 마적단 정보를 다카기한테 주었지. 우리는 치열하게 살았고 견디어 내었다."

"…"

"조선 놈이 견디고 출세하려면 일본 놈들보다 10배는 더 노력해야 했어. 넌 이해 못 할 거다."

"아버지, 그때 일, 쓰고 계세요?"

"그래. 요즘 그걸 쓰는 게 낙이야."

아버지가 바로 대답했을 때 뒤쪽에서 어머니 목소리가 들렸다.

"어, 전화 끊자."

아버지가 전화를 끊어버렸다.


아래층 동양기획으로 내려간 이태진이 소파에 앉았을 때 김봉철이 말했다.

"민혜진 씨 주변 정리를 끝냈습니다."

앞에 앉은 김봉철의 얼굴에 쓴웃음이 떠올랐다.

"박정배가 사는 아파트하고 애인 양안나한테 사준 아파트를 회수했습니다. 박정배는 지금 인천에 사는 누나 집으로 옮겨갔는데 짐은 창고에 맡긴 상태입니다."

도와달라고 한 민혜진에게 김봉철을 소개해 준 것이다.

김봉철은 전문가여서 이틀 만에 '일'을 끝냈다.

박정배는 이틀 만에 알거지가 된 것이다.

대학의 부교수 직은 붙어 있었으니 먹고는 살겠지만 집에서도 쫓겨났다.

조교 양안나도 집 없는 신세가 되었으니 옆에 붙어 있을 리가 없다.

이태진이 고개를 끄덕였다.

"수고했어. 나까지 포함해서 온전한 관계를 가진 인간들이 없구만."

"조사하면 다 마찬가지일 것 같습니다."

김봉철이 웃음 띤 얼굴로 이태진을 보았다.

"조사를 안 하거나 못 해서 그냥 모른 척, 모르고 사는 것이지요."

"건전하게 사는 사람들도 많을 거야."

"조사만 해왔기 때문에 그런 것 같습니다."

"의심나는 경우라 조사를 의뢰한 거야. 그래서 확률이 높은 거지."

그때 김봉철이 이태진을 보았다.

"민 전무님이 동교동의 상가를 소유하고 계시는데 거기에서 나오는 임대료를 박정배가 받도록 조치해놓으셨더군요."

"배은망덕한 인간이군."

"월 임대료가 5백만 원이 넘었습니다."

대학교수 10명분 월급이다.

김봉철이 말을 이었다.

"그 수입도 끊겼으니 박정배는 교수 월급으로 살기 힘들 겁니다."

이태진은 자리에서 일어섰다.

민혜진을 이렇게 도와주긴 했지만 앞으로 만날 이유는 없다.

아테네의 크레노스 공장은 실무자들이 알아서 할 일이다.

함단사는 독자적으로 행동한다.


"이태진은 이미 백만장자입니다."

민정수석 장윤기가 조심스럽게 말했다.

대통령 집무실 안.

대통령은 손에 든 서류를 보았고 장윤기의 말이 이어졌다.

"강남에 대지를 12만 평 정도 매입해 놓았는데 그것만 해도 2백억 대가 됩니다. 몇 년 사이에 수십 배가 오른 것이지요."

"…."

"또 시내에 회사 건물을 포함해서 빌딩 3동, 대지 3곳을 구입해 놓았는데, 그 시가도 150억대입니다."

"부자군."

마침내 대통령이 감탄했다.

"제 아버지도 땅 욕심이 많았지."

그때 장윤기가 말을 이었다.

"그리고 이태진은 현금 동원력이 엄청나다는 소문이 있고, 사실인 것 같습니다. 사우디의 억만장자 알 마후드 가문의 대리인 역할을 하고 있기 때문이지요. 현금 동원능력이 수억 불이라고 합니다."

"그렇군."

고개를 든 대통령의 얼굴에 웃음이 떠올랐다.

"그래서 대영이나 동우에 흔들리지 않는구나."

며칠 전에도 대통령은 민우석을 불러 이태진과의 관계를 물었던 것이다.

민우석은 동우와 이태진의 적극적인 업무 연결을 원했지만 진전이 없는 것 같다.

그때 대통령이 장윤기를 보았다.

"이태진에 대해서는 수시로 보고해주게, 지금 국가를 위해서 큰일을 하고 있는 사람이니까."


현관으로 들어선 이태진이 숨부터 들이켰다.

냄새가 달랐기 때문이다.

이곳은 이태원의 2층 저택 안.

현관 앞은 대리석이 깔린 로비다.

그때 로비에 서 있던 두 여자가 고개를 숙였다.

"어서 오세요."

그중 나이든 50대쯤의 여자가 인사를 했다.

양 씨다.

주방과 집안일 책임자.

그 옆에 선 30대는 김 씨.

보조 역할.

그리고 대문 옆 별채에는 경비원 둘이 하루씩 교대 근무를 한다.

저택은 2층 양옥으로 150평.

지하 차고가 있고 잔디가 깔린 정원도 150평.

저택의 대지 면적이 3백 평이다.

이태진이 오피스텔 생활을 청산하고 이곳으로 옮겨온 것이다.

물론 이태진이 외국에 나가 있는 사이에 사적 일을 맡고 있는 김봉철이 저택의 리모델링에서부터 가구 배치, 고용원 수배까지 다 해놓았다.

이태진은 이제 몸만 들어온 것이다.

오피스텔의 사물도 다 옮겨왔기 때문이다.

"잘 부탁해요."

이태진이 고개를 숙여 인사를 했다.

"사장님, 저녁 식사 하시겠습니까, 준비해 놓았는데요?"

양 씨가 말했기 때문에 이태진이 고개를 끄덕였다.

오후 7시 반이다.

"씻고 30분 후에 내려오지요."

이태진의 공간은 2층이다.


이층에는 방이 5개.

침실과 응접실, 서재, 다용도실, 헬스장과 베란다가 있다.

욕실에서 씻고 나온 이태진이 옷을 갈아입고 아래층 식당으로 내려갔다.

식탁에는 이미 한정식 식사가 차려져 있다.

식탁에 앉은 이태진에게 양 씨가 말했다.

"좋아하시는 음식을 말씀해주시면 만들어드리겠습니다."

"그러지요. 난 가리는 것 없습니다."

이태진이 된장찌개를 떠먹으면서 말을 이었다.

"하나씩 맞춰 가십시다."

"예, 사장님."

양 씨가 슬그머니 물러갔다.

김봉철의 말을 들으면 호텔 주방에서 일을 했다는 것이다.

겉절이를 씹으면서 이태진이 문득 정예은을 떠올렸다.

정예은은 아직도 오피스텔 키를 가지고 있다.

이곳으로 옮긴 것을 모르고 있다.

전화번호도 취소했기 때문에 전화도 불통될 것이다.


"어머니, 내일 제집에 오셔야겠어요. 아버지하고 함께 말이에요."

이태진이 말했더니 어머니가 놀라 물었다.

"너 오피스텔에서 산다면서?"

밤 9시 반.

이태진이 2층 응접실에서 전화를 한다.

"이사했어, 어머니."

"응? 어디로?"

"이태원."

"이태원이면 어디야?"

"내가 마중을 나갈 테니까 고속버스로 오세요."

"내일 말이냐?"

"아버지하고 같이. 그리고 여기서 며칠 쉬었다 가요."

"아이구, 아파트야?"

"아니, 주택."

"우리가 잘 방이 있어?"

"아래층에 응접실이 딸린 침실, 욕실이 있어. 가정부가 둘 있으니까 어머니는 일 안 해도 돼."

"뭐? 가정부가 둘이나?"

"2층 저택이야. 정원도 150평쯤 돼."

"2층? 아이구. 정원도 있어? 서울에?"

아버지는 아직 귀가하지 않았기 때문에 어머니는 마음 놓고 소리쳤다.

"어머니, 아버지한테 이야기해서 내일 오전에 출발해요. 고속버스 편 말해 주면 내가 마중 나갈 테니까."

"응, 알았다. 김치 담근 것 좀 가져가지."

"아니. 그건 놔두고."

이태진이 펄쩍 뛰었다가 입을 다물었다.

받아서 먹기로 하자.

어머니의 성의인데.

벌써 이태진의 심장박동이 빨라졌다.

성공의 보람은 이런 것이다.


"어서 오세요."

나란히 선 양 씨와 김 씨가 고개를 숙여 아버지, 어머니를 맞았다.

"아이구, 예."

당황한 어머니가 양 씨보다 더 깊숙이 고개를 숙여 인사를 했다.

"어머니, 이쪽으로."

이태진이 어머니와 아버지를 현관 안으로 안내했다.

이제 둘은 입을 떡 벌린 채 얼어붙었다.

예상은 했지만 이렇게 대궐 같은 저택일 줄은 몰랐기 때문이다.

둘이 이층 베란다까지 구경하고 아래층 응접실 소파에 앉았을 때는 30분쯤 후다.

"이 집 비싸겠지?"

어머니가 앉자마자 물었기 때문에 이태진이 쓴웃음을 지었다.

아버지는 헛기침만 한다.

김 씨가 오렌지주스를 가져와 셋 앞에 내려놓고 물러갔다.

그때 어머니가 주위를 둘러보며 말했다.

"아이구, 난 여기서 못 살겠다. 벌써 영동 집이 생각나네."

"어머니."

"침대에서는 잠이 안 올 것 같아. 너무 출렁거려."

"이것 봐, 그만해."

아버지가 말리고는 한숨을 쉬었다.

"네가 출세했다는 실감이 나는구나."

"아버지, 이런 집 많아요."

"잘했다."

"아직 멀었어요."

"서둘지 마라."

"예, 아버지."

"더욱 겸손하고."

"알겠습니다."

그때 양 씨가 다가와 조심스럽게 말했다.

"점심 준비가 되었습니다."

12시 반이다. 점심시간이다.

이태진이 자리에서 일어섰다.

"식당으로 가시지요."

둘이 호텔 손님처럼 따라 일어섰다.


이태진이 개성 선착장에 도착했을 때는 오후 4시 반이다.

오늘 첫 선적이 있기 때문이다.

창고로 안내한 대외사업국장 강영국이 웃음 띤 얼굴로 앞쪽 컨테이너를 가리켰다.

"컨테이너에 무기를 채웠습니다."

강영국이 말을 이었다.

"선적 서류에는 입찰 오더로 되어 있지만 내용물은 섞여 있지요. 그 내역은 따로 리비아 군부로 보내질 것입니다."

그때 옆에 서 있던 박영균이 말했다.

"이제 배가 트리폴리에 도착하는 일만 남았군요."

그렇다.

그러나 앞으로 석 달 동안 수십 척의 배가 운반해야 한다.

제품과 무기가 수백 개의 컨테이너에 실리는 것이다.

오늘 그 첫 번째 선적으로 25개의 컨테이너가 떠난다.

고개를 끄덕인 이태진이 강영국을 보았다.

"무기도 중요하지만 제품 관리를 철저하게 해주셔야 합니다."

"알고 있습니다. 제품에 손상되지 않도록 철저히 관리하겠습니다."

강영국이 다짐했다.


돌아오는 차 안에서 박영균이 이태진에게 말했다.

"이번 기회에 북한이 리비아에 수출하는 무기 내역을 알 수 있게 되었습니다."

박영균의 얼굴에 쓴웃음이 떠올랐다.

"이젠 남북한 비밀을 공유하게 된 겁니다."

개성공단에서 남북한 합작공장은 잡음 하나 없이 진행되고 있다.

북한은 적극적으로 협조하고 양보를 한다.

그것이 무엇 때문인가?

막대한 이익이 창출되는 무기 수출을 한국이 위험을 무릅쓰고 도와주기 때문이다.


집을 옮긴 지 닷새 만에 정예은의 전화를 받았다.

오후 6시 반.

퇴근 무렵이다.

이태진이 사무실에서 전화를 받는다.

"집 옮겼어?"

정예은이 불쑥 물었다.

"응, 그래."

"집 전화도 끊겼대."

"그래. 어쨌든 이렇게 연결이 되잖아?"

"서운했어."

"그래, 침대에 네 냄새가 배어 있었으니까."

"이사 간 집에 그 침대도 가져갔어?"

"응."

"정말이야?"

"그렇다니까."

이태진이 심호흡을 했다.

집을 옮기면서 정예은과의 사적 관계를 정리하기로 마음을 먹은 것이다.

정예은이 말은 이렇게 하지만 앞뒤를 재는 성품이다.

이태진의 의도를 모를 리가 없다.

그때 정예은이 말했다.

"나, 두바이에 가."

정예은이 말을 이었다.

"두바이에서 대영 브랜드 확산에 집중할 예정이야."

"그래야지."

이태진이 전화기를 고쳐 쥐었다.

정예은이 해야 할 일이 이것이다.


"너 요즘 무슨 일 있었어?"

민우석이 묻자 민혜진이 고개를 들었다.

"왜요?"

우선 그렇게 물었다.

오후 6시.

민우석이 회장실로 민혜진을 부른 것이다.

그때 민우석이 말을 이었다.

"네 사생활을 묻는 거다."

순간 숨을 죽인 민혜진을 민우석이 빤히 보았다.

"내가 이렇게 물을 때는 자료가 다 준비된 상태라는 걸 알고 있겠지?"

"…"

"말해라."

"다 정리했어요."

"구체적으로 말해."

민우석이 의자에 등을 붙였다.

"그런 식으로 말하면 안 된다."

"제가 경솔했습니다."

"처음부터 말해."

"미국에서 만났어요. 학교에서."

"그놈한테 어떻게 돈을 대줬는지 말해."

민우석의 눈빛이 강해졌고 목소리가 더 가라앉았다.

"네 입으로 말하는 것을 듣겠다."

30분쯤이 지났을 때 정적이 덮였다.

민우석은 잠자코 시선만 주었고 민혜진은 이제 테이블을 내려다보는 중이다.

이윽고 민우석이 입을 열었다.

"부끄러워서 혼났어."

"…"

"네 자료를 대통령한테서 받았다. 대통령은 중정에서 받았다고 하더군."

"…"

"중정 뒤에 누가 있는 줄 아느냐? 이태진이다."

순간 숨을 들이켠 민혜진을 향해 민우석이 얼굴을 일그러뜨리며 웃었다.

"이태진은 중정의 협조자를 뛰어넘어 파트너야. 이태진과 동업하려는 민혜진에 대해서 조사하는 것이 기본이지."

"…"

"그 자료가 대통령한테까지 간 거다."

"죄송해요."

"창피하다."

외면한 민우석이 말을 이었다.

"대통령한테는 부끄럽고."

"…"

"이태진한테 창피하단 말이지."

고개를 든 민우석이 민혜진을 보았다.

"이태진도 알고 있겠지?"

"…"

"네가 정리를 한 것은 누구한테서 들은 거냐? 네가 알고 그런 것 같지 않은데."

"이태진이 말해주었어요."

"그렇군."

민우석이 고개를 끄덕였다.

"그렇게 되었구만."

그때 민우석이 의자를 돌렸다.

"나가 봐."


7시 반.

청와대의 식당 안.

대통령과 이태진, 그리고 중정 1차장 한인수와 비서실장 김석원까지 넷이 식사 중이다.

식사가 거의 끝났을 때까지 다른 이야기를 안 하던 대통령이 젓가락을 내려놓고 이태진을 보았다.

"민우석 회장은 자네를 사위로 삼고 싶어 했어."

대통령의 얼굴에 쓴웃음이 떠올랐다.

"이번에 충격을 받은 모양이야."

이태진은 시선만 내렸고 대통령이 이태진을 보았다.

"이름이 뭐라고 했지?"

"민혜진입니다."

"내가 그 애 자료를 민 회장한테 주었어."

대통령이 말을 이었다.

"민 회장이 자식 사고 문제도 있고 해서 도와주려는 입장이었는데."

"…."

"자식 운이 없는 모양이야."

이태진이 호흡을 골랐다.

대통령은 이미 민혜진이 박정배를 정리한 사실을 알고 있는 것이다.

그때 고개를 든 대통령이 이태진을 보았다.

"내가 자네를 부른 이유를 아나?"

"모릅니다."

정색한 이태진이 대답하자 대통령은 말을 이었다.

"자네 같은 인물이 미래를 이끌어 가야만 해. 자네는 나, 또는 자네 아버지를 뛰어넘는 인물이 되어야 해."

"…."

"그래서 자네의 배우자에도 관심이 있었던 것이네."

대통령이 길게 숨을 뱉었다.

"동우그룹을 발판으로 자네의 능력을 발휘하면 국가 경제에 시너지를 받을 거라고 생각했어."

"…."

"그런데 그 시도가 첫 단계에서 삐걱거리는 거야."

"감사합니다."

이태진이 고개를 숙였다.

"제가 알아서 하겠습니다."

"자네 부친한테서 연락이 안 오는군."

불쑥 대통령이 말했기 때문에 이태진이 다시 숨을 골랐다.

아버지가 연락 안 할 것이라는 말을 할 필요는 없다.

기다리게 놔두자.

닷새가 한계인가?

저녁 식사를 마친 아버지가 1층 응접실에서 차려진 술자리에서 말했다.

"내일 집에 가야겠다."

그러고는 덧붙였다.

"네 어머니가 자꾸 가자고 해서."

어머니는 지금 침실에서 대형 TV를 보는 중이다.

한 모금 위스키를 삼킨 아버지가 이태진을 보았다.

"네가 요즘 일찍 들어오느라 고생이다."

"아버지도 참."

이태진이 쓴웃음을 지었지만, 사실이다.

부모가 저택에 머무는 닷새 동안 하루만 빼고 일찍 들어와 부모와 함께 저녁을 먹은 것이다.

오늘은 마지막 밤이라고 생각했기 때문에 아버지는 양 씨한테 일찍 술상을 차리라고 했다.

아버지가 말을 이었다.

"낮에 시내 돌아다녔더니 정신이 없어. 이쪽저쪽에서 데모대가 몰려다니고…."

"왜 그런 데만 다니세요?"

301

"아, 시내 중심부가 다 그런데, 변두리만 돌아다니란 말이냐?"

"작년에 1백억 불을 했고 올해는 그 이상이 될 겁니다, 아버지."

"그런가?"

"1964년, 대통령이 집권 3년 차에 1억 불을 수출했어요, 아버지."

"…"

"13년 만에 그 백 배인 1백억 불을 했습니다."

"다카기는 독재자야."

아버지가 불쑥 말했기 때문에 이태진이 고개를 들었다.

그렇다.

'독재자는 물러가라.'라는 구호가 떠돈 지도 오래되었다.

'유신정권 반대' 데모는 이제 일상화된 상황이다.

데모는 점점 격렬해지고 있다.

그때 아버지가 말을 이었다.

"이렇게 나라를 끌고 가면 안 돼."

"그럼 어떻게 합니까?"

"물러나야 해."

술잔을 든 아버지가 말을 이었다.

"대통령에서 물러나고 선거를 해서 지도자를 뽑는 거야. 다시 말이야."

"…"

"욕심을 버려야 돼."

한 모금 술을 삼킨 아버지가 이태진을 보았다.

초점이 멀어진 눈이다.

"욕심 때문에 그 자리에서 내려오지 않는 거야."

"아버지, 그게 쉬운 일도 아니지 않습니까? 그렇게 되면 더 혼란해지지 않을까요?"

"핑계야."

아버지의 목소리가 굵어졌다.

"다카기는 요즘 결단력도 줄어든 것 같다."

"아버지는 왜 자꾸 대통령의 일본 이름을 부릅니까?"

"다카기가 내 머릿속에 남아 있거든."

"일본 장교로 말입니까?"

"그래. 난 다카기에게 오야마로 남아 있을 거다."

아버지가 번들거리는 눈으로 이태진을 보았다.

"관동군 중위 다카기와 만척 개발본부장 대리 오야마로 우리 인연이 끝났으니까."

그때 이태진이 외면했다.

대통령이 아버지의 전화를 기다리고 있다는 말은 안 한 것이다.

당시의 다카기와 오야마의 처지가 지금은 역전이 되어있는 것도 이유 중 하나다.


다음 날 고속버스로 내려가겠다는 부모를 겨우 설득해서 승용차에 태워 보냈다.

이태진이 회사에 출근했을 때는 오전 10시 반이다.

방으로 따라 들어온 홍지연이 말했다.

"사장님, 두바이에서 하드람 씨가 전화했습니다. 11시에 다시 전화한다는데요."

이태진이 벽에 붙어 있는 두바이 시간을 보았다.

5시간 시차가 났으니 하드람이 오전 일찍 전화를 한 것이다.

지금 하드람은 두바이에 머물고 있다.

이태진이 홍지연을 보았다.

"두바이 출장을 갈 테니까, 준비해줘."

"네, 사장님. 누구하고 가십니까?"

"나 혼자 간다."

"알겠습니다."

몸을 돌리던 홍지연이 다시 물었다.

"아테네에 간 사업팀에 연락할까요?"

"그러지."

고개를 끄덕인 이태진이 문득 홍지연에게 말했다.

"홍 과장이 아테네에 가서 공장 관계를 확인해놓는 것이 낫겠다."

이태진이 덧붙였다.

"구입 내역은 홍 과장이 가장 잘 알고 있으니까 말야."

지금 아테네에 간 기조실 사업팀이 공장 구매를 추진하고 있다.


"사장님, 이곳에 대영 사업장이 곧 오픈될 것 같습니다."

하드람이 보고했다.

"시내에 5층 건물을 매입했는데 대영 브랜드 전시장과 매장이 된다고 합니다."

"잘되었어."

이태진이 얼굴을 펴고 웃었다.

"내가 그렇게 만들어준 거야."

"지금 정 실장이 이곳에 와 있습니다."

"알고 있어."

"어제 우리 사무실에 들러서 인사를 하고 갔습니다."

하드람은 함단사의 두바이 지사장이다.

경찰 출신으로 정보력이 강한 하드람은 두바이에 매입한 부동산까지 관리한다.

그때 하드람이 본론을 꺼냈다.

"두바이 도심에서 15킬로 떨어진 사막이 종합시장으로 개발될 것 같습니다."

"…."

"8백만 제곱미터 규모인데 열흘 후에 분양을 시작합니다. 그런데 기존 시장이 2곳이나 있기 때문에 청약자가 없습니다. 두바이가 시장을 활성화하기 위해서 무리를 한다는 비난이 많기 때문에…."

"제곱미터당 분양가는 얼마야?"

"20불입니다."

"50만 제곱미터를 분양 신청해."

"옛, 50만 제곱미터입니까?"

놀란 하드람이 확인하듯 물었다.

50만 제곱미터면 1천만 불이 된다.

분양 면적의 16분의 1이나 되는 것이다.

만일 시장에 업체가 입주한다면 수천 개 업체가 될 것이다.

그때 하드람이 말했다.

"사장님, 열흘 후에 시작되는데도 분양 신청자가 아직 없는 상황입니다. 상황을 보고 나서 신청하시는 것이…."

"난 10년 후, 20년 후를 보는 거야. 바로 신청해."

"예, 사장님."

"계약금 1백만 불을 보내겠어."

"알겠습니다."

하드람도 정신을 차리고 대답했다.

"바로 신청하겠습니다."


동우상사 전무직은 그대로 유지하고 있었지만, 민혜진은 회장실 분위기를 감지하고 있었다.

민경준이 구속된 지 4개월이 지난 시점이다.

그동안 민경준은 재판을 받고 1심에서 징역 7년을 선고받았다.

민경준은 항소하지 않았기 때문에 7년 형이 확정되었다.

그리고 민경준이 조성했던 불굴회원도 모두 소탕되었다.

계열사에 심어둔 민경준 마피아가 모조리 권고사직, 파면으로 처리된 것이다.

그런 상황에서 민혜진은 사생활 문제가 들통나버렸으니 땅을 칠 일이었다.

회장실 분위기는 냉랭했다.

후계자로 내정된 민혜진을 부르지도, 연락도 안 한 것이다.

물론 그 사연은 회장과 민혜진, 그리고 비서실장 셋만 안다.

민혜진의 심복 김재성 상무도 모르고 있다.

민혜진과 김재성, 그리고 직원 셋까지 포함한 일행 5명이 아테네의 아크로폴리스 호텔에 투숙했을 때는 오후 2시 무렵이다.

"그럼 공장에 다녀오겠습니다."

김재성이 직원 둘을 데리고 나가면서 말했다.

공장이 1년 가깝게 가동을 중지하고 있어서 관리에 문제가 많이 생겼기 때문이다.

관리자를 만나 조치를 해야만 한다.

방에 혼자 남았을 때 민혜진이 전화기를 들었다.

버튼을 누르자 곧 발신음이 울리더니 세 번 만에 사내의 목소리가 울렸다.

영어다.

"여보세요."

"거기 함단사 두바이 지점이죠?"

"그렇습니다만, 누구시죠?"

"난 동우상사 민혜진 전무인데, 거기 이 사장 계십니까?"

"네, 계십니다."

"바꿔주실 수 있습니까?"

"잠깐 기다려보시죠."

그러더니 잠시 후에 이태진의 목소리가 울렸다.

한국어다.

"여보세요."

"민혜진입니다. 갑자기 전화해서 죄송해요."

"아니, 괜찮습니다."

"전 지금 아테네에 와 있는데요, 두바이에 계시다고 해서 연락드렸어요."

"아테네에 계시는군요."

"오늘 도착했어요."

"그렇습니까?"

"아테네에 오실 계획이 있으세요?"

"갈 겁니다."

"그럼 여기서 기다릴게요."

"나한테 하실 말씀이 있습니까?"

"그동안 아테네의 공장 4개를 매입하셨더군요. 이곳에도 함단사 지점을 세워두시구요."

"잘 아시네요."

이태진의 목소리에 웃음기가 띠어져 있다.

그동안 이태진은 매물로 나온 공장 4곳을 매입, 이미 함단 오더를 생산 중이다.

함단사 아테네 지사에는 지사장 유근호와 파견된 지사장 2명, 현지인 고용원 4명이 일하고 있다.

이태진이 말했다.

"내가 내일 갈 겁니다. 그때 봅시다."


오후 6시 반.

공장에서 돌아온 김재성이 지친 표정으로 말했다.

"공장을 오래 비워놓아서 기계도 녹이 슬었고 건물도 보수할 것이 많습니다."

앞쪽 의자에 앉은 김재성이 말을 이었다.

"함단사가 인수한 공장 4곳은 현재 정상 가동 중입니다. 잘된다는 소문이 났습니다."

민혜진이 고개를 끄덕였다.

"내일 이태진 씨를 만나기로 했어요."

"잘되었네요."

김재성이 생기 띤 얼굴로 민혜진을 보았다.

아테네에 온 목적이 이태진을 만나려는 것이기 때문이다.


시장 부지 65만 제곱미터를 분양받았다.

구획된 면적을 구입하다 보니 65만 제곱미터가 된 것이다.

함단사와 무스타파, 아즈란의 이름으로 구입했다.

아직 분양 신청이 미미해서 1백만 제곱미터도 분양되지 않은 상황이다.

이태진은 대영 브랜드 매장도 둘러보지 않고 하드람과 함께 아테네로 떠났다.

아테네에 하드람을 동행시킨 것이다.

"민 전무가 날 보자고 하는데 공장 문제인 것 같아."

비행기 안에서 이태진이 말했다.

하드람은 경찰 출신으로 이태진의 정보원 역할을 해왔다.

한국에서 김봉철이 해오는 역할과 같다.

하드람은 이태진이 마음을 털어놓는 심복이 되어 있다.

고개를 든 하드람이 검은 눈동자로 이태진을 보았다.

하드람에게 민혜진과의 관계를 말해주었다.

"사장님, 정 실장과의 관계는 정리하셨습니까?"

이태진이 고개를 끄덕였다.

"대영의 기반을 굳혀주는 것으로 내 나름대로 최선을 다했어. 이제 대영은 중동에서 독자적으로 성장해나갈 거야."

"대영과 함께 정 실장과도 인연을 끊으신 겁니까?"

"사적 관계는."

"동우는 대영과 비교할 수 없는 대기업입니다. 그리고 동우와는 처음부터 정략적으로 접촉되었지 않습니까?"

"그런 셈이지, 민 회장이 우리를 직접 연결시켜 주었으니까."

그리고 대통령까지 응원해준 관계다.

정색한 하드람이 말을 이었다.

"민 전무의 그런 남자관계가 마음에 들지 않으십니까?"

"그건 큰 문제가 아냐."

이태진이 눈을 가늘게 떴다.

"그 여자의 오만함, 나를 무시하는 언동 따위에 반발이 일어났을 뿐이야."

"그쯤은 견디실 수 있을 텐데요."

"견딜 수 있지."

쓴웃음을 지은 이태진이 고개를 끄덕였다.

"나도 그 여자 이상으로 자부심이 있으니까."

"민혜진에 대한 호감은 있습니까?"

"매력적인 여자야. 솔직히…."

이태진이 정색하고 하드람을 보았다.

"내가 상상이나 하던 여자지."

"동우그룹은 사장님이 함단으로부터 독립할 절호의 기회를 줄 것입니다."

그 순간 고개를 든 이태진이 하드람을 보았다.

그러나 눈은 흐려져 있다.

이태진은 함단사의 파트너다.

'함단'이라는 이름 밑에 가려진 동업자일 뿐이다.

자율권은 있지만 '이태진'이라는 이름은 없다.

하드람은 이태진의 자존심에 깊게 칼을 박았다, 민혜진의 오만함 따위는 상대도 안 되는 깊이로.


"아테네로 가셨다고 합니다."

서광오 부장이 말했다.

"그곳에서 동우그룹과 약속이 있다는 것입니다."

정예은이 고개만 끄덕였다.

동우그룹은 아테네에 공장을 매입했지만 지금 폐업 상태다.

그리고 민경준이 제거되고 민혜진이 후계자로 부상하고 있다는 것도 안다.

업계의 소문은 빠르다.

개성공단 작업을 하면서 이태진과 민혜진이 여러 번 비밀 접촉을 했다는 소문이 돌고 있다.

과장이 섞였겠지만, 개성공단 작업에 동우그룹이 주 협력사가 된 것은 이태진과 민혜진을 위한 정략적 배치라고도 했다.

서광오가 방을 나가고 혼자가 되었을 때 정예은이 길게 숨을 뱉었다.

이태진은 두바이에 들렀으면서도 전화 한 통 하지 않았다.

지금 개장 준비 중인 대영 브랜드 매장도 둘러보지 않은 것이다.

하긴 대영 브랜드는 함단사에서 독립된 브랜드이긴 하다.

이윽고 정예은의 얼굴에 웃음이 떠올랐다.

이태진의 의중을 짐작할 수 있었기 때문이다.

이태진은 대영을 위해 최선을 다해 주었다.

대영은 이제 중동지역에 한국의 브랜드로 기반을 굳히게 되었다.

그러나 자신과는 인연을 끊은 것이다.

그것을 이번 행동으로 말해주었다.


함단사 아테네 지사는 아크로폴리스 언덕 왼쪽의 거리에 있었는데, 사무실 창에서 파르테논 신전이 보였다.

오후 4시.

회의실 안에는 이태진과 민혜진 둘이 앉아있다.

민혜진과 함께 온 일행은 바깥 사무실에서 대기하는 중이다.

고개를 든 민혜진이 이태진을 보았다.

"아버지한테 신임을 잃었어요."

쓴웃음을 지은 민혜진이 말을 이었다.

"위기예요. 이대로 간다면 난 호텔로 돌아가게 생겼어요."

"…."

"내 병신 짓이 아버지 머릿속에 깊게 박혔겠죠. 아버지로서는 절대 용납이
안 되는 짓이죠."

"…."

"세상에, 어떻게 이룬 사업인데 그 돈으로 내연남에게 집 사주고, 용돈 주고,
더구나 그 내연남이란 작자가 그 돈으로 또 애인의 집까지 사주다니요."

민혜진의 눈 주위가 붉어졌고 목소리가 떨렸다.

"가문의 수치죠. 오히려 민경준보다 더 못난 짓, 회사를 말아먹을 짓을 한
거죠."

"…."

"거기에다 그 사실이 동우의 미래를 걱정해준 대통령한테까지 발각되다
니요."

"…."

"도와주세요."

고개를 든 민혜진이 이태진을 보았다.

민혜진의 시선을 받은 이태진이 숨을 들이켰다.

필사적인 시선이었기 때문이다.

영화에서 본 적이 있다.

칼을 치켜든 무사.

그 앞에 주저앉은 무사는 칼을 떨어뜨렸고 피투성이다.

기력이 떨어져 가쁜 숨을 뱉는 중이다.

그 무사의 눈이다.

그 눈에 증오, 좌절, 애원의 감정이 다 섞여 있다.

그때 이태진의 얼굴에 쓴웃음이 떠올랐다.

민혜진은 다 내려놓고 매달리는 것처럼 보인다.

그럴 작정으로 온 것이다.

처음 만났을 때와는 정반대의 모습이다.

민혜진이 다시 말했다.

"당신만 저를 도울 수 있어요."


"아버지."

전화기를 고쳐 쥔 민혜진이 민우석을 불렀다.

오전 1시.

호텔 방 안이다.

서울은 오전 8시일 것이다.

민우석이 아침에 일어날 때까지 기다렸다가 지금 전화를 한다.

그때 민우석이 대답했다.

"응, 무슨 일이냐?"

시큰둥한 목소리에 민혜진이 숨을 골랐다.

"보고드릴 일이 있어서요."

"그래."

"아테네 공장에 함단사 오더를 넣기로 했습니다."

"…."

"이태진 씨하고 합의했습니다. 그래서 근로자를 소집해서 다음 달부터 가동하도록 준비하겠습니다."

"…"

"당장은 함단사 오더를 넣지만 곧 우리 유럽 오더를 개발해서 가동하도록 하겠습니다."

"…"

"그리고 이태진 씨하고 합작 사업에 대해서 협의를 할 예정입니다."

"그런데."

민우석이 가라앉은 목소리로 입을 열었다.

"너 애쓰는 건 알겠는데, 그만둬라."

"…"

"나는 이미 정리를 했으니까. 이태진이 제정신이 박힌 놈이라면 너하고 정상적인 인간관계는 맺지 못할 거다."

"…"

"아마 이번에 네가 자존심 팽개치고 매달리니까 몇 가지 합의해주고는 도와주겠다고 했겠지."

"…"

"난 구닥다리 인생관을 갖고 있어서 너희들한테는 기대 안 한다. 그리고 그게 정상일 거야."

"…"

"이태진한테 고맙다고 말하고 돌아와."

그러고는 전화가 끊겼기 때문에 민혜진은 어금니를 물었다.


공항 출국장 앞에 선 이태진이 유근호에게 말했다.

"앞으로 고가품은 아테네에서 생산하게 될 거야. 유 지사장의 역할이 커."

"열심히 하겠습니다."

대기업 유한상사 출신인 유근호가 결연한 표정으로 말했다.

"저한테 기회를 주셔서 감사합니다."

유한상사는 작년 말에 부도를 내고 경영진이 구속되는 참담한 상황을 겪었다.

이태진처럼 급부상한 회사가 있는 반면에 추락한 회사도 있는 법이다.

이태진이 말을 이었다.

"동우에서 날 찾으면 리야드에 갔다고 해."

민혜진한테 하는 말이다.


리야드에서 함단, 무스타파, 아즈란을 차례로 만난 이태진은 카이로로 옮겨갔다.

카이로에는 무스타파의 사업장 클레오파트라 호텔이 있다.

그러나 정국이 불안정했기 때문에 투자는 멈춘 상태다.

"하지만 관광객은 여전히 끊이지 않습니다. 매출과 순이익이 늘어나고 있어요."

유성희가 보고했다.

클레오파트라 호텔은 정상영업을 하고 있다.

이태진이 고개를 끄덕였다.

투자자인 무스타파는 만족하고 있다.

유성희는 데이비드와 동거하면서 심신이 안정된 상태다.

이태진이 보기에도 지사장 역할을 잘하고 있다.

더 바랄 것이 없다.

그래서 업무보고가 끝났을 때 마무리를 했다.

"훌륭해요. 유 박사가 더 일찍 데이비드 씨를 만났으면 좋았을 텐데."

순간 유성희가 눈을 크게 떴다가 얼굴이 붉어졌다.

그러더니 이태진의 웃는 얼굴을 향해 눈을 흘겼다.

"놀리지 마세요."

"진심이오."

자리에서 일어선 이태진이 유성희를 보았다.

"데이비드 씨 이름을 자연스럽게 내놓도록 해요, 유 박사."

유성희가 숨을 골랐다.

이태진의 의도를 깨달은 것이다.


서울로 돌아왔을 때는 열흘 후다.

사마르칸트를 거쳐 왔기 때문이다.

"5일 후에 첫 배가 트리폴리에 도착합니다."

고재규가 보고했다.

사무실 안이다.

오전 10시 반.

출장을 마치고 귀국한 이태진이 고개를 끄덕였다.

"벌써 그렇게 되었나?"

"예. 2차분은 25일 후에 도착합니다."

고재규의 눈에 생기가 있다.

1차분 컨테이너는 60개, 2차분은 145개가 될 것이다.

마지막 3차분 물량은 220개다.

고재규의 시선을 받은 이태진이 말을 이었다.

"내일 개성에서 북측을 만나야겠다."

컨테이너에 무기를 섞어 보낸다는 것을 고재규도 아는 것이다.


"트리폴리에서 국장 동지가 만나자고 하셨습니다."

대외사업부국장 강영국이 말했다.

"첫 선적 대금을 받으러 국장 동지가 직접 가실 예정입니다."

개성공단의 북측 사업단장실 안.

이태진과 강영국이 독대하고 있다.

오전 11시 반.

강영국이 웃음 띤 얼굴로 이태진을 보았다.

"이 사장님, 제가 미리 말씀드리지만 리비아 정부에서 무기 추가 구매를 했습니다. 그래서 그 물량도 입찰 오더에 함께 실어야 할 것 같습니다."

"이런."

이태진이 따라 웃었다.

"이건 배보다 배꼽이 크겠는데요."

이왕 시작한 일이다.

이태진으로서는 무기 가격의 15퍼센트를 운임비 포함해서 받게 되는 것이다.

그때 강영국이 말을 이었다.

"아십니까? 이 사장님은 곧 당에서 영웅 훈장을 받게 되실 겁니다."

이태진이 숨을 골랐다.

아마 대외사업국에서 건의했을 것이다.


민우석의 연락이 왔을 때는 오후 2시 무렵이다.

개성공단 사무실에서 이태진이 전화를 받는다.

민우석이 물었다.

"이 사장, 바쁘시지요?"

"예, 회장님. 그동안 안녕하셨습니까?"

"이번에 아테네 공장을 도와주신다고 들었어요. 고맙습니다."

"아닙니다. 저한테도 필요한 일입니다."

"그런데 오늘 저녁 시간 있습니까? 같이 식사를 했으면 좋겠는데."

"예, 괜찮습니다."

"그럼 7시쯤 어떻습니까?"

"예, 회장님."

이태진은 민우석이 알려준 장소를 메모했다.

민우석은 용건은 말해주지 않았지만 만나자는데 미룰 이유가 없다.


인사동의 한식당 '우정'은 작은 골목 안 집이었는데, 낡은 한옥을 개조한 식당이다.

방이 4개밖에 없어서 금세 손님이 차 예약을 해야 되는 곳이다.

오후 7시.

안쪽 방에 민우석과 이태진이 상을 사이에 두고 앉아있다.

민우석이 젓가락을 들면서 말했다.

"인간은 타산적이오. 특히 사업하는 사람은 계산하지 않고 인과관계를 맺지 않습니다."

이태진의 시선을 받은 민우석이 쓴웃음을 지었다.

"내가 이 사장한테 가장 호감을 느낀 것이 무엇인지 짐작하실 거요. 그것은 이 사장의 사우디에 대한 영향력이었어요."

고개를 든 이태진이 숨을 들이켰다.

솔직한 말이다.

진정성이 배어있다.

이것도 타산인지 모르지만 가슴에 닿는다.

그때 민우석이 말을 이었다.

"작년에 한국이 사우디에서 30억 불 가까운 공사를 따냈어요. 1백억 불 수출의 30퍼센트. 중동지역 건설 오더가 45억 불이었습니다."

"…"

"올해에도 건설 오더가 그 정도쯤 될 겁니다."

젓가락을 내려놓은 민우석이 이태진을 보았다.

"내가 내 딸과 이 사장을 맺어보려는 의도도 이 사장의 능력과 잠재력 때문이었어요. 특히 사우디 지역의 영향력이었지."

민우석의 얼굴에 쓴웃음이 번졌다.

"작년에 동우건설이 사우디에서 3억 4천만 불 오더를 땄는데 근대는 12억 불이었어요. 일성은 7억 불이었고…"

"…"

"올해 하반기에 쥬베일에 항만공사, 정유시설 공사 입찰이 있습니다. 모두 25억 불짜리 공사인데 사상 최대 규모의 공사라고 소문이 났습니다. 모르시오?"

"모르고 있었는데요."

"그 공사를 따내고 싶소."

이태진의 시선을 받은 민우석이 다시 웃었다.

"이 사장의 영향력을 발휘하면 가능할지도 모릅니다."

"…"

"25억 불 오더를 따면 동우건설은 대번에 업계 선두가 될 겁니다."

"…"

"선두 자리보다도 동우의 자금 기반이 굳어지겠지. 아마 재벌 순위 5위 안에

진입도 가능할 거요."

그때 술잔을 든 민우석이 한 모금 술을 삼켰다.

이제는 정색한 얼굴이다.

"이 사장이 우리 수주를 도와주시면 그 대가를 드리지요. 이 사장이 사우디, 리비아 입찰 오더를 딴 그 경험과 로비력을 활용해주시오."

"전 자신이 없습니다."

이태진도 정색하고 말을 이었다.

"지난번은 운이 따랐기 때문인데 이번 일도 그렇게 될 것 같지는 않습니다."

"무스타파 씨가 이번 쥬베일 공사의 감독관이 되었습니다. 운영위원, 운영위원장이 전면에 배치되었지만 배후의 실세는 무스타파 씨죠."

그때 이태진이 고개를 저었다.

"못 하겠습니다. 이런 식으로 친분을 이용할 생각이 없습니다."

"국익을 위해서라고 말씀드릴 수도 있습니다, 이 사장."

"죄송합니다."

그러자 민우석이 고개를 끄덕였다.

"하긴 국익은 핑계고, 내 욕심이죠."

이태진은 잠자코 술잔을 들었다.

문득 대통령의 얼굴이 떠올랐다.

대통령이 지시해도 안 할 것이다.

대통령은 개뿔.


함단사의 올해 오더 수출 예정액은 10억 불이다.

리비아 입찰 오더가 포함되었기 때문이다.

그 리비아 오더의 절반 정도를 개성공단에서 생산하는 중이어서 남북한 산

320

업이 공동 발전을 하는 중이다.

1977년 1백억 불 수출을 달성한 후에 1978년은 125억 불을 목표로 삼았다.

그중 함단사가 차지하는 비중이 10억 불이었으니 최대의 무역상사다.

함단사의 본사 사원은 이제 450여 명.

정경호는 부사장이 되었고 한여옥, 고재규, 강진수와 김태식, 최상호까지 이사로 진급했다.

중역으로 기반이 굳어지고 있다.


이태진이 트리폴리에 도착했을 때는 나흘 후다.

한국에서 떠난 컨테이너선이 트리폴리에 도착하기 전날이다.

이태진은 고재규와 동행이었는데, 그날 밤 호텔에서 북한 대외협력국장 한철과 만났다.

한철 대장은 보좌관 박정기를 대동했고 이태진은 고재규를 동석시켰다.

이태진의 특실 방 안이다.

한철이 먼저 입을 열었다.

"이야기 들으셨겠지만 무기 추가 오더를 받았어요. 2억 5천만 불 물량입니다."

그때 박정기가 서류를 내밀었고 고재규가 받았다.

무기 내역이다.

이것으로 지난번 3억 7천만 불까지 합쳐 6억 2천만 불 물량이 된 것이다.

한철이 말을 이었다.

"내일 컨테이너로 도착하는 무기 대금은 8천5백만 불이더군요. 확인 즉시 리비아 정부에서 입금해 주기로 했으니까 우리도 결산해드리지요."

"감사합니다."

"첫 오더부터 신용을 지켜야지요."

한철이 이를 드러내고 웃었다.

"이 사장님이 사마르칸트에서 이바노프한테 사기당한 56만 불을 대신 갚아주는 것으로 시작한 비즈니스가 이렇게 발전된 겁니다."

"그렇군요."

따라 웃은 이태진이 고개를 끄덕였다.

"제가 운이 좋았지요. 국장님을 만나게 되어서 말입니다."

"겸손하신 말씀이오."

한철이 말을 이었다.

"이 사장님의 업적은 운보다 안목 때문인 것 같습니다. 앞을 내다보는 능력 말입니다."

그러더니 자리에서 일어섰다.

"내일 밤에 하역장에서 뵙시다."

물품과 무기 하역장이다.


밤.

거대한 물류창고에서 물품과 무기의 구분 작업이 끝났다.

이태진과 고재규는 산더미처럼 쌓인 무기 앞에서 한철과 마주 보고 섰다.

한철은 방금 리비아 군(軍) 담당자들과 함께 무기 점검을 마치고 온 것이다.

"확인 끝냈습니다. 가십시다."

한철이 말을 이었다.

"입금한다고 했으니까 호텔에서 확인하고 나서 다시 이 사장께 입금해 드리지요."

만족한 표정이 된 한철이 이태진을 보았다.

첫 선적이 성공한 것이다.


다음 날 오전.

이태진은 자신의 계좌에 무기 대금 8천5백만 불의 15퍼센트인 1,275만 불이 입금된 것을 확인했다.

이태진은 즉시 그 절반인 637만 5천 불을 함단 계좌로 입금했다.

"응, 수고했어."

사무실에서 이태진의 전화를 받은 함단이 말했다.

"내가 또 자랑할 일이 생겼군, 브라더."

"너무 떠들면 안 돼요, 브라더."

이태진이 정색하고 말했다.

"이건 비밀 거래입니다. 소문이 나면 우린 망합니다."

"알라 후 아크바르."

소리친 함단이 말을 잇는다.

"절대로 비밀을 지키겠네."

하지만 사촌들한테는 말할 것이다.


서울로 돌아왔을 때는 닷새 후다.

두바이를 거쳐서 왔기 때문이다.

오후 3시.

곧장 저택으로 간 이태진이 씻고 옷을 갈아입었을 때 양 씨가 올라와 말했다.

"면담실에서 김 사장이 기다리고 있습니다."

김봉철이다.

이태진이 1층 면담실로 들어서자 자리에 앉아있던 김봉철이 일어섰다.

"다녀오셨습니까?"

"김 사장도 바빴지?"

김봉철은 이제 함단사의 자회사인 동양기획의 사장이 되었다.

동양기획은 함단사 계열사의 감사를 맡은 것이다.

공식적인 감사 기관이다.

직원도 55명으로 늘어났다.

세무, 관리, 보안 업무까지 맡았기 때문이다.

그때 보고 자료를 내놓은 김봉철이 이태진을 보았다.

"사장님, 김명화가 이혼했습니다."

이태진이 시선만 주었고 김봉철의 말이 이어졌다.

"남편 조민수가 피의자한테서 뇌물을 받은 것이 발각되었기 때문입니다."

"…"

"피의자한테서 3천만 원을 받는데 증거가 확실해서 구속되었습니다. 두 달쯤 전인데 이혼한 건 열흘이 되었습니다."

"…"

"김명화 씨는 지금 대전에서 어머니와 둘이 살고 있습니다."

"잘했어."

마침내 이태진이 말하자 김봉철은 시선만 내렸다.

이혼을 잘했다는 말이 아니다.

조민수가 돈 먹은 것을 김봉철이 증거까지 찾아내어 검찰에 고발한 것을 말한다.

이태진이 말을 이었다.

"나보다도 우리 부모가 시원해 하시겠어."

"…"

"나도 후련하고."

고개를 든 김봉철이 이태진의 웃음 띤 얼굴을 보았다.


오후 9시 반.

전화기를 귀에 붙인 이태진의 귀에 아버지의 목소리가 울렸다.

"여보세요."

"아버지, 접니다."

"오, 너냐? 지금 어디냐?"

"서울에 있어요. 오늘 돌아왔습니다."

"어, 그래. 별일 없지?"

"예, 저는. 아버지도 건강하시죠?"

"어, 네 덕분에 잘 지낸다."

"어머니는요?"

"잘 지내. 지금 방에서 TV 본다."

"아버지."

"응, 그래."

"김명화가 이혼했답니다."

"응? 누가?"

되물었던 아버지가 확인했다.

"김명화가?"

"예, 아버지. 남편이 구속되니까 바로 이혼 신청을 했답니다. 피해자 변호사인 남편이 피의자한테서 뇌물을 받고 사건을 덮으려고 했답니다."

"…"

"그래서 지금 이혼하고 대전에 와 있다네요. 청주 아줌마하고 둘이 산답

325

니다."

"잘됐다."

아버지가 자신과 비슷한 억양으로 말했기 때문에 이태진이 숨을 들이켰다.

문득 아버지가 쓰고 있는 글이 떠올랐다.

1944년이라고 했던가?

내 지금이 아버지의 시대, 1944년과 비슷하다고 했던가?

그때 아버지가 말했다.

"확실하게 복수를 해야 돼."


자, 1944년으로.

<끝>

## 한국인 4권

초판1쇄 인쇄 | 2024년 7월 25일
초판1쇄 발행 | 2024년 7월 30일

지은이 | 이원호
펴낸이 | 박연
펴낸곳 | 한결미디어

등록 | 2006년 7월 24일(제313-2006-000152호)
주소 | 서울시 마포구 모래내로 83 한올빌딩 6층
전화 | 02-704-3331
팩스 | 02-704-3360
이메일 | okpk@hanmail.net

ISBN 979-11-5916-224-4(04810) 979-11-5916-220-6 (세트)

ⓒ한결미디어